어쩌다
우리 사이가
이렇게 됐지

어쩌다 우리 사이가 이렇게 됐지

이성호(연세대학교 교육학과 교수) 지음

말·글빛냄

"관계적 사고를 키워라"

"차라리 TV를 치워버리고, 신문도 끊어버리든지… 뭐, 신통한 게 있남? 뉴스 틀어봤자 방송마다 똑같고 신문도 다 똑같아서, 하긴 뭐 신통한 뉴스가 있겠는가? 그저 허구헌날 우울하고, 찌들고, 앵무새처럼 반복되는 이야기들뿐이니 말이야. 경제불황이 장기간 지속될 것이라든지, 6자회담이 언제 열릴 것이라든지, 북핵이 어쩌고… 여야 '관계'가 얼어붙고 있다든지… 언제 제대로 된 여야 '관계'가 있기는 했는가? 얼어붙고 자시고 하게….

TV 드라마도 그래, 이제 웬만한 이야기로는 사람들의 말초신경을 자극하기가 어려우니까, 말도 안 되는 기상천외한 '관계' 설정으로 사람들의 시선을 끌려 하고… 건국 230여년 만에 첫 흑인 대통령을 뽑은 미국은 지금 대통령의 피부색만큼이나 흑이든, 백이든, 민주당이든, 공화당이든, 여자든, 남자든 다 포용하고 '관계'시키는 큰 정치를 하면서 서브프라임 모기지인지 모가지인지에서 비롯한 경기침체를 벗어나기 위해 발버둥치며 국력을 모으고 있는데 우리나라는 도대체 무엇을 어떻게들 하려고 하는지….

펀드도 그래, 그나마 노후자금으로 정말 아끼고 모아두었던 돈을 몽땅 펀드에 가입했었는데, 지금은 반의 반토막 나버렸고… 회사에 앉아 있어도 그저 뒤숭숭거리는 분위기뿐이니. 구조조정이 곧 있을거라나, 우선 부장들 중 몇을 추린다는데…. 그때 그래서 내가 일찍 부장되는 것, 뭐 별로 좋은 것만은 아니라고 했지… 아휴 모르겠다. 하나님은 계신 거요? 안 계신 거요? 가슴이 답답하다. 외롭다. 세상에서 그저 통째로 왕따 당하고 있는 기분이다. 집에 간들 식구들도 제각기 뭘 하는지 서로 바빠 얼굴 보기도 어렵다. 애들은 대학입시에 치여 늘 학원에 가 있는지 도통 얼굴 보기 어렵고, 이 여자는 밥을 해놓고 어딜 간 거야, 아니면 곧 들어온다는 얘기야? 지금이 몇 신데 아직 안 들어오는거야?

누군가 119에 전화를 걸어 내 가슴에 타고 있는 불도 꺼줄 수 있냐고 물었다더니 바로 내가 그렇다. 그냥 타들어간다. 소리라도 한 번 크게 지르고 싶다. 주먹으로 벽을 쳐본다. 친구들도 요즘엔 서로 연락도 없다. 그들이 내게 정말 친구일까?

도대체 내게 가족은 나와 무슨 '관계'인가? 친구는 나와 어떤 '관계'인가? 이 세상에 그 누가 내 이야기를 진정 밤새도록 들어줄 수 있겠는가? 왜 지금에 와서 이토록 세상에서고 집에서고 버림받은 기분, 왕따 당하는 기분인가?"

위의 독백은 어디에선가 바람을 타고 내게 들려온 어떤 중년남

자의 긴 예레미야적 탄식이다. 이 탄식이 어찌 그 사람만의 탄식이겠는가? 세상에 파묻혀 시간을 잊고 허우적거리며 바삐 살아온 수많은 필부필부匹夫匹婦들의 공통된 숨겨진 탄식일지도 모른다. 또 그런 탄식은 어찌 어른들만의 전유물이겠는가? 앞날이 창창하다고는 하지만 치열한 경쟁 속에서 갈길을 잃어 갈팡질팡 마음이 아득해진 젊은이들에게서도 들려온다.

그렇다면 그런 탄식의 뿌리는 무엇인가? 그 근원의 한 가닥은 분명 '관계'라는 인간의 본능적 행위라고 생각한다. 결국 삶을 한마디로 표현하면 관계가 아니던가? 인간은 태어나는 순간부터 한평생 숱한 관계의 늪에서 살아간다. 가족과의 관계, 직장(일)과의 관계, 세상사와의 관계 그리고 무수한 사람들과의 관계, 그 모든 관계가 곧 인간의 삶을 이루는 실체인 것이다. 그리고 우리는 그 관계의 과정에서 기쁨, 행복, 성공, 만족, 희열을 느끼고, 때로는 좌절, 고통, 불만, 실패, 갈등을 느끼며 살아가는 것이다. 그렇기에 인생을 성공적으로 산 사람들은 곧 관계에 성공한 것이고, 인생에 실패한 사람들은 관계에 실패한 것 아니겠는가? 탄식은 바로 그러한 관계의 실패가 앙금으로 뭉쳐 쌓여 있다가 "어쩌다 모든 관계가 이렇게 됐지?"하는 한숨으로 터져나오는 것이다.

나는 바로 그러한 탄식에 대한 해답의 실마리를 찾으려고 이 책을 썼다. 특히, 관계적 사고력을 필수로 여기는 오늘의 네트워킹 시대를 살아가는 젊은 신세대들을 위하여 이 책을 썼다. 그들이 자신의 성장 배경을 한번쯤 돌아보면서 자신은 물론 그들의 자녀들이 어떻게 하면 삶에서 보다 성공적인 관계를 창출하고 유지할 수 있는가에 대한 조언을 주기 위해 이 책을 썼다.

언제나 책을 쓸 때면 반복되는 한 가지 후회가 있다. 즉, 머릿속에는 쓰고 싶은 수많은 생각들이 있지만 필력이 부족해서 그것들을 한껏 쏟아내지 못하는 아쉬움이다. 이번에 쓴 이 책도 그 점에서는 예외가 아니지 싶다. 그래도 이렇게나마 관계에 대한 나의 생각을 정리할 수 있었던 것은, 그동안 나와 다양한 형태의 관계를 맺고 내 삶에 행복과 의미를 가져다준 나의 가족과 그 외 일일이 열거할 수 없는 수많은 사람들의 덕분임을 밝혀둔다.

가뜩이나 경제가 침체의 늪에서 허우적대는 이때에, 또한 전자 정보의 여파로 도서출판 경기가 예전보다 몹시 어려운 때에 그저 필자의 생각에 공감한다는 한 가지 이유만으로 선뜻 출판을 떠맡은 도서출판 말글빛냄에 고마움을 표한다.

한 겨울에 잠든 우면산을 내다보면서
2009. 1월

이동호

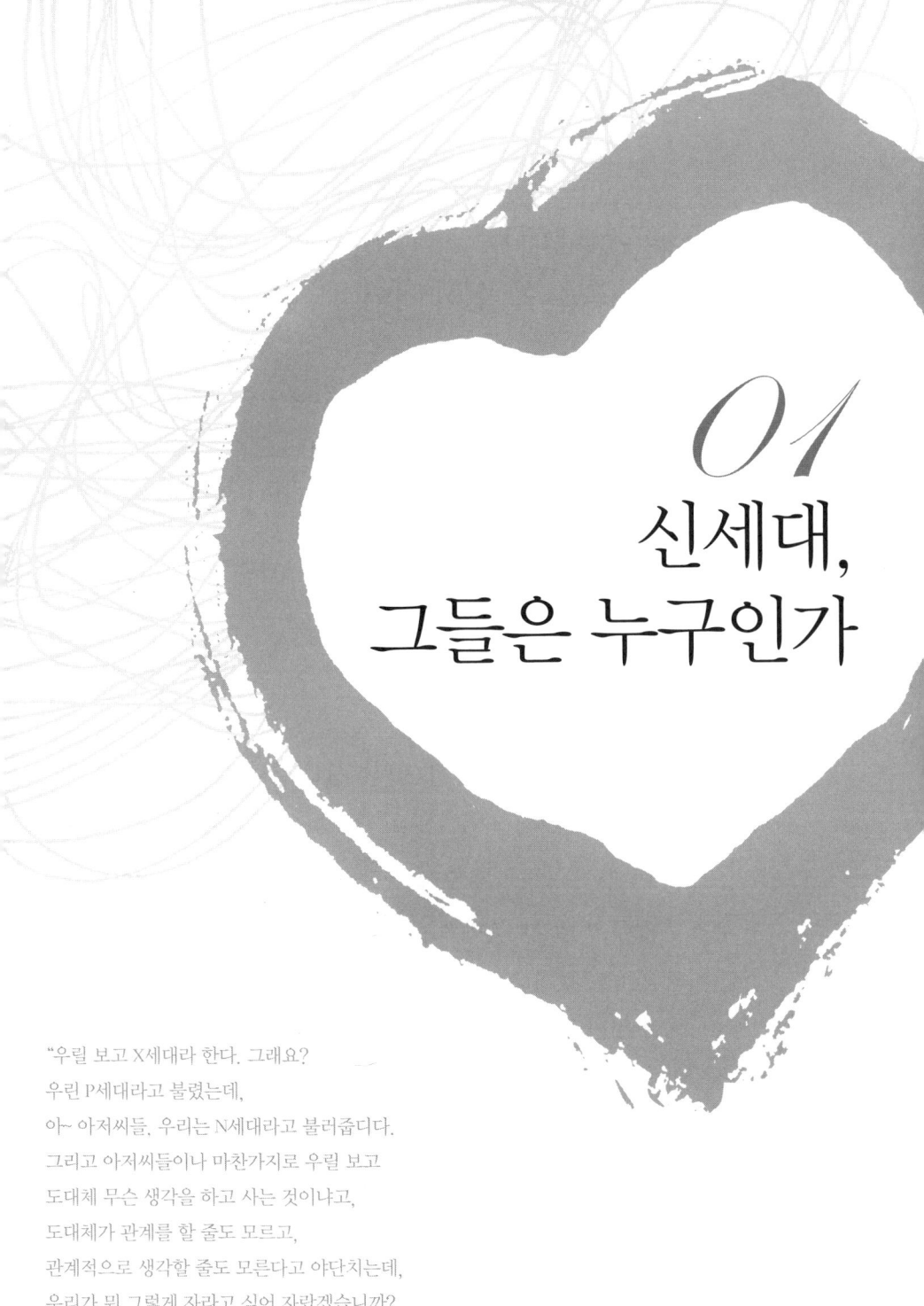

01
신세대,
그들은 누구인가

"우릴 보고 X세대라 한다. 그래요?
우린 P세대라고 불렸는데,
아~ 아저씨들, 우리는 N세대라고 불러줍디다.
그리고 아저씨들이나 마찬가지로 우릴 보고
도대체 무슨 생각을 하고 사는 것이냐고,
도대체가 관계를 할 줄도 모르고,
관계적으로 생각할 줄도 모른다고 야단치는데,
우리가 뭐 그렇게 자라고 싶어 자랐겠습니까?
우리를 키워준 X세대,
또 그 X세대를 그렇게 키운 어른들의 책임 아닌가요?"

X세대든 N세대든
모두 똑같은 신세대야

어느 날 나는 모처럼 집에서 저녁식사를 끝내고는, 10여 분 있으면 뉴스를 할 시간이 되었기에 거실 소파에 앉아 텔레비전을 켰다. 그때 아내도 뉴스를 본 후 설거지를 하겠다면서 옆에 앉았다. 뉴스를 앞두고 텔레비전에서는 이런저런 광고들이 이어졌다. 그때, 어떤 광고를 보더니 아내가 혼잣말을 했다.

"무슨 쇼를 한다는가 본데."

"…"

내가 아무런 반응을 보이지 않자 아내가 물었다.

"여보! 지금 무슨 쇼한댔지? 언제 한대?"

"쇼라니?"

"지금 지나갔잖아! 텔레비전에서 무슨 쇼한다고."

"음~ 조금 아까 나왔던 광고?"

"그게 광고였어?"

"그럼, 광고지, 그건 뉴스가 아니야. 핸드폰 광고야."

"무슨 광고가 저래?"

"저렇다니?"

"아니~ 그게 무슨 광고였냔 말야!"

"…"

"에이그, 당신도 모르는구나! 핸드폰 광고라며? 그래 뭐 한다는 건데? 핸드폰이 새로 나왔대?"

"아! 시끄러! 가만 있어 봐. 뉴스 시작하잖아."

"도대체 요즈음 광고 보면, 어떤 땐 저게 무슨 광고를 하는 건지 모를 때가 많아! 나 같은 사람이 모르면, 딴 사람들도 모를 사람 많을 텐데."

나는 속으로 웃었다. 이따금씩 아내가 내보이는 그 특유의 으슷댐(?)에 웃은 것이다. 하긴 아내 말이 맞다. 나도 어떤 때는 저것이 도대체 무엇을 광고하는 것인지를 잘 모른다. 신문에서도 이따금 그것이 기사인 줄 알고 읽다가 나중에 '전면광고'라고 쓰인 것을 보고는 속았구나 할 때가 많다. 요즈음엔 옛날처럼 어떤 새로운 정보를 전달해주거나, 사람들의 이성에 호소하는 광고보다는 감성을 자극하는 광고가 많으니 젊은 세대의 감각을 못 따라

가는 우리 구세대 사람들로서는 이해가 힘들 때가 종종 있다. 특히 속 시원하게 모든 것을 한번에 다 보여주는 것이 아니라 소비자들의 궁금증과 호기심을 자극하려고 일부만 슬쩍 보여주는 티저광고teaser campaign의 경우엔 더욱 그렇다.

60을 넘은 아내나 나나 실버세대니까, 우리 같은 사람은 마케팅 대상도 아니므로 이해를 하든 못하든 상관없겠지… 우리야 그저 말썽 안 부리고, 잔소리 안 하고, 조용히만 있어주면 젊은 사람에게 대접 받을 터인데… 자꾸 알려고 하지 말고, 모르면 그저 대충 넘어가면서 살면 되지 않겠는가? 그러면서도 한편으로는 소외당한다는 생각이 들어 서글퍼지고, 시대를 못 따라가는 것이 바보스럽기도 하다.

지금도 그렇지만 한때 무슨 세대, 무슨 세대가 유행이던 때가 있었다. 대표적으로 X세대란 용어가 그렇다. X세대란 원래 캐나다의 코플랜드D.Coupland라는 사람이 1991년에 낸 『Generation X』라는 소설에서 유래했다. 연령으로 따지면, 지금의 30대 후반에서 40대 후반, 조금 더 잡으면 50대 초반까지의 세대를 두고 나온 표현이다. 그러니까 대체로 1960~70년대에 걸쳐 태어난 사람들이다. 이는 소설에서 묘사된 대로 당시 서구사회에서 부모가 맞벌이를 하고, 또 여차하면 별거다 이혼이다 하는 가정에서 태어나, 1990년대에 신세대로 불린 세대이다. 비록 가정은 흔들리는 경우가 많았지만 물질적으로 풍요로움을 누렸고, 그러면서 한편으로는 공허함과 우울함 등으로 내적 갈등을 겪으면서 청소년 기를 보냈던 세대이다.

마케팅에 특별한 관심을 갖는 사람들은 X세대 마케팅에 성공을 거두었고 이를 이어나가고자 또다른 명칭을 만들어냈다. 그 첫 번째가 X세대 이후 바로 뒤따라오는 세대를 Y세대라고 명명한 것이다. 이는 X세대라는 용어만큼 그렇게 보편화되지는 않았지만 X세대에 저항하는 듯한 뉘앙스로 대비되어 쓰였다. 요즈음에는 그 Y세대를 —즉 연령적으로 20~30대의 사람들— P세대라고 부르기도 한다. 일단 자기가 관심을 갖는 일이면 열정passion을 갖고 도전적으로 참여participation하며, 사회에 새로운 패러다임paradigm을 창출하는 데 관심과 노력을 기울이는 세대이다. 열정, 참여, 패러다임의 첫 자인 P를 따서 P세대라고 부르는 것이다. P세대는 개인주의적 자기보호 성향이 강하다.

X세대, Y세대(나중에는 P세대)에 이어 N세대라는 용어가 등장했다. N세대의 N은 네트워크network의 첫 글자 N을 딴 것이다. N세대는 정보화기술 시대의 젊은 세대를 모두 포함한다. 어찌 보면 IT세대로 불리어도 좋을 듯싶다. N세대는 태어나면서부터 온갖 디지털 제품에 자연스럽게 접촉하며 성장했으며, 현재도 인터넷의 영향권 내에서 살아가는 10대~20대 세대이다. 이들은 공부를 하든, 놀이(오락)를 하든, 친구와 의사소통을 하든 무슨 일이든지 전부 인터넷으로 대표되는 정보통신기기에 의존한다. 직접 만

나서 대화하는 친구는 별로 없어도 사이버 공간에서의 채팅(대화) 상대는 무수히 많다. 컴퓨터 채팅뿐만 아니라 휴대폰 문자 기능을 통해 문팅도 열심히 한다. 부모나 선생님이 가르쳐주지 않아도, 책을 읽지 않아도 얼마든지 쉽게 정보를 얻을 수 있는 막강한 힘을 지니고 있다. 지난날의 X세대는 의사소통에서 일방적인 수신자 역할이었지만 N세대는 쌍방통신을 선호한다.

X, P, N세대는 지금의 어린아이들로부터 40대 후반까지를 넓게 포함한다. 세대란 ―굳이 정의를 내리자면― 같은 시대에 태어나 공통된 가치와 의식을 갖고 함께 살아가는 특정한 범주의 연령층이다. 그리고 보면 X, P, N세대 모두 컴퓨터와 휴대폰 등 정보통신 매체가 삶의 중요한 한 부분이라는 공통된 의식을 갖고 있음을 알 수 있다. 물론 개중에는 그렇지 않은 사람도 있다. 그러나 세대를 크게 구분하여 둘로 묶는다면 1) 40대 후반이 넘은 구세대와 2) 어린이들부터 40대 중반까지의 젊은 신세대로 나눌 수 있다. 여기서 후자의 젊은 신세대가 X, P, N세대를 모두 포함한다. 나는 젊은 신세대들이 보다 관계적인 사고력을 키워나가길 바란다. 그렇기에 정보화 신세대들이 어떤 배경에서 성장했으며, 그들의 특성은 무엇이고, 무엇이 문제인가를 우선 먼저 따져보고자 한다.

식구라고 해봤자,
고작 서너 명 뿐이거늘

지금의 50대 이후 세대, 그러니까 이 책에서 일컫는 구세대들은 대체로 어린 시절 형제가 많고, 어른이 많은 대가족체제에서 자랐다. 나는 증조할머니나 할아버지에 대한 기억은 없다. 그러나 할머니 할아버지, 작은할머니 작은할아버지, 작은아버지, 고모, 삼촌 등 온갖 호칭의 많은 어른들 틈에서, 그리고 형제들 틈에서 자랐다.

당시 시골에서는 가족의 수나 가족의 다양한 계층구조에 비해 기거하는 공간이 절대적으로 부족했다. 즉 방이 몇 개 되지 않았다. 그래서 시골에서는 초등학교에 입학하기 전에는(심지어는 중학교에 입학하기 전까지) 대체로 부모와 한 방에서 한 이불 덮고 여럿이 함께 잤다. 그러다 조금 크면 큰 것들끼리 한 방을 차지하고 그곳에서 함께 기거한다. 나는 7남매 중 셋째다. 내 부모는 아들 여섯, 딸 하나를 낳으셨다. 그것도 아들 여섯을 쭉 낳으시고 마지막으로 끝으로 딸을 하나 낳으셨다.

한때는 아들 여섯이, 그러니까 남자만 여섯이 '뒷방'이라는 데서 기거를 했다. 그때의 그 뒷방에서 무슨 일이 어떻게 일어났는지는 정말 우리 여섯 명 빼고는 아무도 실상을 알지 못한다. 지금도 그때를 생각하면, 정말 그때 그러고도 어떻게 살았을까? 하는 회상에 젖는다. 요즈음 젊은이들에게 그때 그 뒷방의 실상을 한마디로 얘기해줄 때 나는 '실미도'에 비유한다. 즉, 그곳에선 낮밤 구별 없이 폭행(?)이 난무하고, 다툼이 벌어지고, 고함, 비명이 끊이지 않고… 정말 온갖 것이 난무하는 가운데 여섯 사내아이들의 삶이 뒤엉켜 있었다. 건넛 방의 어머니와 아버지는 굉장한 인내심을 갖고 그대로 내버려두실 때가 많았다. 저희들끼리 알아서 해결하라고.

우리 여섯은 작은 실미도에서 모든 것을 공유하고 나누었다. 위는 빨갛고 아래는 검푸레한 이불 한 채, 요 두 자락에 여섯 명이 누워 잘라치면 싸움은 이미 시작되었다. 추운 겨울(옛날 시골의 겨울은 지금보다 훨씬 더 추웠다)엔 누가 아랫목을 차지할 것인가에서부터 차가운 발 갖다 대지 말라며 싸움이 시작된다. 발 아래가 추우면 어머니가 군인용 수통에다 뜨거운 물을 담아 넣어주었다.

그것을 여섯 명이 아래에 묻어놓고 이리저리 굴리면서 잠들었다.

잠자리만 공유한 것은 아니다. 요강도 하나를 공유한다. 뒷간 (화장실)은 너무 멀고 추워서 겨울엔 요강을 방에 놓고 잔다. 여섯 명에 비해 요강의 용량은 충분하지 못했다. 긴긴 겨울밤 한잠을 자고 나서 한 명이 오줌을 누기 시작하면 줄줄이 눈다. 그러다 보면 요강은 넘쳐 오줌이 방바닥으로 흐른다. 누가 그랬느냐? 난 안 그랬다, 너가 그랬지, 네가 요강 비우고 와, 싫어, 한밤중에 일어나서 싸운다. 내 옷을 누가 입고 나갔느냐, 내 버선(양말)은 누가 신었느냐, 내 연필은 누가 가져갔느냐 —옛날 군에 입대해 신병훈련소 생활을 할 때의 일이다. 신기하게도 꼭 한 가지가 사람 수에 비해 모자란다. 그래서 전체가 기합을 받고 난리를 편 적이 비일비재했다— 시골집에서도 똑같았다. 항상 부족했다. 원래가 부족하고 궁핍한 삶이었는데 그나마 내 몫으로 받아놓은 것조차 제대로 확보되지 않으니 싸움은 일어날 수밖에 없었다.

밥상에 둥그렇게 여섯 명이 앉는다. 다 찌그러진 양재기에 무엇인지 지금은 기억나지 않지만, 이를테면 고등어자반 같은 것이 한 토막 들어 있다. 가운데 토막은 어디로 갔는지 —아무렴은 어른 상에 올라갔겠지만— 하여튼 우리는 원래 생선은 저런 식으로 머리만 있는 것으로 착각할 정도로 늘 머리 부분만 올라왔다. 살이라곤 목구멍 쪽을 후벼 파면 삼각형 모양으로 생긴 살이 조금 나오고, 등줄기로 이어진 머리 쪽에 얇은 살이 양옆으로 붙어 있고,

뺨에 또 얇게 붙어 있다. 그러니까 먹을 수 있는 부분은 극히 적다. 여섯 명은 그것을 똑같이 들여다보지만 용감하게 먼저 그것을 먹는 사람은 없다. 감히 함부로 어느 부위의 살을 떼어갔다가는 언제 주먹이 날아올지 모르기 때문이다. 그래서 조심스럽게 국물만 집적거린다. 우리는 그렇게 살았다.

물론 우리 여섯 명이 언제나 싸움만 한 것은 아니다. 함께 배 깔고 엎드려 숙제를 하고, 떼지어 놀고, 함께 떠들며 웃고 이야기를 나누는 날이 더 많았다. 이러한 삶의 와중에서 우리 여섯 명은 참으로 많은 것을 서로에게 가르쳐주고 배웠다. 우리는 그 끝없는 다툼과 갈등 속에서 협상하고, 설득하고, 양보하고, 인내하고, 손해를 감수하고, 용서하고, 배려하는 온갖 사회적 능력을 키웠다. 삶에서 필수적인 관계적 사고 능력을 그때 키웠다. 내 입만 입이 아니고 다른 사람의 입도 있다, 나만 배고픈 것이 아니라 다른 사람도 배고프다, 세상엔 나 혼자 사는 것이 아니라 다른 사람도 함께 살고 있음을 우리는 그때 배우기 시작했다. 깨닫기 시작한 것이었다. 아직 집에 돌아오지 않은 형이나 동생의 몫을 남겨두어야 한다는 것을 우리는 자연스럽게 행동으로 터득했다.

그 옛날엔 집안에서 특별히 놀 것이 없었다. 식구들이 시간을 보내는 특별한 방법이 없었다. 텔레비전이 있기를 하나, 라디오가 있기를 했나, 더욱이 전기도 없었으니 책을 읽기도 어려웠고 공부를 하는 일도 어려웠다. 하긴 책도 잡지도 아예 없었으니까!

그러면 대체로 엄마가 무슨 일감을 갖고 방으로 들어온다. "너희들 떠들지 말고, 이거나 다 까놔!" 마늘이 한 양동이이다. 그러면 우리는 윗목에 쭈그리고 앉아 마늘을 까면서 아랫목에서 할머니, 할아버지, 아버지, 삼촌들이 모여 앉아 동네 이야기, 집안 이야기, 어디 다녀오신 이야기하는 것을 듣게 된다. 그때 우리는 "음, 그래서 그랬구나" 하면서 저번에 풀리지 않았던 의문의 답을 그날 얻고는 했다. 대가족제도의 장점의 하나는 다양한 계층, 다양한 수준의 사람들과 대화 통로를 가졌다는 점이다. 할아버지 할머니 세대, 아버지 어머니 세대, 형제들 세대, 이처럼 3대 혹은 4대에 걸쳐 세대 간의 대화가 가능했다.

대화는 여섯 형제의 아주 중요한 일과의 하나였다. 방에서는 물론 여름철이면 마당에 멍석 펴놓고 앉거나, 마루 끝에 걸터앉아 밤하늘의 별을 보면서 덤벼드는 모기를 쫓기 위해 제 살을 때려가며 숱한 대화를 나누었다. 그저 '쓰잘데기 없는' 이야기였겠지만 우린 길든 짧든 대화를 많이 했다. 그리고 대화하는 방법도 스스로 터득했다. 어떻게 말을 해야 기분 나쁘게 들리지 않을지, 어떻게 말하면 내 부탁을 들어줄지, 또 어떻게 말하면 이간질이 되는지 또는 주먹이 날라오는지, 즉 어떻게 말하면 어떤 결과를 초래하는지를 우리는 지극히 어린 나이 때부터 실제의 경험으로 터득했다. 또한 우리 여섯 명은 언제나 여섯이 동시에 함께한 것은 아니었다. 셋씩 둘로 편이 갈라지기도 했고 둘씩 셋으로 갈라지

기도 했다. 수학에서 말하는 온갖 조합이 수시로 이루어진 것이다. 혼자 스스로 왕따가 되기도 하고, 집단으로 왕따를 당하기도 하고… 이렇게 여섯은 협동과 경쟁을 수없이 반복해가면서 집단의 조직의 원리, 팀워크, 구성원 의식 등을 조금씩 터득해나갔다.

옛날이야기가 몹시 길어졌다. 그러나 그냥 옛날이야기를 쓴 것은 아니다. 이 글을 읽는 사람들이 지금의 정보화시대의 신세대와 달리 구세대가 어떻게 자랐는지를 비교하면서 생각해주길 바라면서 썼다. 구세대가 자라던 때에 비하여 지금의 신세대들은 지극히 단출해진 핵가족체제에서 성장했다는 것이 큰 특징이다. 지금의 30~40대의 젊은 부모들도 어린 시절 형제가 그렇게 많지 않은 가정에서 성장했다. 그리고 부모가 된 지금 그들은 아예 낳지 않겠다고 선언하기도 한다. 아이를 낳는다고 해야 고작 한두 명을 낳음으로써 N세대들은 모두 핵가족체제에서 성장하게 된 것이다. 더욱이 부모님을 모시지 않고 사는 젊은 세대들이 많다 보니 가정은 2대가 사는 단출한 가족이 되었다. 옛날처럼 최소한 3대, 나아가서는 4대가 모여 사는 복잡한 경우는 매우 드물다.

우선 단출한 식구들, 기껏해야 4명 안팎으로 이루어진 가족이니 대화가 다양하게 이루어지기 어렵다. 더욱이 부모가 모두 일을 하거나 아버지 혼자 일한다 해도 늦게 귀가하면 아이는 엄마하고만 대화를 하게 된다. 그것마저 잘 이루어지지 못하는 것은 엄마보다 아이가 너무 바쁘기 때문이다. 요즘의 아이들은 걷기 시작하면서부터 엄청 바쁜 일상을 보낸다. 그러니 집안에서 아이가 역동적이고 살아 있는 대화를 하기가 어렵다.

대화 자체가 불가능한데 아이가 대화를 통해 사회적 기능이나 관계적 사고력을 키우는 일은 실제적으로 불가능하다. 그나마 다행인 것은 비록 면대면face to face 대화는 부족해도 다양한 방식의 대화 채널을 갖고 있다는 점이다. 예컨대 컴퓨터 채팅도 있고 휴대폰 문자 메시지를 통한 대화가 있다. 한마디로, 지금의 젊은 세대나 어린이 세대들은 대화의 양 자체도 적고, 또 대화의 질도 다양화되지 못한 핵가족체제에서 성장하는 경우가 많다는 점을 지적해두지 않을 수 없다.

다음으로, X세대와 그들의 자녀인 N세대 어린이들은 혼자 자라다보니 모든 것을 독점할 수 있는 기회가 많았다. 즉, 누군가와 나누는 것을 배울 수 있는 기회가 집안에서는 흔치 않았다. 나는 찌그러진 양재기에 담겨 있는 고등어 한 토막을 여섯이 을러가며 먹었지만 지금은 아이 혼자서 굴비 한 마리를 통째로 먹는다. 그것도 어른이 옆에 붙어 앉아 요리조리 가시를 발라주고 밥숟갈에 올려주고 입 안에 넣어주기까지 한다. 그것을 놓고 누구와 경쟁하거나 싸울 일이 전혀 없이 성장한 것이다.

그래서 언제나 모든 생각과 행동에서 '자기'만 존재하고 '남'을 배려하는 경험을 못한 것이다. 자기 입만 있고 남의 입이 있는 줄은 모른다. 자기만 앉으면 되지 남도 앉아야 된다는 것을 모른다. 어려서부터 대인관계의 아주 근본적인 필수 능력의 하나인 양보, 협상, 배려, 공유 등을 경험하지 못하고 성장하는 것이다.

지금의 젊은 부모세대들도 정도는 좀 덜하지만 그런 면에서는 자녀들과 크게 다를 바가 없다. 극도의 이기적 자기보호주의에 빠져 있는 지금의 젊은 부모세대는 자신이 그렇게 자랐기 때문에 자녀 또한 그런 흐름 속에서 성장하는 것을 지극히 당연하고 자연스러운 것으로 생각한다. 자기 아이만 최고이지 남의 아이도 최고일 수 있다는 생각을 하지 않는다. 자기 자식만 앞에 내세우려 할 뿐 뒤에 누가 있는지는 전혀 개의치 않는다.

덥지? 씻을래?
엄마가 물 틀어줄게

한번은 이런 이야기를 들었다. 자녀의 교육을 위한 가장 이상적인 가족 양태는 할머니, 할아버지는 돈이 좀 많아 손자들을 위해 쓸 수 있는 여유가 있고, 아버지는 명문대학 출신으로 고수익 전문직에 종사하고(아니면 사업으로 돈을 많이 벌고), 어머니는 직장을 다니지 않고 100퍼센트 아이에게 매달려 아이를 챙겨줄 수 있다면 가장 좋다는 것이다. 이런 이야기는 특정 지역에 사는 특정한 사람들이 끼리끼리 모여 하는 이야기라고 치부해버릴 수도 있다. 그러나 교육학을 전공한 사람으로서 두 자녀를 키웠고 여섯 살짜리 손주까지 둔 입장에서 들을 때 ―또 현실에서 그것이 사실이고 보면― 그냥 웃으며 흘려버리기엔 정말이지 제가 많은 이야기이다.

요즈음의 많은 젊은 세대(X세대)들은 부부가 함께 직장을 다니는 경우가 많다. 물론 생계유지를 위해서, 조금 더 넉넉하고 윤택한 가계를 위해서, 또는 자아개발을 위해서 여자들도 일을 한다. 그렇게 부부가 일을 하다 보니 자녀 양육과 교육이 문제투성이인 경우가 많다.

그러면, 옛날 우리네 부모들은 맞벌이 부부가 아니었기에 7~8명씩, 많게는 10명씩 되는 자녀들을 키울수 있었던 것인가? 사실 엄격히 따지면 그때도 부모는 맞벌이를 했다고 생각한다. 그래서 내가 강연할 때 "나는 어릴 적에 시골에서 맞벌이 가정에서 태어났습니다"하면 모두 의아한 눈초리다. 그러나 내가 "아침 일찍 아버지, 어머니 모두 호미 들고 밭에 나가셨다가 저녁에 어두워지면 집에 돌아오셨지요. 그것이 맞벌이 아니던가요?"라고 말하면 모두가 고개를 끄덕이며 웃는다.

그렇다면 옛날 맞벌이 가정과 지금의 맞벌이 가정, 무엇이 어떻게 다를까? 무엇이 자녀교육에서 문제일까? 또 맞벌이가 아닌 가정이면 아무런 문제가 없는 것인가? 맞벌이를 꼭 육아에 해가 되는 부정적인 것으로만 생각하는 것 자체가 문제이다. 오히려 자녀를 잘 키우려면, 진정 자녀에게 사고력을 키워주려면 부모가 맞벌이를 해야 된다고까지 나는 이야기할 때가 많다. 그 말은 부모가 아이 옆에 붙어서 일일이 챙겨주고 돌보아주는 것이 오히려 아이의 사고력 개발에 큰 위해가 된다는 뜻이다.

여름날, 더위가 온통 대지를 삼킬 듯 뜨거운 오후… 내 기억에 시골의 그런 오후는 매우 적막했다. 학교를 갔다 오든, 놀러갔다 오든 한낮에 집에 돌아오면 집은 텅 비었다. 모두들 어디로 갔을까? 어머니 아버지는 분명 밭에 가셨겠지만 형들은 어디로 갔을까? 분명 일하기 싫어 어디론가 내뺐겠지… 파리만 윙윙거리면서 툇마루 끝자락에 외롭게 앉아 있는 나를 귀찮게 한다. 누렁이 개는 저편 툇마루 밑에서 혀를 할딱거리며 엎드려 있다. 배가 고파 온다. 부엌에 들어가서 여기저기를 뒤진다. 이 솥 저 솥 열어보니 보리밥 한 그릇이 있다. 누가 반은 먹은 듯하다. 어떻든 그래도 밥 한 덩어리가 있다. 또 여기저기 뒤지니 겨우 있는 것이라곤 하얗게 골마지가 낀 오이지 두 개가 사기그릇에 담겨 있다. 그것이라도 먹자. 부엌 봉당에 앉아 꾸역꾸역 먹으면서 생각한다. 밥 먹고 무얼 할까? 괜스레 밭에 나갔다가 엄마한테 붙들려 일하느니 저쪽 응봉산 밑의 계곡에 미역이나 감으러 갈까? 몇몇 친구들도 와 있겠지.

나의 어린 시절은 하루가 보통 이런 식으로 지나갔다. 누가 특별히 챙겨주는 사람도 없었고, 형제가 많아도 때로는 외로움에 젖어 하루를 보내는 경우도 종종 있었다. 대부분의 경우 모든 것을 스스로 챙기고, 스스로 해결했다. 그렇기에 시행착오로 배우는 경우도 많았다. 고통을 수없이 당하고 나서야 원리를 터득한 경우도 많았다. 바지를 돌려 입는 바람에 급히 소변이 마려울 때 '그것을' 제대로 꺼내지 못하고 바지에 싼 적도 여러 번 있었고, 신발을 왼쪽, 오른쪽 구별을 못하고는 그냥 아무렇게나 신어서 발이 아픈데, 그것이 원래 그런 줄만 알고 한참을 고통 속에 지내고 나서야 깨달은 적도 많았다. 그러나 지금의 아이들이나 그들의 부모가 되는 젊은 X세대는 그렇게 자라지 않았다. 예컨대 아이가 학교에서 돌아온다. 엄마는 기다렸다가 아이를 맞이한다. 그리고 이때부터 엄마의 개입과 관여, 통제가 시작된다.

"어서 와! 덥지? 씻을래? 엄마가 물 틀어줄게."

아이는 물도 못 틀 정도로 미숙한가? 아니면 허약한 것인가?

"자, 물 틀어 놨어. 와서 씻어!"

"…"

"왜? 엄마가 씻어줄까?"

"아니야. 내가 씻을게."

"그럼 깨끗이 씻어. 비누칠해서… 그리고 목도 좀 잘 씻고."

아이는 나름대로 열심히 씻는다. 씻기 싫지만 안 씻었다간 어떤 말을 듣게 될지 너무도 잘 알기 때문이다.

"다 씻었으면 이리 나와! 이거 마셔. 이거 몸에 좋은 거야, 야채 믹서에 갈았거든. 한번에 쭉 마셔!"

아이가 마시고 나면 엄마는 말을 잇는다.

"오늘 학원 몇 시야?"

"네 시에 피아노, 그리고 음… 일곱 시에 수학인가 아마 그럴 걸?"

"아마 그렇다니! 너 학원이 몇 시인 줄도 몰라. 그리고 영어는 왜 빼먹어! 피아노 끝나면 다섯 시에 영어 먼저 하고, 그 다음에 집에 와서 밥 먹고, 일곱 시에 수학 가는 거 아냐?"

"아, 맞아!"

"그리고, 오늘 학교에서 숙제 없었어?"

"있었어."

"무슨 숙제인데?"

"응~ 수행평가하는 숙제인데 포스터 하나 만들어가야 해."

"무슨 포스터?"

엄마는 계속해서 챙긴다. 그리고 모든 것을 결정한다. 무엇을 어떻게 하고, 무엇을 먼저 하고, 무엇은 그냥 놔두고, 그러면 엄마가 해주겠다는 등, 그리고 엄마가 몇 시에 데려다주고 데리러 가겠다는 등, 숙제는 어느 것부터 해야 한다는 등 모든 내용, 모든 순서를 전부 결정한다. 아이는 그저 그것을 아무런 불평 없이 순순히 따르기만 하면 '착한 아이'가 되는 것이다.

혹시나 엄마가 맞벌이를 하거나 맞벌이를 하지 않더라도 일 때문에 집을 비우면 원격통제를 실시한다. 휴대폰이 지금처럼 보편화되기 이전에는 주로 메시지를 냉장고 문에 붙여 놓고 전화로 아이들에게 개입하고, 통제하고 관여했다. 이를테면 냉장고 문에 이런 쪽지가 붙어 있음이 보통이었다.

민수야, 엄마 잠깐 나갔다 올 텐데…
① 우선 냉장고 두 번째 칸에 과일 깎아 놓았는데 그거 먹고 학
   원에 가(☆ 손은 꼭 씻고 먹어야 되는 것 알지?)
② 학원가면 선생님한테 엄마가 보내는 쪽지 있어. 그거 네 책
   상에 놓아두었는데, 선생님께 드려.
③ 집에 오면(그때까지 엄마가 들어오겠지만 못 돌아오면) 학교 숙제
   부터 하고 있어. 엄마가 와서 밥 줄 테니까.
④ 만약 배고프면, 식탁 위에 시리얼 있지. 우유랑 같이 먹어.
⑤ 그럼 엄마 다녀올게. 사랑해♡♡

　모든 것을 번호순대로 빠짐없이 해야만 한다. 순서를 바꾸거나
빼먹으면 그땐 엄청 혼난다. 전화를 걸어 엄마는 묻는다. “엄마,
지금 집에 가고 있는 중인데… 시리얼 먹었어?”
　사실 우리나라의 많은 엄마들은 좋게 말하면 너무 희생적이다.
아이를 위해서 모든 시간, 모든 에너지를 다 쏟는다. 그러나 다른
한편으로 보면, 엄마들이 그러는 것은 진정 아이를 위한 것이라
기보다는 그저 자신을 위한 경우가 많다. 시키는 대로 아이가 순
순히 잘 따라만 와주면 별 걱정 없이 편히 살 수 있기 때문이다.
그렇지 않으면 아이는 문제를 일으키고 그래서 골치 아파지고 열

통 터지게 되기 때문이다. 그렇기에 엄마들은 아이 옆에 붙어 앉아서 양말 하나를 신을 때도 어느 쪽을 먼저 신어라, 숙제를 할 때도 어느 과목을 먼저 해라, 밥을 먹을 때도 무엇을 먼저 먹어라 등등 아이의 일거수일투족을 챙기고 간섭한다. 하긴 요즈음 어떤 엄마들은 아이한테만 그러는 것이 아니라 남편에게도 그러는 경우가 많아지고 있다. 이를테면

"당신은 밥 먹고 쓰레기 버리고 와요."

"퇴근할 때 횡단보도 앞에, 거기 빵집에서 건포도 들어간 식빵 하나 사와요. 한 봉지만 사 와. 귀찮다고 두 개씩 사오지 말고."

"오늘 이 옷 입고 나가! 와이셔츠는 이거 입고."

관심과 배려의 차원을 훨씬 넘어선 간섭과 통제가 남편에게까지 무차별로 가해지는 것이다. 다시 아이 문제로 돌아와서 한 가지 이야기를 더 하겠다. 한창 더위가 치솟아 밖의 온도가 35°를 넘어선 한낮 오후다. 그럼에도 아파트 놀이터에서 아이 둘이 떠드는 소리가 들린다. 그러자 일곱 살짜리 녀석이 방에서 슬그머니 나와서는 엄마에게 허락을 요구했다.

"엄마! 나, 저기 놀이터 가서 조금만 놀다 오면 안 돼?"

"놀이터? 너 지금 놀이터에 간다고 했어. 이런 바보! 지금 몇 도인 줄이나 알아. 지금 나가면 더워 죽어!"

"다른 애들은 잘 놀잖아, 나도 조금만 놀다 올게!"

"아! 시끄럽다니깐."

"조금, 아주 쪼끔 놀다 올게."

그러자 아이를 찬찬히 바라다보던 엄마는 다시금 소리를 친다.

"근데, 너 옷 입은 게 그게 뭐야! 그 옷 어디서 꺼내 입었어?"

"응, 침대 옆에 있는 것 입었는데…"

"그건 그렇고, 옷을 어떻게 입은 거야? 똑바로 입은 거야? 가서 거울 좀 봐."

"…"

"가서 빨리 돌려 입어! 아냐, 이리 와. 이렇게 해 봐, 엄마가 돌려줄게. 팔 빼! 아니… 두 팔 다 빼!"

엄마는 셔츠를 돌리면서 계속 소리친다. 짜증 섞인 목소리로.

"자, 이제, 팔 끼워! 여기로 끼워. 이 바보야! 이제 됐어. 나가 놀아. 그런데 너, 5분만 놀다 들어와. 알았지? 엄마가 몇 분이랬어?"

"5분."

"그래. 5분 만에 안 들어오기만 해봐라."

일곱 살짜리가 5분의 개념을 이해할지는 모르겠다. 어떻든 빨리 들어와야 한다는 얘기쯤으로 알아듣고 아이는 나간다. 이렇게 해야만 엄마의 마음이 편할지는 모르겠지만 진정 자녀를 사랑하는 엄마라면 이렇게 해서는 안 된다. 더위에 나가 놀겠다는 것과, 옷을 돌려 입은 것 모두 있는 그대로 허락해야 한다. 왜냐하면 그래야만 아이가 고통을 경험하기 때문이다. 35° 더위에 나가 논다는 것이 얼마나 덥고 힘든 일인가는 나가서 놀아보면 이내 깨닫는다. 또 옷을 돌려 입어서 목이 불편하고 고통스러우면 아이는 생각할 것이다. "왜 목이 답답할까?" 아이는 그런 생각을 하면서 그 까닭을 스스로 찾아낸다. 그런 시행착오의 과정 ―고통의 과정― 을 겪고 나면 스스로 문제해결의 실마리를 찾게 된다. 그리고 그 과정을 통해 사고력을 키우고 결과적으로 그만큼 성숙해진다.

그렇기에 사람은 고통을 겪어봐야 한다. 일찍부터 고통을 겪으면서 자란 아이들이 훗날 보다 빨리 어른이 되고 그만큼 더 성공에 다가간다. 어린 시절의 고통은 사고력을 키우고 성숙해지는 데 그만큼 도움이 된다. 그런데 왜 부모들은 자녀들이 고통을 겪게 되면 그것을 받아들이지 못하는가! 옷 좀 돌려 입어 목이 조여 온다고 해서 사람이 죽는 것은 아니다. 그 정도 고통은 아이들이 겪을 수 있도록, 이겨내도록 내버려두는 것이 더 바람직하다. 그럼에도 부모들은 노심초사한다. 자녀를 사랑한다는 것은 곧 자녀를 모든 고통으로부터 해방시켜주는 것이며, 자녀가 고통을 당하지 않도록 미리 막아주어야 하는 것이며, 설혹 겪게 되더라도 부모가 대신 겪어주는 것이라고 착각을 한다.

이제 자녀에 대한 사랑의 방식이 바뀌어야 한다. 진정한 사랑은 자녀에게 고통의 기회를 더 많이 만들어주는 것이다. 옛날 어른들의 말을 떠올려라. "예쁜 자식 매 한 대 더 때리고, 미운 자식 밥 한 숟갈 더 줘라." 대단한 지혜라고 생각한다.

요즈음의 젊은 부모들은 자신도 그렇게 자라서 그런지 자녀들에게 목숨을 거는 경우가 많다. 말하자면 자녀교육이 삶의 최고의 목표이고, 최고 행복의 원천이 되는 경우가 많다. 아이의 일이라면 온 가족이 나서서 난리를 친다. 왜 이렇게 목숨을 걸고 키우는 걸까? 자녀가 하나 혹은 둘뿐이라서 그럴 것이다. 옛날 우리네 부모세대들은 7~8명을 낳아서 '반타작'한다고 생각했다. 영아사망률이 높았기에 돌이 지나도록 출생신고도 하지 않는 부모들도 있었다. 그 여럿 중 그저 한두 놈 잘되면 좋겠다고 생각했다. 흔히 '자식농사'라고 해서 자식 키우는 것을 마치 농사짓는 것에 비유했다. 또 그 시절에는 자녀란 것이 대를 잇는 수단이었고, 나중에 의지하게 될 보험 같은 의미였다. 물론 지금도 그런 의미가 완전히 없어진 것은 아니다. 그러면 그런 이유 때문에 그렇게 목숨을 거는 것일까?

운전을 하다 보면 천천히 가다가도 누가 자기 앞으로 추월하거나 끼어들려 하면 이내 가속하는 사람이 있다. 경쟁심이 순간 생겨났는지 아니면 본능인지 하여튼 누가 자기 앞에서 알짱거리는 것을 용납하지 못하는 사람들이 있다. 자녀에게 목숨을 거는 이유가 남들에게 뒤지지 않으려고 하는 것인가?

자녀에게 목숨을 걸고 키우는 부모는 자녀들이 고통을 당하지 않도록 미리미리 막아주고, 자녀가 원하면 무엇이든지 다 들어준다. 집안에서도 모든 것이 자녀를 중심으로 돌아간다. 외식을 하게 되면, 무엇을 어디에서 먹을까에 대한 의사결정은 자녀가 내린다. 이런 집에서 성장하는 아이들은 아주 어려서부터 자기가 이 세상에서 최고인 것으로 착각한다. 왕자병, 공주병에 걸리는 것이다. 그 왕자님이나 공주님이 밥을 안 먹고 토라져 있으면 온 식구가 아이를 달래는 데 매달린다. 긍정적으로 나타난 결과의 하나는 이렇게 자라난 아이들은 자기 의사를 매우 강하게 주장하고, 뚜렷한 자기 생각을 갖는다는 점이다. 예스, 노를 분명하게 표현한다.

그러나 부정적으로 나타나는 결과가 훨씬 많다. 다른 사람의 존재 가치를 인정하려 들지 않기 때문에 대인관계에 문제가 많다. 관계적 사고를 제대로 할 줄 모른다. 대학에서 학생들을 가르치다 보면, 바로 그렇게 자란 아이들이 모여 있는 곳이 내가 지금 가르치고 있는 이 대학의 학생들이구나 라고 느낄 때가 많다. 모두 다 잘났고 다 똑똑하다. 그러다 보니 집단이나 조직의 개념은 없어지고 모래알 같은 파쇄 현상만 나타난다. 각자 극도의 이기적 자기보호주의에 빠져 서로가 서로를 무시하며 지내는 것이다.

또한 이렇게 자란 아이들 ―고통을 겪어보지 않은 아이들― 은 고통을 미리 두려워하고, 조금 어렵다 싶으면 금방 포기해버린다. "공부는 정말 누가 잘하게 될까?" 세상 모든 일에서도 그렇지만 고통을 감수하면서 집념을 갖고 끝까지 물고 늘어지는 사람이 잘하게 된다. 대통령도 그렇지 않았던가! 몇 번씩 떨어져도 포기하지 않고 집념을 갖고 계속 도전하니까 끝내 되지 않았던가? 공부를 못하는 아이들은 조금만 어려우면 "나 이런 것 못해. 나, 안 해. 엄마, 이것 좀 해줘. 아빠, 이거 어떻게 하는 거야?" 하고 부모, 선생님에게 매달린다. 거듭 이야기하지만 사고력, 즉 생각하는 힘은 고통의 과정에서 생겨난다. 어른들도 그렇다. 집안에 큰일이 생기거나 회사에 고통스러운 어려움이 생기면 그것을 해결하느라 밤새 잠 한숨 못자고 이 궁리 저 궁리한다. 거기서 '생각하는 힘'이 키워지는 것이다.

한 가지 더 명심할 것은, 부모가 목숨을 걸고 키운 아이들은 대체적으로 인내심이 약하다. 참고 기다릴 줄을 모른다. 성장 배경 자체가 기다림이 없었기 때문이다. 원하기 이전에 어른들이 알아서 대령했기에 기다릴 필요가 없었다. 기다린다는 것 자체가 옳지 않은 것이라고 생각하게끔 되었다. 왜 기다려야 하는지를 이해하지 못한다.

긴 줄이 있다. 차례를 기다리고 서 있는 것이다. 그럴 때 부모가 목숨을 걸고 키운 아이들은 자기 차례를 기다리는 일을 힘들어한다. 언제나 특별한 최고의 대접을 받아야 한다고 생각하는 것이다. 다른 사람들도 나만큼 바쁘고 나만큼 소중한 존재임을 인식하지 못한다. 아니, 그렇게 인식하는 것 자체를 거부한다. 그것이 왕자병 공주병의 아주 두드러진 특성이기도 하다.

그냥 버리세요.
또 사면 되니까요

지난 해 성탄절이 거의 다가왔을 때였다. 다섯 살짜리 손자 녀석에게 무슨 선물을 사줄까 할머니가 고민에 빠졌다. 대체로 아이 엄마에게 무엇이 필요한지 물어서 사주곤 했는데, 그다지 필요한 게 없는 듯 "글쎄요" 하고 대답하더니 더 이상 아무런 이야기가 없다고 한다. 나와 아내는 이리저리 궁리하다가 속에 털이 들어 있는 신발을 한 켤레 준비했다. 성탄절 전날 저녁에 우리 집에 아이들이 몰려왔다.

"자! 우리 로건이 선물 줄게."

그러면서 할머니가 예쁘게 포장한 털 신발을 건네주었다. 또 삼촌이 예쁜 유아용 손목시계를 선물로 주었다. 아이는 신이 나서 포장을 풀어보곤 너무도 기뻐했다. 그러더니 할아버지를 힐끔 쳐다보면서 묻는다.

"할아버지 선물은?"

"할아버지 선물? 아까 주었잖아."

"아~ 그건 할머니가 준 선물이고, 할아버지 선물은 없잖아?"

"아냐! 그 신발, 할머니 할아버지가 같이 로건이에게 주는 선물이야."

"…"

아이는 잠시 머뭇대다가 좀 시큰둥한 표정이더니 이내 밝은 모습으로 말한다.

"으응, 이거 한짝은 할아버지가 샀고, 이쪽은 그러니까 할머니가 산 거야?"

아이는 모든 사람이 자기에게 선물을 주어야 한다고 생각한 모양이다. 사실은 아이가 그런 생각을 갖게 한 것이 문제다. 그때 내가 생각한 것은 "저 아이는 없는 게 없는 아이구나"였다. 입을 옷도 많다. 이 사람 저 사람이 사주고, 생일이다 추석이다 뭐다 해서 사준다. 그래서 미처 다 못 입는 옷이 많다. 갖고 놀 장난감도 방안 한가득이다. 그림책, 동화책이 종류대로 구비되어 있고, 게임이나 연주를 할 수 있는 기기도 많다. 그러니 때가 되면 할머니, 할아버지가 선물 고르느라 고민이 안 될 수가 없는 것이다. 이렇듯 지금의 N세대 어린이들은, 그들의 부모가 되는 X세대 때도 그랬지만, 참으로 물질적인 풍요로움 속에서 성장하고 있다.

지금 50대 중반 이후의 구세대 사람들은 어린 시절, 의식주를 비롯한 모든 기본적인 생활에서 빈곤함을 한스럽게 경험하며 성장했다. 못 먹고, 못 입고, 못 배웠다. 정말 지금의 신세대와 비교가 안 될 정도로 어려운 어린 시절을 보냈다. 지금도 나는 그 시절을 생각하면 머릿속에서 지워지지 않는 한 가지 가슴 아픈 추억이 있다.

초등학교 4~5학년 때쯤인 것 같다. 우리는 겨울이면 태수네 집의 양지바른 벽에서 말타기 놀이를 하며 지냈다. 그때 아마 태수형인지 삼촌인지가 서울에서 가끔 내려왔다. 그 사람이 왔다 가면 태수는 탁구공보다 조금 작지만 꽤나 큰 동그란 눈깔사탕을 들고 나타났다. 그 눈깔사탕은 속이 빨갛고, 겉에는 왕소금알 같은 설탕가루가 붙어 있었다. 한입에 다 넣으면 아이 입으로는 부담이 될 정도로 컸다. 그래서 태수는 늘상 그것을 손에 들고는 빨아 먹으며 우리를 약 올렸다. 때로는 누런 코가 사탕에 묻어 함께 입 안으로, 혓바닥 위로 들어가기도 했다. 그때 우리의 소원은 그 사탕을 한번 빨아 먹어보는 것이었다. 언감생심, 쪼개서 달라거나 한 개 더 있으면 통째로 달랠 생각은 엄두도 못냈다. 그저 한번만 빨아봤으면 했다.

"야! 태수야. 한번만 빨아보자!"

"그래 태수야, 나도 딱 한번만 빨아보자."

"야! 너 정말 약 올리고 혼자 먹을 거야?"

태수는 어쩔 수 없다는 듯 선심을 베푼다.

"그래! 너희들, 한 번씩만 빨아야 돼… 아냐, 내가 한 번씩 핥아 먹을 수 있게 해줄게! 너희들 이 앞으로 쭉 한 줄로 서. 그리고 눈 감아! 손은 뒷짐 지고… 그러면 내가 이렇게 대줄게."

지금 생각하면 정말 치사하고 더럽고 아니꼽지만 그때 우린 그런 생각이 전혀 들지 않았다. 우리는 태수가 시키는 대로 눈 감고 뒷짐 지고, 혀 내밀라고 하면 혀를 내밀어 한번 핥어주는 대로 그 단맛을 순간 맛보았다. 그리고 그 달콤한 맛에 기쁨을 느꼈다!

그때는 군것질감이라는 것이 아예 없었다. 밥도 제때에 배불리 먹지 못했기에 항상 배가 고팠다. 늘 들로 산으로 돌아다니면서 열심히 살폈다. 어디에 뭐 먹을 것이 없나 하고 탐험을 나서는 것이다. 열매를 따 먹고, 뜯어 먹고, 꺾어 먹고, 캐 먹고, 잡아먹고 할 수 있는 것은 다 했다. 우린 그때 어린 나이였지만 어떤 버섯은 독버섯이고, 어떤 버섯은 먹는 버섯인지 다 구별해냈다. 그래서 비가 온 다음날 새벽이면 산에 올라가 밤새 솟아난 항아리버섯을 찾아 산에서 구워먹곤 했다. 산살구, 빨간 야생 앵두, 오디, 싱아, 메줄기, 소나무 속껍질, 칡, 옥수수대… 안 먹는 것이 없었다. 그냥 들로 밭으로 논으로 산으로 개울로 돌아다니면서 배를 채웠다.

부족한 것은 먹는 것뿐이 아니었다. 그때 그 시절에는 정말 모든 것이 부족했다. (까만 고무신을 주로 신었지만) 신발도, 버선(양말) 도, 바지도, 저고리도 늘 낡았고 작았다. 학용품도 부족했다. 당시 연필은 잘 써지지도 않아서 연필심에 꼭 침을 묻혀서 써야만 했다. 종이가 귀한 것은 두말할 나위도 없다. 그렇기에 부모로부터 제일 많이 듣는 잔소리 중 하나는 "잃어버리지 말라"는 당부였다. 그래서 모든 것에 항상 이름표를 붙였다. 학용품 하나하나에다 이름표를 붙이고 연필에는 칼로 새겨 넣었다. 신발주머니에도, 책가방에도, 비닐우산에도… 모든 것에 이름표를 붙였다. 망가뜨리거나 부러뜨리거나 하면 큰일 났다. 그래서 비닐우산이 망가질까봐 비가 오는데도 우산을 품에 안고 비를 맞으며 다닌 적도 있었다. 우산 망가뜨렸다고 야단맞는 것보다는 비 맞고 가는 것이 훨씬 낫다고 생각했기 때문이었다.

그런데 요즈음은 어떤가? 학교 운동장 구석에 가보면 아이들이 놀다가 그냥 두고 간 좋은 우산들, 좋은 가방들이 지천으로 널려 있다. 분실품을 모아 찾아주려고 애써도 아이들은 찾아가지조차 않는다. "이거 네 거지? 가져가"하고 말하면 시큰둥한 표정으로 "그냥 버리세요. 새 거 사면 되니까요"라고 대답한다. 아이들은 잃어버린 물건에 대해 안타까워하지도 않고 아까움도 못 느낀다. 그저 "또 사면 되니까" "집에 가면 또 있으니까" 한다.

나는 골프를 무척 좋아하지만 그렇게 썩 잘 치진 못한다. 그런데 골프를 칠 때 나는 새 공으로 치는 경우가 드물다. 새 공을 사지 않거나 없어서가 아니다. 공을 치다보면 오비OB도 내곤 한다. 그래서 공을 찾으러 가면 거기에 내 공만 있는 것이 아니라 다른 사람들이 오비를 낸 공들도 몇 개 더 있다. 그것을 주워 사용한다. 임자가 없다. 잘 닦으면 칠 만한 공들이다. 그저 흠집 없으면 몇 번이고 그 공을 갖고 계속 친다. 그러다 보니 가방 속엔 이렇게 저렇게 주워 모은 헌 공들이 많고, 늘 헌 공으로 치게 된다.

아내는 이런 나에게 "대체 새 공은 두었다 뭐할 거예요, 국 끓여 먹을 거예요?"라고 핀잔을 준다. 내가 굳이 헌 공을 버리지 못하는 이유는 어려서부터 몸에 밴 절약 습관, 아끼고 모아두고 예비해두는 습관 때문이다. 그러나 지금의 신세대들은 그렇게 하지 않는다. 새 공과 헌 공이 있으면 우선 새 공부터 사용한다. 어찌 보면 그것이 경제학적인 관점에서 더 옳은 행동일지도 모른다.

빈곤하게 성장한 것이, 가난하게 산 것이 결코 자랑일 수는 없다. 또 그것이 어떤 일에 있어서 명분이 될 수도 없다. 그러나 사람이 항상 풍요롭게 성장한다고 해서 꼭 좋은 것만은 아님을 누구나 다 안다. 사실 사람의 성취동기는 부족, 결핍, 불만 등에서 비롯하는 것이다. 옛날 어느 권투선수가 그야말로 배고픔 때문에, 가난에 못 이겨 권투선수가 되었다고 실토함으로써 그때부터 사람들은 '헝그리복서'란 말을 쓰기 시작했다. 그리고 그 다음부터 생계를 위해서 누군가가 어떤 일을 열심히 하고 큰 성공을 거두면 '헝그리정신'이란 말로 칭송을 했다.

헝그리정신은 강한 집념, 불굴의 의지, 계속적인 도전을 뜻한다. 이제 일선에서 물러나 뒷전으로 나앉기 시작한 구세대들은 너나할 것 없이 헝그리정신으로 살아왔다. 가난을 결코 대물림할 수는 없다는 집념으로 온갖 고통을 이겨내며 도전을 했다. 그런 강한 성취동기, 강한 집념, 끈기, 의지, 열정은 모두 부족을 느끼고 모자람을 느낄 때 태동된다. 풍요로움 속에서는 결코 그런 동기가 형성되지도 않고 유지되지도 않는다. 그래서 의식이 있는 부모는 돈이 엄청 많아도 자식들에게 '부족'을 느낄 만큼 용돈을 준다. 학교에 승용차로 데려다주고 데려오는 일도 절대로 하지 않는다. 그것이 아이를 정말 사랑하는 부모의 마음이다.

부족이나 결핍은 창의적 사고력을 개발하는 데도 많은 도움을 주었음을 내 어린 시절을 돌아보며 확신한다. 내가 어렸을 때 시골에서는 지금처럼 장난감으로 가지고 놀만한 것이 없었다. 돈을 주고 장난감을 사는 일은 아예 있을 수 없었다. 그래서 우리는 온갖 종류의 장난감을 스스로 만들어 놀았다. 종이접기도 그때처럼 많이 한 적이 없다. 다 쓴 장구실패를 엄마에게 얻어서 양쪽 동그란 부분을 톱니바퀴처럼 칼로 저며낸 다음, 양초를 잘라 가운데 구멍으로 고무줄을 끼워 넣어 탱크를 만든다. 그걸 가지고 방바닥에 엎드려 누구의 것이 빨리 가느냐 시합을 했다.

썰매도 직접 뚝딱거려 만들어 탔고, 굴렁쇠, 자치기, 고무줄놀이, 땅따먹기, 수수깡으로 온갖 형체를 다 만들고, 연을 만들어

날렸다. 정말 우리는 모든 것을 스스로 만들어 놀았다. 놀이 자체가 하나의 궁리였다. 그때 우리들은 놀이도구며, 놀이방법이며, 놀이 규칙이며, 놀이터를 만들어냈다. 그 자체가 사고력 개발의 과정이었다.

물론 지금의 어린아이들도 차원은 다르지만 나름대로 부족을 느끼고 결핍을 느낀다. 그러니 나름대로의 성취동기도 갖고 있으며, 그런 부족과 결핍을 채우는 과정에서 창의적 사고력을 키우기도 한다. 그러나 모든 것이 풍요로울 땐 진정한 의미의 고통에 찬 사고가 진행되지 않는다. 물질적인 풍요가 꼭 나쁜 것은 아니지만 지나친 풍요는 오히려 해가 됨을 지금의 어린이나 젊은 세대들의 성장 과정에서 자주 느낀다. 자녀를 사랑한다고 해서 원하는 것 모두를 무조건 들어주고, 원하는 이상으로, 필요 이상으로 가득 안겨주는 것은 결코 바람직하지 못하다.

어머! 애는 천재인가봐,
벌써 한글을 줄줄 읽어요

오래 전 내가 공영텔레비전 방송에서 자녀교육 특강을 함으로써 많은 사람들에게 이름과 얼굴이 알려져 있을 때였다. 또 『지금 당신의 자녀가 흔들리고 있다』라는 책이 베스트셀러로 몇 주간 1위에 올랐던 때다. 대전에 산다는 어떤 아주머니 한 분이 남자 아이를 데리고 불쑥 내 연구실로 찾아왔다.

이유는 자기 아이가 지금 만 4세가 채 안 되었는데 천재라는 생각이 들어서 왔다는 것이었다. 마땅히 의논하고 상담 받을 곳도 없는데 주변 사람들이 자꾸 "아이가 천재이니 이렇게 놔두면 안 된다"고 했다는 것이다. 그러다가 방송을 보고 이렇게 불쑥 찾아왔다는 것이었다. 물론 나는 영재교육을 전공하지는 않았다. 그래도 영재교육에 관련된 기초적인 내용을 아는 교육학자이고, 평범한 어머니보다는 경험과 지식이 더 많은 편이기에 아이와 얘기도 하고 놀아도 보겠다고 했다. 나는 아이가 정말 천재일 가능성이 조금이라도 있다면 전문가에게 연결시켜줄 생각도 갖고 있었다. 어머니는 캠퍼스 구경을 하라고 내보낸 뒤 1시간쯤 아이와 이런저런 놀이를 내 연구실에서 했다. 그리고 많은 대화도 나누었다. 아이는 매우 붙임성이 있고, 사교적이었고 귀여웠다. 내 말을 잘 따라주었다. 그러나 "야! 정말 천재 같네"라는 생각은 단 한순간도 들지 않았다. 보통의 어린아이와 눈곱만큼도 다른 점이 없었다. 그래서 한참 후에 돌아온 아이 어머니께 말했다.

"민재는 천재가 아닌 것 같습니다만, 좀더 두고 보시지요. 그냥 평범하게 키우시고… 나중에라도 천재라 생각되시면 저한테 오지 말고 한국교육개발원 같은 곳에서 영재교육 전문가를 만나보세요… 그런데 왜 민재가 천재라는 생각을 하셨나요?"

"네~ 얘가요, 벌써 한글을 깨쳤어요. 한글을 줄줄 읽어요. 숫자도 다 알고요! 책 안 읽혀 보셨어요?"

"글자는 다 알고 있더군요. 그런데 어머니, 글자를 다 안다고 해서 꼭 천재는 아니에요. 글자를 안다는 것은 식별 능력이 뛰어나다는 뜻이거든요… 하여튼, 제 생각에 그래요. 멀리서 오셨는데 속 시원한 답을 못 드려서 죄송합니다."

대부분의 학부모들은 자녀의 문제에 대해서 분명한 진단과 처방을 요구한다. 하지만 딱 부러지게 처방하기 어려운 것이 교육에 관한 상담이다.

내가 어렸을 때는 6학년이 되도록 한글을 깨치지 못한 아이들이 꽤 있었다. 서울에서 누가 모처럼 시골에 내려와서 무슨 잡지나 신문 쪼가리를 읽다가 놔두면 우리는 신기해서 들여다본다. 그러면 그 사람은 우리보고 읽어보라고 한다. 우리가 더듬거리면 꼭 한마디 듣는 말이 있었다. "하여튼, 촌놈들은 낫 놓고 기역자도 모른다니까!" 정말 그랬다. 우리는 낫 놓고 기역자도 모르는 경우가 많았다. 매일 낫을 지게에다 꿰차고 산을 오르내리고 들판을 돌아다녔다. 낫으로 나무를 하고 풀을 베고, 보리도 베고 옥수수대도 잘랐다. 낫은 농촌의 삶에서 그야말로 필수적 도구였다. 그토록 낫을 가까이 하면서도 그것이 기역자처럼 생긴 것은 왜 몰랐을까? 이유는 딱 한 가지이다. 시골 아이들이 멍청해서가 결코 아니다. 글자를 본 적이 없었기 때문이다.

당시에는 교실도 없는 학교, 칠판도 제대로 못 갖춘 학교가 많았다. 교과서도 제때 나눠주지 못했다. 그나마 글자를 볼 수 있는 곳이 학교였는데 학교가 그러니 더 이상 무슨 말을 하랴! 만화책도 없고, 잡지도, 신문도, 과자 봉지도 없었다. 어디에서 글자를 볼 기회가 있었겠는가? 길거리에 간판도 없었다. 논두렁길 밭두렁길에 무슨 간판이 있었겠는가? 유일하게 본 간판은 뒷산에 있는, 일제 치하에 한문으로 쓴 '입산금지 入山禁止'가 전부였다. 그리고 해방 이후에, 6.25전쟁 이후에 써 놓았을 성싶은 구호가 면사무소 벽에 붙어 있었다. 예컨대 '반공방첩' 같은 구호 말이다. 집에 온들 누가 엄마 이름을 써 보라든지, 아빠 이름을 써 보라는 사람은 없었다. 당시 부모들 세대는 더욱더 문맹자가 많았으니 그랬을 것이다. 그러니까 아이들은 학교 울타리 밖으로 나오면 도대체 한글을 접촉할 수 있는 방도가 없었다. 그래서 한글을 제 때에 못 깨우친 것이다.

그러나 그때도 도회지 아이들은 달랐다. 만화책도 있었고, 잡지도 있었고, 신문도 있었으니 한글에 접촉할 수 있는 기회가 많았다. 길거리에 나가면 간판이 즐비했다. 그래서 도회지 아이들은 한글을 읽을 수 있었고 때에 따라서는 또래보다 더 일찍 깨우치기도 했다. 그러나 그들이 시골 아이들보다 더 똑똑해서 그런 것은 결코 아니다. 결국 한글에 대한 접촉 빈도의 문제였다. 그래서 누군가가 시골 아이들에게 "너희는 낫 놓고 기역자도 모르냐"고 나무라면, 나는 도회지 아이들에게 그 반대로 "너희는 기역자 놓고 낫을 아느냐?"고 물어보라고 얘기하곤 했다.

그러나 지금은 세상이 엄청 달라졌다. 정보화시대에 접어들면서 정보매체들이 다양해졌고, 또 그런 정보매체의 가격이 싸졌다. 접근이 그만큼 용이해진 것이다. 옛날엔 학교에서 가정환경을 조사한답시고, 여러 형태의 정보매체들을 쭉 열거해놓고 그중에 집에 있는 것에 동그라미표를 하도록 했다. 이를테면 신문, 잡지, 라디오, 텔레비전 등을 쭉 나열해놓고 ○표하라고 한 것이다. 요즈음엔 그런 조사를 하는 학교는 한 군데도 없다. 이제는 산간벽지에도 인터넷 접속이 다 되고, 휴대폰이 있고, 텔레비전이 다 나온다. 신문도, 잡지도 마음만 먹으면 얼마든지 구독할 수 있다. 이제 대도시 전철역에서는 아예 신문도 공짜로 준다.

그러다보니 요즈음 신세대 어른들이나 아이들은 아주 어려서부터 온갖 정보매체에 아주 쉽게 노출되고, 또 스스로 적극적으로 그것에 접촉한다. 지하철을 타보라. 젊은이들 대부분이 귀에 이어폰을 끼고 다니고 휴대폰으로 온갖 일을 다 한다. 뉴스도 보고, 영화도 보고, 게임도 하고 문자를 주고받는 것은 아주 기본이다. 휴대폰은 이제 어린아이들에게조차 필수품이 되었다. 그리고 휴대폰은 단순한 전화기의 기능을 뛰어넘어 자기표현 수단이 되었다. 휴대폰에 붙어 있는 액세서리를 통해서, 벨소리를 통해서, 생긴 모양을 통해서 아이들은 자기만의 독특성 내지는 자아정체감을 느끼고 발산한다.

어린이들은 글자를 일찍 깨우친 만큼 각종 인쇄 정보매체에 대한 접촉도 엄청 빨라졌다. 아주 어린 나이 대부터 책을 읽기 시작한다. 교과서 이외에도 동화, 소설, 만화책을 읽는다. 내가 어렸을 때는 부모님이나 할머니, 할아버지가 '옛날 얘기'라는 것을 들려주셨다. 잠들기 전에 형제들끼리 누워서 서로 돌아가면서 옛날 얘기를 하기도 했다. 어떤 옛날 얘기는 수십 번을 반복해서 들었던 이야기들이다. 레퍼토리가 풍부하지 못했기 때문이다. 그러나 신세대 아이들에게는 부모들이 동화책을 읽어준다. 영어로 이야기를 읽어주는 부모가 있는가 하면, 그런 카세트테이프를 틀어주는 부모도 있다. 그야말로 아이들은 한국어로, 영어로, 중국어로 온갖 방식의 정보통신 매체를 접촉하면서 수많은 정보를 아주 어렸을 때부터 받아들인다.

어린아이들이 성장하면서 받아들이는 정보는 정말로 다양하다. 세상 모든 것에 대한 다양한 정보들이다. 학교공부에 연관되는 것들도 있지만 대다수는 자기들 나이엔 관심을 두지 않아도 될 정보까지 다양하게 받아들인다. 그렇기에 요즈음 아이들은 언뜻 보면 모두가 똑똑하다. 모르는 것이 없으니 말이다! 특히 서너 살짜리 자녀를 둔 젊은 엄마들은 거의 대부분 자신의 자녀가 영재라고 생각한다. 더욱이 자기 어릴 때와 비교해보면 지나치게 너무 똑똑하다고 생각하는 것이다.

물론 머릿속에 정보를 많이 갖고 있다 해서 나쁜 것은 아니며 많은 정보를 가지고 있는 것이 문제가 될 수는 없다. 그러나 똑똑하고 똑똑하지 않은 것은 머릿속에 저장된 정보의 양으로 판정되는 것은 결코 아니다. 그것은 마치 냉장고에 많은 음식 재료가 들어 있다고 해서 그 집 주부가 음식을 잘하고 똑똑한 것은 아닌 것과 마찬가지다. 머릿속에 있는 정보를 끄집어내 그것을 어떻게 처리하고 재생산하고 활용하느냐가 중요하다. 정보의 홍수 속에, 또 정보에 대한 무분별하고 광범위한 접촉 속에서 성장하는 어린이들은 오히려 어려움을 겪을 수도 있다. 대표적인 경우가 '정보소화불량'이다. 이는 우리가 음식을 너무 많이 먹어서 생기는 소화불량을 생각하면 쉽게 알 수 있다. 어린이들이 지적인, 정서적인 성숙도에 걸맞지 않게 너무 어렵고 수준 높은 정보를 잔뜩 끌어들여 머릿속에 넣어두면 정보들 간에 충돌이 일어나고 아이들에게 인지적 혼미나 가치 혼란을 가져온다. 요즈음의 많은 어린이들은 주의가 산만하고 집중력이 떨어지고 잡념이 많다. 이러한 현상은 정보소화불량으로부터 기인하는 후유증이라고 하겠다.

1960~70년대 초 미국의 초중등학교에서 한때 유행했던 표현 중의 하나로 '르네상스 인간renaissance person'이란 것이 있었다. 당시 미국에서는 갑자기 수준이 높아진 학문중심 교육과정으로 인하여 어린아이들이 너무 수준 높은 것을 배우게 되었다. 옛날에는 중학교에나 가야 배우던 것을 초등학교에서 가르쳤고 또 고등학교에서 배우던 것을 중학교에서 가르치고 배웠던 것이다. 학교에 가면 생전 듣도 보도 못한 수학 기호들이 잔뜩 칠판에 쓰여 있고, 또 전혀 짐작이 되지 않는 뜻 모를 개념들이 다루어졌다. 아이들은 학교에만 갔다 오면 머리가 띵해지고, 몽롱해지고, 지끈거리며 아팠다. 그런 아이들이 초점을 잃은 눈빛으로 벤치에 혼자 앉아서 오가는 사람을 멍하니 쳐다보고 있으면, 그런 아이들을 르네상스 인간이라고 부른 것이다.

어찌 보면, 지금 우리네 사회에 그런 아이들이 늘어나고 있는 것은 아닌가 생각해 보아야 한다. 경쟁적인 선행학습까지 이루어지다 보니 아이들은 그야말로 미처 소화하지 못하는 많은 정보를 받아들이며 성장하고 있는 것이다. 그것을 원해서 받아들였건, 아니면 강제로 주입하여 받아들였건 머릿속에 끌어들이면 어떻게 되겠는가! 그런 아이에게 "너는 왜 그렇게 주의가 산만하냐?", "너는 왜 그렇게 잡념이 많으냐?"고 야단치기만 할 것인가?

다양한 정보와 풍부한 문화 접촉에서 성장한다는 것은 어찌 보면 축복일 수도 있다. 그것이 진실로 축복이 되도록 하려면, 무엇을 먼저 가르쳐야 하겠는가? 정보의 선택, 즉 정보 간의 유기적 관계를 분석하고 평가하고 종합적으로 판정하여 선택할 수 있는 힘도 아울러 키워주어야 한다. 내가 이 책에서 강조하는 관계적 사고의 능력을 어린이나 젊은이들이 우선적으로 갖추어야 하는 까닭도 거기에 있다. 인터넷에 접속하면 우리 모두 공통으로 느끼는 것은 정보의 홍수이다. 어떤 한 가지 주제에 대한 수많은 사람들의 주장, 설명, 반박, 자료 등이 올라온다. 어떤 정보를 그 가운데서 선택할 것인가? 어떤 정보가 진실로 옳은 정보인가? 그것은 정보를 올린 사람들의 책임만은 결코 아니다. 그 정보를 수용하고 활용하는 사람들의 몫이 더 크다.

스트레스를 너무 받아
원형탈모가 시작되었다니!

지금은 한창 겨울방학 중이다. 방학 동안에 아이들은 무엇을 하고 지낼까? 옛날 우리 세대가 어렸을 때는 방학만 되면 아주 신났다. 특히 초등학교 때 방학은 더욱 그러했다. 숙제라고 해봤자 <방학책>이라고 해서 교육부가 전국에 공통으로 내보내는 얇은 책이 있었다. 내 기억에 그저 기껏해야 50~70쪽 정도나 됐을까 하는 책이다. <즐거운 여름방학>이라고 제목 붙인 첫 장을 넘기면 아이가 매미채로 매미 잡는 그림과 동시가 실려 있고, 중간에 학습문제가 몇 가지 있었다. 문제도 지극히 쉽고 간단해서 성질 급한 아이들은 그날로 방학책 숙제를 다 끝내버린다. 그래야 마음껏 놀 수 있으니까.

그래도 여름방학엔 숙제가 두 가지 더 있었다. 하나는 식물채집이고, 다른 하나는 곤충채집이었다. 식물채집은 이런저런 식물을 말렸다가 도화지에 풀로 붙여서 그 밑에 무슨 풀이다 하고 이름을 적어 가는 것이었다. 곤충채집은 곤충을 잡아다가 와이셔츠 상자만한 상자를 만들어 그 안에 죽은 곤충을 핀으로 꼽은 뒤 역시 그 밑에 곤충 이름을 적어내는 것이었다. 그래서 우리는 여름방학만 되면 붙들어 일을 시키려고 하는 부모님으로부터 도망치는 핑계가 늘 "엄마, 나 곤충채집하러 가야 돼!" 또는 "식물채집하러 가야 돼"였다. 그리곤 실컷 떼지어 돌아다니며 놀았다. 정말로 글자 그대로 '학'學(배움)"을 '방'放(놓아둠) 했었다.

그런데 요즈음 아이들은 어떤가? 우리나라 모든 곳에서 방학이든 학기중이든 별 차이가 없다. 그저 1년 내내 공부에 매달린다. 조금 옛날엔 그래도 초등학생이나 중학생의 경우 좀 여유 있게 보냈는데 이제는 초등학생은 물론 유치원생, 어린이집 원생 할 것 없이 모두 공부에 매달려 너무 바쁘게 하루하루를 보낸다. 몇 년 전까지만 해도 아이들은 학교의 정상적인 진도보다 조금 먼저 빠르게 공부하는 선행학습이란 것에 시달렸었다. 그러나 지금은 그런 정도에서 멈추는 것이 아니다. 이제 그런 정도의 선행학습은 얘깃거리도 안 된다. 몇 년씩을 앞당겨서 한다. 초등학교 1학년 입학할 때 이미 3~4학년 수준의 수학, 국어 실력을 갖추고 입학한다. 그런 식으로 초등학교 고학년 때는 중학교 수준을, 또 중학교 때는 고등학교 수준의 것을 당겨서 배운다. 나는 그런 이야기를 들을 때마다 그럼 고등학교에서는 대학 수준의 것을 당겨서 배우는가? 당겨서 배우면, 나중에 죽는 것도 당겨서 죽는가? 라고 묻는다.

우리나라는 옛날부터 남보다 빨리 어린 나이에 무엇을 하면 그가 뛰어난 것으로 보는 인습이 있었다. 그래서 조선시대에는 약관 몇 살에 과거에 급제했다는 등, 지금도 몇 살에 고시에 합격했다는 등, 최연소 합격자가 누구였다는 식의 언론보도를 자주 본다. 심지어 어떤 신문들은 아예 드러내놓고 공부 열풍을 불러일으키고 있다. 사회 전체가 조기 선행학습 열풍에 휩싸여 있다. 그러니 누가 사교육을 비난할 수 있겠는가? 물론 사교육기관에서 그런 것을 부추긴 면도 없지 않지만 결국 부모들의 경쟁적인 욕심 때문에 겨우 3~4세 된 아이 때부터 공부에 시달리고 있다는 현실은 서글프기만 하다.

이런 이야기를 하면, 서울의 특정 지역에서나 그렇지 않느냐고 하겠지만, 언제나 처음엔 그렇게 시작한다. 그러다가 이내 전국적으로 번져나간다. 서울의 어떤 지역에서 부모가 아이를 유치원에 입학시키려고 동네 유치원 몇 군데를 알아보았다. 그런데 이구동성으로 아이가 영어를 어느 정도나 할 줄 아느냐부터 중학교는 어디를 보내려고 하느냐는 것 등을 묻더란다. 이유인즉슨, 앞으로 진학할 중학교가 국제중학교인지, 외국인학교인지, 일반 사립 중학교인지… 등에 따라 유치원 교육이 달라져야 하기 때문이라는 것이다. 어찌 보면 굉장히 계획된 교육을 시키는 것 같고 맞춤형 교육을 시키는 것 같다. 그러나 이제 겨우 유치원인데 어떤 유형의 중학교 진학을 목표로 하는가를 결정해야 한다는 것에 저으기 놀라지 않을 수 없다.

지구촌 시대에 영어가 중요한 것은 이제 길가의 개들도 다 아는 이야기이다. '오렌지'가 아니라 '오우륀지'이어야 하고, '로비'가 아니라 '라비'가 되어야 한다는 것도 온 국민이 다 아는 이야기이다. 영어를 열심히 가르치고 배워야 한다는 것을 부정할 사람은 아무도 없다. 문제는 그 영어교육 역시 조기열풍에 빠져 있다는 것이다. 지금 한창 성장하는 어린아이들은 한국어도 제대로 읽고 쓰고, 듣지를 못하면서 영어를 배워야 하는 부담을 잔뜩 안고 자란다.

내가 전해들은 이야기인데 어떤 집 아이는 지금 유치원에 다니는데 그 유치원에서 내주는 영어 숙제가 장난이 아니라는 것이다. 이를테면, 이제 겨우 여섯 살짜리 아이한테 Black이란 영어 단어를 갖고 Black Dog, Black Cat… 하는 식으로 한 단어에 10개씩 써야 하는 숙제를 몇 장씩 내준다. 그것을 하루인가 이틀인가에 모두 해오라고 다그친다. 영어만이 아니라 두 자릿수, 세 자릿수 덧셈뺄셈 숙제까지 있다. 이것이 유치원생이 요즈음 바쁘게 지내는 까닭이다. 초등학생이 미국의 SAT 시험을 보고, TOEFL

에 응시하고, TOEIC에서 언니 오빠들과 겨룬다.

지금의 아이들은 그저 교과목 선행학습과 영어학습만으로 바쁜 것이 아니다. 그 외에 또 있다. 적어도 한 가지 악기를 다룰 줄 알아야 한다는 강요로 피아노, 첼로, 바이올린 등을 배우러 다닌다. 어디 그뿐이랴. 미술, 체육도 배우러 다닌다. 태권도학원, 웅변학원도 다녀야 한다. 학교에서는 학교대로 공부를 시키려고 노력하고 숙제도 내준다. 일주일을 단위로 볼 때 아이들은 평균 4~5개씩의 여러 종류의 학원에 다닌다. 그리고 학원에서 저마다 자기들이 내주는 숙제가 제일 중요하다며 꼭 해야 한다고 강조한다. 그 아이들에게 방학은 아무런 의미가 없으며, 1년 12달이 학기중이다. 주말도 없고 주중도 없다.

참으로 안타깝고 서글픈 현실이다. 아이들은 날이 갈수록 점점 더 심해지는 학습 부담에 시달리고 있다. 그것도 돌이 조금 지나면 곧바로 시작된다. 그러니 어찌 아이들이 스트레스를 받지 않을 수 있겠는가! 어찌 소화가 제대로 되겠는가? 어찌 친구들을 사귀고 어울려 놀 수 있는 여유가 있겠는가? 어찌 부모 형제들과 대화를 나눌 수 있는 시간과 에너지가 있겠는가!

그래서 원형탈모증에 시달리는 아이들이 점차 늘어나고 있다. 어린아이들이 얼마나 스트레스를 많이 받았으면 50대에나 시작되는 그런 현상을 이제 겨우 10세 안팎의 삶에서 경험하겠는가? 어떤 학부모의 이야기로는 처음엔 아이가 학원도 열심히 다니고,

시키는 대로 잘 따라했다는 것이다. 그러던 아이가 초등학교 3학년이 된 어느 날 자기는 이제부터 아무런 공부도 안 할 것이고, 학원도 다니지 않을 것이라고 선언하더라는 것이다. 그리고는 문 걸어 잠그고 그 누구와도 접촉을 하지 않고 학교를 다니기 싫다고 해서 무척 놀랐다고 한다. 나는 그 아이가 지극히 정상이라고 생각한다. 정상인이니까 그런 저항을 하는 것이다. 자기에게 제공된 음식이 썩은 음식이라면, 정상인은 즉시 항의하고 거절할 것이다. 그러나 코나 혀가 모두 비정상인 사람은 그 음식이 썩은 줄도 모르고 그냥 순순히 받아먹는다.

지금 우리 어른들이, 특히 젊은 X세대 부모들이, 자기들 어렸을 때 그렇게 겪었으면서도 자기들이 겪은 것보다 더 심하게 아이들에게 엄청난 학습 부담을 안겨주고 있음에 분노마저 느낀다. 더욱 한심한 것은 우리의 어린아이들이 아무런 저항도 못하고 순순히(?) 끌려다니고 있다는 사실이다. 겉으로 저항을 못하고 속으로 끙끙 앓기에 정신적인 장애를 겪는 아이들이 늘어나는 것이다.

서울 강남 지역에서는 자녀를 제대로 가르치려는 엄마는 두 가지 정보에 능통해야 한다는 말이 있다. 하나는 학원정보이다. 어느 학원의 어떤 선생님이 어떻게 잘 가르치는지, 어느 과목은 어느 곳의 어떤 선생님이 최고인지 등 학원에 관한 정보이다. 물론 이러한 학원정보에는 영어과외나 태권도과외, 피아노과외 등 모든 사설학원 과외를 포함한다. 다음으로 부모가 능통해야 하는 정보는 정신과병원에 관한 정보란다! 어느 정신과의 어떤 의사가 아이의 문제를 제대로 잘 상담해주고, 치료해주고 예방해줄 수 있는지를 알아야 한다는 것이다.

그리고 엄마들끼리 모임을 만드는데, 이때 엄마들이 어떤 모임에 참여하느냐가 아이 교육에 매우 중요하다고 한다. 즉 어떤 모임에서 얼마나 가치 있는 좋은 정보를 얻을 수 있느냐가 자녀교육을 성공시키는 가름새가 된다. 그리고 그런 모임에서는 아무나 가입을 시켜주지 않는다. 한 가지 정보를 얻어가면, 대신 새로운 어떤 정보를 그 모임에 가져올 수 있는 엄마라야만 가입이 가능하다. 심지어는 그런 엄마들의 모임을 소개해주고 다리를 놓아주는 중개broker 엄마가 중간에 있다. 정말이지 대단한 엄마들이다. 나는 그렇게 해서 자란 아이들은 어른이 되었을 때, 평범하게 자란 어른들과 무엇이 어떻게 다른지를 종단적인 연구방법으로 비교해보고 싶다.

X세대도 우리 같은 구세대들이 볼 때 너무도 어린 나이 때부터 일찍 공부에 매달려 성장했다. 그런데 그렇게 자란 X세대가 지금은 부모가 되어 자녀인 N세대 아이들에게 더 경쟁적으로 밀어붙이면서 아이들을 아주 일찍부터 공부 스트레스 속에 빠져들게 하다니! 거기서 아이들이 무슨 창의적 사고력, 관계적 사고력 따위를 키울 수 있겠는가! 그들이 어찌 남들과 관계를 잘못한다고 비난할 수 있겠는가! 지금의 젊은 부모들을 바라보면 옛날 어른들

의 말씀이 또 생각난다. 시어머니에게 엄청 구박 받은 며느리가
훗날 시어머니가 되면 자기가 경험한 것 이상으로 자기 며느리를
못살게 군다더니, 지금의 젊은 부모들이 꼭 그 짝인 셈이다. 아니
면 그냥 세상 탓일까? 아니면 정부의 교육정책이 '거지같아서'
그런 것인가?

어쩜, 라일락 꽃향기를
지린내 난다고 하냐!

대학에서 학생들이 스스로 교수를 찾아오는 일은 드물다. 특별한 용건이 있을 때는, 이를테면 추천서를 받아야 한다든지, 시험성적을 알아봐야 한다든지 할 때는 물불 가리지 않고 마구 찾아온다. 그러나 지나가다가 연구실에 불이 켜져 있어 들어왔다는 등, 그냥 뵙고 싶어 왔다는 학생은 극히 드물다. 그렇기에 나는 학생들을 아무 때나 연구실에 데리고 들어오기도 하고, 또 밥 먹으러 가자고 한다.

한번은 어느 봄날, 수업이 12시에 끝났고, 특별한 약속이 없고 해서 계단 앞에 모여 있는 세 명의 남학생을 데리고 늘 하던 대로 동문 근처로 밥을 먹으러 갔다. 그때 한 학생이 불현듯 내게 말을 건넸다.

"선생님, 근데 어디서 이렇게 지린내가 나지요?"

"지린내라니?"

"선생님, 이거 지금 지린내 아녜요? 야! 너희들도 맡았지? 이 지린내 말야…"

"글쎄"

다른 아이들도 냄새를 맡지 못했다. 그런데 녀석은 계속 냄새가 난다고 투덜거렸다. 도대체 무슨 냄새를 갖고 그러는가? 그러다가 나는 냄새의 진원지를 찾았다.

"얘! 지금 이 야리야리한 냄새를 말하는 거니?"

나는 그 학생을 라일락 꽃나무 앞으로 데리고 갔다. 그리고 냄새를 맡아보라고 했다. 그러면서 이것이 네가 말하는 지린내냐고 물었더니 녀석은 놀란 표정을 지었다. 그러니까 라일락 꽃 향기를 지린내로 느낀 것이다. 기가 막혔다.

요즈음의 어린 세대들은 가속화되는 도시화 물결 속에서 살아 있는 자연과의 접촉 기회가 점점 줄어들고 있다. 게다가 앞에서도 이야기했지만 어린 나이 때부터 여러 가지 학습 부담을 갖고 성장하다 보니 자연과 접촉할 수 있는 물리적인 시간도, 심리적인 여유도 없다. 물론 어떤 부모들은 자녀에게 자연을 체험할 수 있는 기회를 계획적으로 잘 만들어주지만 그런 부모들의 수는 그리 많지 않다.

지금의 50~60대 이상의 세대들은 어린 시절의 삶 그 자체가 자연이었다. 집 앞만 나서면 신선한 자연이 그대로 눈앞에 펼쳐져 있지 않았던가? 시냇물이 흐르고, 이름 모를 들꽃이 곳곳에 피어 있고, 산에는 숲이 우거지고 온갖 새들이 지저귀고, 들판에는 곡식들이 익어가고, 과실나무엔 그야말로 다양한 과실들이 열렸다. 여름날 밤이면 개구리 울음소리가 멋진 합창곡이 되었고, 반딧불이 아이들 마음을 홀리고 밤하늘엔 쏟아질 듯 별들이 총총하지 않았던가? 그런 자연 속에서 ─루소가 『에밀』에서 말했듯이─ 그냥 있는 그대로의 자연 속에서 어린이들의 심성은 곱게 자라났다. 또 그런 자연과의 접촉에서 감성이 풍부하게 발달하고 마음의 여유도 생겨났다. 그때 어린이들은 그야말로 동네방네, 들로 산으로 온종일 휘젓고 다녔다. 50~60대 이상의 노인들 중에 건강한 사람들 상당수는 어린 시절에 많이 걸어다닌 덕분에 다리가 튼튼해진 때문이 아닌가 생각한다. 특히 나 자신을 돌아보면 더욱더 그런 생각이 든다.

　그러나 지금은 자연도 많이 훼손되고 오염이 되어버렸다. 흐르던 시냇물은 온데간데 없어졌다. 대기가 두꺼운 오존층으로 덮인 탓인지 밤하늘에 보여야 할 별들도 잘 보이지 않는다. 소리 내어 울던 새들도 어디론가 사라졌다. 이름 모를 들꽃들도 많이 없어졌다. 그래도 옛날엔 서울을 벗어나면 이내 푸른 들판이 펼쳐졌는데 이제는 남으로 한참을 내려가도 아파트들이 끝없이 이어진다. 이렇듯 지금 성장하는 신세대들은 몹시도 메마른 자연환경 속에서 성장하고 있다. 부드러운 자연보다는 딱딱한 인공환경이 성장 터전이 되고 있는 것이다.

더욱이 지금의 아이들은 하루하루 생활이 너무 바쁘다보니 마음의 여유를 갖지 못한다. 어떤 일을 할 때나, 어떤 생각을 할 때도 아이들은 여유를 못 느낀다. 그냥 급하게 쫓기듯이 하고, 쫓기듯이 생각해낸다. 그러다보니 무슨 창의적인 생각을 할 수 있겠는가. 지금은 옛날 동화 속에서나 나올 법한 얘기지만, 원두막에 엎드려 뒹굴면서 방학 숙제할 때의 여유나, 석양 무렵 개울 뚝길을 걸으면서 저편 마을의 집집마다 피어오르는 저녁연기를 바라다보던 여유나, 뒷동산에 올라 네잎클로버를 찾아 꽃시계를 만들어 서로 팔목에 묶어주던 여유를 지금의 아이들은 느끼지 못한다. 대신에 언제나 부모로부터 듣는 소리는 정해져 있다. "꾸물거리지 말고 빨리 영어 끝내고, 피아노 치고, 태권도 하고, 숙제하고, 논술하고…" 온통 쫓기는 이야기뿐이다.

나는 옛날에 모 텔레비전 방송국에서 하는 청소년 퀴즈 프로그램을 몹시 싫어했다. 학생 다섯 명 정도를 앉혀 놓고 여자 아나운서가 문제를 읽으면, 아이들은 귀담아 듣다가 먼저 '스톱'을 외치면서 버튼을 누른다. 이를테면 '임진왜…' 하고 문제를 읽어가면, 어떤 학생은 '임진왜'까지밖에 안 나왔는데도 스톱을 한다. 그러면 아나운서는 매우 놀랍다는 표정으로 그리고 아주 빠른 목소리로 "정답은?" 하고 학생에게 묻는다. 학생이 "1592년"이라고 대답을 하면 아나운서는 "네, 맞았습니다. 정답입니다. 아~휴, 대단하네요! 자기소개를 좀 해주겠어요?" 그러면 학생은 의기양양해서 자기소개를 한다. 그렇다면 그 학생이 정말 똑똑한 것일까? 글자 세 개 갖고 임진왜란이 일어난 해를 정답으로 맞추었지만 글쎄 그것은 때려 맞추기 아니겠는가! 아니면 점쟁이인가? 무엇을 물어볼지도 모르고 지레짐작으로 때려 맞춘 것을 놓고 모두들 탄성을 지른다. 그런 경우에 사고란 거의 이루어지지 않는다. 이를 촉새판단snap judgement이라 한다. 지그시 천천히 생각하고, 또 답을 생각했어도 판단을 잠시 유예시키는 것을 전혀 할 줄 모른다.

　도시화의 메마른 자연환경, 감성을 개발하기 어려운 딱딱한 인공환경 속에서 성장하는 아이들, 그렇게 바삐 쫓기며 성장하는 어린 세대들은 친구들과 어울릴 시간적 여유도 기회도 없다. 부모세대 때만 해도 동네에서 이따금 들리는 소리가 "정수야 놀자아~" 하는 친구 부르는 소리였다. 지금은 그런 소리가 사라졌다. 옛날엔 하도 친구들이 시도 때도 없이 대문 앞에 찾아와 불러내기에 거짓말을 해서 아이들을 돌려보냈다. "지금 어디 가고 없다"든가 "자고 있다"든가 라면서. 그러나 지금은 그렇게 찾아오는 아이도 없고 또 찾아가는 아이도 없다. 이유는 간단하다. 서로들 바빠서 그렇다. 또 스케줄이 다르기 때문이다. 학교에서 함께 배우는 동안만이라도 친구들과 이야기하고 놀 수 있는 것이 천만 다행이다. 그러나 일단 학교를 벗어나면 그때부터 아이들은 부모가 결정해준 스케줄대로 움직이기에 서로 어울릴 수 있는 기회가 없다.

아파트에서 놀이터를 내려다보면 노는 아이들을 보기가 참으로 어렵다. 이따금 시소 타는 소리가 들려서 내려다보면 어른들이 산책 나와서 타고 있다. 아이들은 어디에서 무엇을 하기에 어른들만 저런 여유가 있는 것일까? 설혹 아이들이 놀아도 엄마나 아빠가 함께 나오는 경우가 많다. 노는 것도 옆에서 지켜보고, 노는 것도 부모가 정해준다. 미끄럼틀을 타라는 등 타지 말라는 등, 철봉에 매달려보라는 등, 그네를 타보라는 등, 그만 놀고 들어가는 시간까지 엄마가 다 정한다. 결국 개 끌고 나온 사람이나 어린아이 데리고 나온 사람이나 하는 행동은 비슷하다. 그저 대상이 한쪽은 아이이고 한쪽은 개라는 동물일 뿐이다.

어떤 부모들은 계획적으로 아이들을 놀게 해준다. 계획적으로 친구들과 사귈 수 있는 기회를 마련해준다. 이를테면 생일파티를 여는 것이다. 그때 몇 명을 초대해서 어디서 어떻게 무엇을 먹이고 무슨 선물을 주고받을지 모든 것을 이벤트처럼 하는 부모도 있다. 물론 그때 초대 받는, 즉 그런 모임에 함께하는 친구들은 지극히 선별적이다. 아무나 그런 모임에 끼는 것은 아니다. 퍽이나 사려 깊은(?) 부모에 의해 어려서부터 선별적인 관계를 맺는 것이다. 한마디로, 지금 성장하고 있는 아이들 중 상당수는 엄마의 계획되고 구조화된 틀 안에서 친구와 사귀며 성장한다. 친구를 사귀는 일조차 꽉 막힌 인공환경에서 이루어지고 있는 것이다. 탁 트인 자연환경에서 느낄 수 있는 느낌과는 거리가 멀다.

그러다보니 혼자 노는 아이들도 많다. 엄마, 아빠도 없고 형도 동생도 아예 없다. 자기 혼자 놀 수밖에 없다. 나는 대학에서 늘상 혼자 밥을 먹는 두세 분의 교수를 가까이서 지켜볼 수 있었다. 이 분들은 점심시간에 꼭 구내식당을 이용한다. 밖으로 식사하러 나가지도 않는다. 동료나 선후배 교수들, 학생들하고도 식사를 하지 않는다. 하루도 거르지 않고 자기 혼자 구내식당에 와서 점심을 먹는다. 4인용 식탁에 혼자 앉아 먹는다. 사람들이 붐벼서 다른 두 사람이 그 테이블에 앉아도 아무런 대화가 없다. 자기 밥 먹고 일어서서 나간다. 왜 그럴까? 사람이 결코 악해서는 아니다. 그분들 모두 연구도 많이 하고 열심히 가르치는 사람들이다. 다만 사람들과 어울릴 줄을 모르거나 어울리기를 싫어할 뿐이다. 아니면 정말 개성이 지극히 강해서, 개인적인 자주적 의식이 강해서, 자기 혼자 밥 먹는 것이 무슨 문제이겠느냐! 그러는 것 같기도 하다.

물론 어쩌다 우리는 혼자 밥 먹어야 할 경우가 생긴다. 식당 한 구석에 앉아 밥을 먹지만 그렇다고 죄 지은 듯이 먹지는 않는다. 그럼에도 겸연쩍은 생각이 들지 않던가! 사람은 서로 어울리는 것이 지극히 자연스럽고 당연하다. 그런 것은 성장하는 어린 시절부터 몸에 익숙해져야 한다. 그러나 많은 어린아이들이 친구들과 어울리는 기회를 경험하지 못하고 있음이 안타깝다. 그래서 요즈음 도회지엔 놀이학원도 유행처럼 번져가는 것인지도 모른다. 물론 놀이학원이라고 해서 아이들을 무작정 놀게 하지는 않는다. 놀이 속에도 교육적 의도가 숨어 있다. 정서적 감정을 개발하거나 지적인 창의력을 키우는 것, 서로 어울리면서 협동심과 인내심을 키우는 과정이 프로그램 속에 녹아 들어가 있다.

그런데 그런 것을 옛날엔 굳이 학원을 안 다녀도 동네에서, 가정에서 다 해결했다. 그러면 왜 지금은 모두 학원이 나서서 해결하고 도와주어야 하는가! 오늘날 어린이들의 성장 배경의 약점을 학원들이 교묘하게 상업적으로 이용하고 나선 것인가? 그런 것은 결코 아닐 것이다. 그런 요구가 생기니까 그런 서비스가 생겨난 것 아니겠는가? 줄여서 결론지으면, 신세대 아이들은 너무도 삭막한 인공환경에서 친구도, 자연도 접촉할 기회가 없이 그저 바쁘게 하루하루 생활하며 성장하고 있다. 그런 와중에 머리知는 그만큼 커지는지 모르겠지만, 가슴情과 몸體은 자꾸 정상에서 벗어나고 있는 것은 아닌지 생각해야 한다.

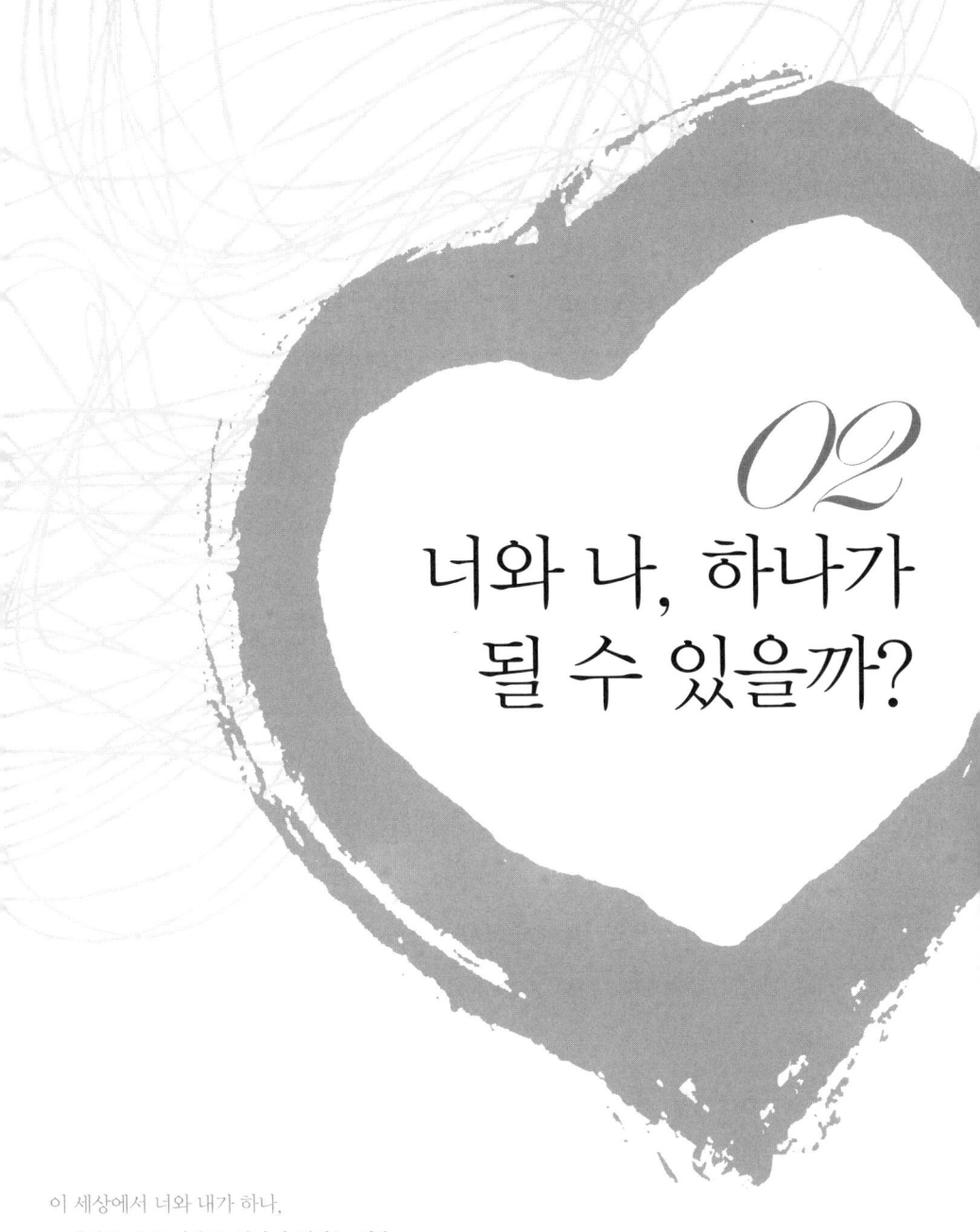

02
너와 나, 하나가
될 수 있을까?

이 세상에서 너와 내가 하나,
그야말로 몸도 마음도 하나가 된다는 것은
우리가 그리는 이상적인 목표이다.
그러나 그것은 하나님과의 관계에서만 가능한 것 아닌가!
우리는 서로 공감대를 만들어 그 안에서 몸과 마음이
부분적으로 하나가 될 수는 있다.
물론 그러면서 각기 자신의 삶을 살아가는 것이다.
문제는 그 공감대가 허약해서 관계가 깨지는 것이다.

그러면 김사장은
4.19혁명을 잘 모르겠구먼

　　우리는 일상생활에서 관계relation라는 용어를 자주 사용한다. 그러나 그 의미가 항상 똑같은 것은 아니다. 때에 따라 상황에 따라 관계라는 용어는 여러 가지 의미를 나타낸다. 이를테면 다음과 같은 예에서처럼 관계는 서로 다른 뉘앙스를 풍긴다.

* "그러길래, 사람들은 평소에 관계를 잘해 두어야 되는 거야. 필요할 때만 찾아가서 알랑댄다고 되냐!"(사람 간의 연계)
* "야! 너 그 여자와 관계 가졌지? 그것도 한두 번이 아닌 것 같은데…"(성적 교섭)
* "새해엔 드디어 경제관계 중앙부처 사람들이 제대로 호흡을 맞추

려는가 보구먼, 진작들 그러지." (분야/영역)

* "제발 부탁인데, 너 앞으로는 내 일에 정말로 눈곱만큼도 관계하지 말아줘!" (개입/관여)

* "자네가 방송에 관계하기 시작한 것도 얼추 10년이 넘었지." (종사)

* "미국의 경제위기는 미국의 문제로 끝나는 것이 아냐! 우리나라 무역적자와도 상당한 관계가 있지!" (영향)

* "그 양반, 날짜까지 잡아 놓았던 큰딸 결혼식을 사업관계로 뒤로 미루었대." (명분/원인)

* "이번 뇌물사건은 지난 번 자치단체장 선거와 관계가 있음이 틀림없어!" (연관)

위에 적은 예들에서 괄호 속에 표시한 것처럼 관계라는 용어는 여러 가지 뜻을 내포하고 있다. 굳이 긴 설명을 하지 않아도 관계가 무엇을 의미하는지 모두 알겠지만, 사전적 정의를 내린다면 이렇다. 즉 관계란 어떤 존재와 존재 간의 연계, 연관, 영향 또는 작용이다. 이때 존재라 함은 사고 또는 행동의 대상이 되는 사람, 사물, 사건, 현상 등을 망라한다. 그리고 이들 존재는 작용과정에서 주체 또는 객체의 역할을 한다. 이러한 '주체-객체' 또는 '주체-주체'로서 두 존재가 이어질 때 나타나는 현상에 따라 그것을 인과관계, 상호작용관계, 논리적 관계, 시간적 관계, 공간적 관계

등으로 유형화시킨다. 그리고 상호작용의 주체와 객체가 모두 사람일 경우 그것은 인간관계가 되는 것이다.

이러한 모든 유형의 관계에서는 작용하는 사고의 과정을 '관계적 사고'라고 한다. 관계적 사고가 어떻게 이루어지느냐에 따라 결과적으로 나타나는 관계의 질이나 양상은 크게 다르다. 이를테면 다음과 같다.

- 적절한 관계 - 부적절한 관계
- 좋은 관계 - 나쁜 관계
- 합법적인 관계 - 비합법적(불법적)인 관계
- 우호적인 관계 - 적대적인 관계
- 긍정적인 관계 - 부정적인 관계
- 깊은 관계 - 얕은 관계
- 가까운 관계 - 먼 관계
- 일시적인 관계 - 장기적(항구적)인 관계
- 복잡한 관계 - 단순한 관계
- 수직적인 관계 - 수평적인 관계
- 편안한 관계 - 불편한 관계
- 원만한 관계 - 껄끄러운 관계
- 조화로운 관계 - 어울리지 않는 관계
- 자연스러운 관계 - 부자연스러운 관계

- 숨기는 관계 - 공개된(노출된) 관계
- 가상의 관계 - 현실의 관계
- 필연적(운명적) 관계 - 우연적 관계
- 경쟁의 관계 - 협동의 관계 등.

위에 적은 것 외에도 우리는 여러 가지 다양한 관계를 삶에서 경험한다. 관계란, 특히 그중에서도 인간관계란 참으로 오묘해서 그 양상을 획일적으로 구분 짓기 어렵다. 더욱이 인간관계의 원리나 인간관계를 보다 잘 하기 위한 관계적 사고의 틀을 단정적으로 제시하기는 매우 어렵다. 그러나 세상을 이만큼 경험하고 보니, 내게는 나름대로 인간관계는 결국 이런 것이었구나 하는 자각의 믿음이 생겼다.

사람은 누구든 상대방에 대해 호기심을 갖는다. 거리에서나 지하철에서 스쳐 지나가는 사람에 대해서도 순간 호기심을 갖는다. "저 사람은 지금 어딜 가고 있는 것일까?" "저기 저렇게 앉아 이야기하는 두 사람의 관계는 어떤 관계일까?" 이처럼 아무런 목적 없이도 우리는 막연한 호기심을 느낀다. 그런데 이번에는 두 사람이 서로 목적이 있어 처음 만났다고 하자. 이때는 사뭇 달라진다. 막연한 호기심 차원을 훨씬 넘어 상대에 대한 해석, 통제, 비판이 시작된다.

"처음 뵙겠습니다."

"네, 안녕하세요. 저는 김근수라고 합니다."

"아! 김 선생님이시군요. 제 명함 받으시죠."

이렇게 명함을 주고받은 두 사람은 조금씩 상대에 대한 해석의 길에 들어선다. 도대체 이 사람은 몇 살이고, 어느 학교를 나왔고, 고향은 어디고, 지금 몸담고 있는 회사는 잘 돌아가고 있는지 등등 상대에 대한 해석을 한다. 그렇다고 해서 "실례지만 지금 몇 살이지요?" 단도직입적으로 묻는 어벙한 사람은 없다. 물론 아주 나이 차이가 많은 어른과 청년이 만났을 때는 직접 몇 살이냐고 묻기도 하지만 비스듬하게 견줄 때는 그렇게 무례를 범할 용기를 내지 못한다. 자기 딴에 우회적이다 싶은 질문으로 상대방의 나이를 알아내려 한다.

"실례지만 자녀는 어떻게 두셨어요?"

"아들만 두 놈예요. 딸이 있어야 하는 건데…"

"아, 그러시군요. 딸이 아들보다 훨씬 좋지요. 아이들은 전부 학교를 졸업했나요?"

굳이 여기서 대학이다 고등학교다 하지 않고 '학교'라는 애매한 표현을 쓴 것은 이 사람이 겉으로 봐서는 자녀가 대학을 졸업한 것 같기도 하고, 또 어찌 보면 아직 중학교에 다닐 것 같기도 하고, 도무지 짐작이 안 서기 때문이다.

"큰 놈은 재수 끝에 올해 대학 들어갔어요."

그러면서 상대는 순간 속셈을 한다.

'큰 아이가 재수를 해서 대학에 들어갔다고? 그러면 스물한 살쯤 됐단 말이잖아. 그러면 스물여덟 쯤에 결혼해서 서른에 낳았다 치면, 쉰 살 정도 되었단 얘기군.'

순간 계산이 끝나자 확인하기 위해 이내 묻는다.

"그러면, 김 사장은 4.19혁명을 잘 모르겠구먼."

"그럼요. 그때 저는 태어나지도 않았어요. 5.16이 일어난 다음 해에 태어난 걸요. 저, 범띠예요."

그러자 속으로 다시 계산하며 생각한다. '이 친구, 그러면 뭐야, 62년생? 그러니까 마흔여덟밖에 안 됐잖아. 근데 왜 이렇게 늙어보여. 나보다 위인 줄 알았는데…' 그러면서 목에 힘을 넣어 다시 대꾸한다.

"그렇구나 5.16 때 난 초등학교 1학년이었지."

"어이구 대선배시네요. 앞으로 형님으로 모시겠습니다."

"형님은, 뭐, 같이 늙어가는 판에…"

이렇게 해서 첫 만남부터 두 사람은 서열이 결정난다. 이제 나이에 대한 해석이 끝났으니 다음 해석으로 이어져간다. 어느 학교 출신이며, 고향이 어디며, 누구와 가깝게 지내고 있고, 누구의 소개로 오늘 당신을 만났는데, 그 사람은 나와 무슨 관계이며… 등등을 이야기하면서 서로에 대한 해석을 계속한다. 어느 정도 해석이 끝나면 그들의 관계는 이제 '통제'의 단계로 접어든다. 즉, 한 사람이 한 사람을, 선배가 후배를, 연장자가 연하자를, 힘

있는 사람이 힘없는 사람을, 지위가 높은 사람이 지위가 낮은 사람을, 부탁 받는 사람이 부탁을 하는 사람을 통제하기 시작한다.

이렇게 두 사람 간의 해석과 통제의 관계가 지속되면서 각기 서로에 대한 비판을 가한다. 겉으로든 속으로든, 긍정적으로든 부정적으로든 상대방을 비판한다. "사람이 참 괜찮아 보여", "믿을 만해"라든가, "자아식, 건방져 보여", "지가 몇 살 먹었으면 더 먹었지. 말을 함부로 놓고 그래, 정말 치사해서"와 같은 식의 비판이다. 물론 이런 비판은 계속 이어지는 관계에서 새로운 해석과 새로운 통제의 관계를 발전시키고 변화시키는 데 영향을 미친다. 그러면서 비판도 달라진다.

이렇게 사람들은 처음 관계를 맺기 시작할 때, 해석—통제—비판의 과정을 대체로 거친다. 그러면서 두 사람은 상대에 대한 해석을 더 많이 하려 들고, 또 상대에 대한 통제를 자기가 먼저 하려 든다. 그러면서 일종의 기싸움 같은 것을 벌인다. 이러한 상대방 통제나 지배 욕구는 인간의 본능적 욕구에 속한다. 그렇다면

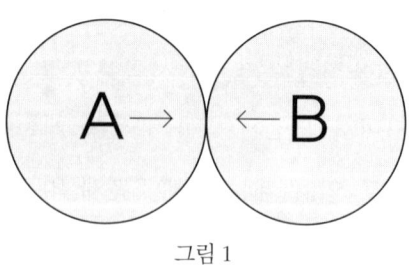

그림 1

우리는 관계지음에서 어느 정도나 어떻게 상대에 대하여 통제하고 통제 받는 것이 좋을까? 우선 인간관계의 기본 구도를 그림으로 나타내면 [그림 1]과 같다.

A와 B라는 두 사람이 만나서 접촉을 시작한다. 말하자면 서로 해석-통제-비판을 시작하는 것이다.

그러면서 두 사람은 각기 본능적으로 상대의 영역으로 침투해

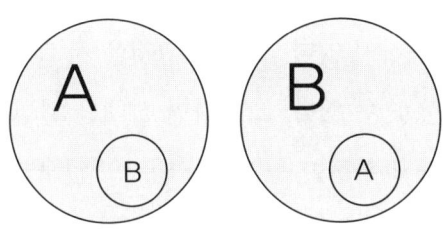

그림 2

들어가서 상대를 [그림 2]처럼 자기 영역 속으로 끌어들이려 한다. A는 A의 영역 안으로 B를, 또 B는 B의 영역 안으로 A를 끌어들여 상대를 통제하고 지배하려 한다. 여기서 사람들은 갈등을 겪는다. 서로 상대에게 먹히지 않고 상대를 지배하려 하기 때문이다. 따라서 두 사람은 밀고 당기는 일을 다양한 방법으로 반복하게 된다.

결혼식에 가면 주례들이 흔히 하는 말 가운데 하나는 "두 사람이 이제 몸과 마음이 하나가 되었다"라는 말이다. 즉 둘이 하나가 된다는 이야기다. [그림 3]처럼 A와 B가 겹쳐지는 것이다. 그러나

그림 3

이런 관계는 하나님과의 관계에서만 가능하다. 그것은 가장 이상적인 관계이고 인간관계의 최고의 목표로 삼을 수는 있겠으나 현실적으로는 가능하지 않다. 오히려 그것을 서로 지향할 때 또 다른 갈등을 가져올 수 있다. 그렇다면 상대를 완전하게 지배하지도 않고, 그렇다고 완전한 동일인이 되지도 않으면서 이상적으로나 현실적으로 가능한 관계는 어떤 모습이어야 할까? [그림 4]와 같은 모습이라고 생각한다.

즉, A와 B는 우선 각기 자기만의 영역을 지켜야 한다. 자신의 세계를 갖고 있어야 하는 것이다. 이는 지극히 은밀하고 사적인 개인의 세계이고, 이 영역 속에 들어와 있을 때 사람들은 편안함

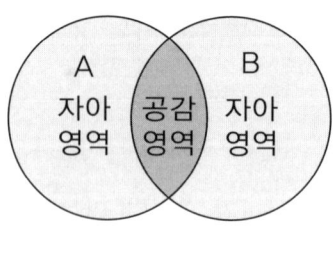

그림 4

과 안온함을 느낀다. 그렇기에 이 지역을 안락지대comfort zone라고 불러도 좋다. 사람들은 이러한 자신만의 안락지대를 보유하면서 상대와 적당한 양과 질의 공감영역을 갖는 것이 바람직하다. 이 공감영역은 두 사람의 공유영역이다. 두 사람 간의 접촉지대contact zone이다. 여기서 두 사람은 생각을 공유하고, 시간과 공간, 물질과 마음을 나누어 갖고 함께 사용한다. 이 속에서 두 사람은 하나가 되어 관계의 역사를 만들어나가는 것이다.

결국 앞에서 이야기한 여러가지 관계는 두 사람 간의 접촉지대가 얼마나 돈독하게 형성되었으며, 그 접촉지대 안에서 어떤 역사가 어떻게 이루어지느냐에 따라 크게 달라진다. 그렇다면 우리는 어떻게 해야 보다 돈독한 접촉지대를 만들고, 그 안에서 어떻게 역사를 이루어나가야 바람직하고, 생산적이고, 적절한 관계, 한마디로 가치 있는 인간관계를 만들 수 있을까?

우리가 인간관계를 계속 만들어나가야 한다고 생각하는 까닭은, 관계라는 것이 결코 고정되어 있는 것이 아니기 때문이다. 관계는 한번 정해지면 —만들어지면— 그 상태로 영원히 고착되는 것은 결코 아니다. 관계는 두 사람의 노력에 따라 얼마든지 새롭게 개발될 수 있다. 진정한 인간관계는 그 관계를 새롭게 변화시키고 새로운 모습으로 창조해나가는 것이어야 한다.

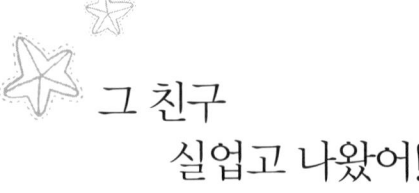

그 친구
실업고 나왔어!

　인간관계에서 실패하는 여러 가지 원인 가운데 가장 결정적인 원인은 상대를 무시하는 것이다. 이는 곧 상대의 존재를 무시하는 행위이다. 상대의 자아영역을 인정해주지 않는 것이다. 존재에 대한 무시가 관계를 그르치는 것은 비단 인간관계에서뿐만이 아니다. 어떤 사물과의 관계, 현상과의 관계에서도 마찬가지이다. 이를테면 진눈깨비가 내리는 날, 운전을 하면서 "이까짓 진눈깨비가 길에 쌓인들 얼마나 쌓이겠는가"라고 생각하고 평소처럼 속도를 내면 사고가 난다. 진눈깨비의 성질과 외부 기온 등을 무시했기 때문이다. 즉, 어떤 특정 요소를 무시했기 때문에 사고가 발생한 것이다. 이런 경우를 나는 학생들의 학업 습관에서도 종종 본다. 공부 못하는 아이들, 성적이 오르지 않는 아이들은 대체로 어떤 특정 내용을 제멋대로 무시하는 버릇이 있다.

삶을 살아가면서 가장 견디기 어려웠던 때가 언제였는지 생각해보라. 춥고 배고플 때였는가? 물론 춥고 배고픈 경험이 있는 사람은 그것도 참으로 견디기 어렵다고 말할 것이다. 그러나 남들에게 무시당할 때처럼 견디기 어려운 때가 없음을 우리는 잘 안다. 굳이 성경 구절(잠언 16:4)까지 인용하지 않아도, 우리 모두는 —그가 누구이든 간에— 쓰임새가 있어서 이 땅에 태어난 것이다. 심지어 악인도 악한 시대에 쓰이기 위해 태어난 것이다. 그렇기에 누군가로부터 나의 존재 가치가 통째로 무시된다면 그것은 참으로 견디기 어려운 것이다.

나는 이따금 이런 생각을 한다. 만약 세계를 대상으로 어느 나라 사람이 상대를 가장 잘 무시하는가를 놓고 시합을 벌이면, 우리나라가 1등을 할 것만 같은 생각이 든다. 내가 미국과 독일 빼고는 다른 나라에서 살아본 경험이 없어 확신은 못하지만 내 경험으로 볼 때 우리나라 사람들은 참으로 별의별 이유로 타인을 쉽게 무시한다.

처음 만나면 사람들은 '해석'의 과정을 통해 상대의 여러 가지 특성을 파악한다. 그리곤 그것을 문제 삼아 무시하기 시작한다. 이를테면 고향이 어디라고 해서, 직업이 어떻다고, 출신 학교가 어떻다고 해서 상대를 무시한다. 나는 실업계 농업고등학교를 나왔다. 내가 평생 동안 가장 많이 무시당한 원인이다. "그 친구, 실업고 나왔어! 시골 실업고 출신 주제에" 하는 식의 비난이었다. 대학을 못 나왔으면 못 나왔다고, 대학을 나왔으면 거지같은 대학을 나왔다고 무시한다. 직장이 크고 이름난 곳이 아니라고 무시하고, 직장에서 지위가 낮다고 무시하고, 늙었다고 무시하고, 조그만 차를 타고 다닌다고 무시하고… 등등 참으로 많은 이유로 사람들은 상대를 무시한다.

신앙생활을 하다 보면, 신앙 때문에 무시를 당하기도 한다. 비종교인에게는(때로는 다른 종교인에게) 예수쟁이라고 무시당하고, 또 같은 예수쟁이들끼리는 조그만 교회를 다닌다고 무시당한다. 이름이 알려지지 않은 조그만 교회에서 신앙생활을 하면 그가 믿는 예수도 조그맣고, 그가 믿는 신앙의 정도도 작고 약하단 말인가! 그래도 요즘은 많이 나아졌지만 옛날엔 오로지 여자라는 이유만으로도 얼마나 무시했던가!

학교에서 학생들에게 집단토론을 시켜보면 웃어넘길 수 없는 여러 가지 일들이 벌어진다. 그중 하나가 상대의 이야기를 쉽게 무시하는 것이다. 특히 남학생이 여학생의 이야기를 끝까지 경청하지 않고 중간에 자르고 들어가는 경우, 그것은 어쩌면 여자를 무시하는 인식이 잠재되어 있기 때문은 아닌가 생각한다.

교육학자이니까 이 책에서 어쩔 수 없이 교육 이야기를 자꾸 하게 되고, 또 이 책의 목적 중 하나가 부모들에게 자녀교육의 방향을 일러주는 것이기에 한두 가지 더 이야기하겠다. 교실에서 가장 나쁜 교사는 학생을 아무런 이유 없이 무시하는 교사이다. 아무리 그럴만한 이유가 있어도 어찌됐든 학생을 무시하는 교사는 기본적으로 교사로서의 자격이 없다. 그럼에도 교사든 교수든, 가르치는 선생님들이 학생을 쉽게 무시하는 경우를 자주 본다.

대표적인 이유가 공부를 좀 못한다는 것이다. 시험 성적이 다른 학생들에 비해 좀 처진다고 해서, 그래서 그 학생 때문에 반 평균이 떨어졌다고 무시하는 선생님이 있음을 우리는 잘 안다. 따지고 보면 그 학생이 공부를 못하는 것도 아니다. 왜냐하면 그 학급에 우연하게(?) 그 학생보다 공부 잘하는 아이들이 많을 뿐이다. 그렇지 않으면 그 아이도 공부 잘하는 학생으로 꼽힐 수도 있는 것이다.

공부 못한다고 무시하는 것은 부모도 마찬가지이다. 자녀가 공부를 좀 못하면, 특히 형제가 있을 때 비교를 해서 더 무시하는 경우가 많다. 공부 못하는 아이가 집에 와서 배고프다고 먹을 것을 찾으면 또는 "엄마, 우리 고구마 쪄 먹자" 하면 "공부도 못하는 것이, 어떻게 그렇게 먹을 궁리만 하냐"고 야단치고 "그 머릿속에는 온통 먹는 궁리만 들었냐" 라고 소리치는 아주 못된 엄마도 많다. 정말이지, 누군 공부 못하고 싶어 못하는가? 누군 거지 같은 학교를 나오고 싶어 나왔는가! 누군 대학을 나오기 싫어 안 나왔는가!

나는 1975년부터 대학에서 학생들을 가르쳤다. 그리고 지금까지 학부와 대학원 과정에서 나에게 학점을 신청하고 정식으로 수업을 들은 학생은 모두 16,299명이다. 어떻게 전체 수강 학생 수를 끝자리까지 알고 있느냐는 질문이 나올 법하다. 나는 지난 30년 넘게 대학에서 가르친 모든 과목의 출석부를 정성들여 보관하고 있다. 그것은 단순한 출석부가 아니다. 그 작은 칸에 많은 메모를 해놓았다. 독특한 인상착의, 지적, 신체적, 정서적 특성, 고향, 군복무 여부 등 내가 관찰해서 알게 된 것, 학생과의 상담에서 발견한 장점과 단점 등을 기록할 수 있는 한 기록했다. 물론 거기에는 리포트 성적, 중간 및 학기말시험 성적, 최종 성적 등 모두가 기재되어 있다. 결석을 하면 왜 결석했는지도 기록되어 있다. 완벽한 기록은 아니지만 목적은 한 가지였다.

그 어떤 학생이든 내게 배우겠다고 온 학생은 한 사람 한 사람 모두가 소중한 존재이고, 내가 그들을 기억하고 이해하는 것은 나의 책무라고 느꼈기 때문이다. 그래서 학생들이 졸업 후 한참 뒤에 무슨 일로 추천서를 써달라고 하면 의례히 그가 수강했던 과목의 출석부를 꺼내든다.

나는 처음 사람을 만날 때 내가 준 명함을 상대가 어떻게 하는지 관찰한다. 내가 제일 좋아하는 사람은 내 명함을 찬찬히 앞뒤로 들여다보고, 거기 써 있는 대로 직함도 불러주고, 그런 다음 소중히 수첩이나 명함집 같은 곳에 넣는 사람이다. 좀 실망하는 경우는 명함을 아무렇게나 내돌리는 사람이다. 손가락 사이에 끼고는 이야기를 하면서 탁자를 두드리거나, 무심코 그 명함으로 종이접기를 하거나, 보지도 않고 그냥 주머니에 넣거나 또는 심지어 탁자에 내버려두고 그냥 일어서는 사람이다.

나는 상대의 명함을 받으면 그날 저녁 꼭 그 명함에다 몇 가지를 기록해둔다. 어떻게 이 사람을 만나게 되었으며, 인상은 어떠했고, 특히 무엇이 좋았는지를 기록한다. 다음에 그 사람을 다시 만날 경우에는 명함에 기록해둔 것을 읽고 나간다.

골프를 하다 보면, 동반자와 처음 만나자마자 옷 갈아입고 차 한 잔 마신 다음 곧바로 라운딩을 하는 경우가 있다. 그럴 경우 4~5시간 라운딩한 다음 목욕탕에서 벌거벗고 만나면 못 알아볼 때가 종종 있다. 특히 모자를 썼을 때와 벗었을 때의 모습은 크게 차이가 난다. 처음 만났으니까 그럴 수 있다고 하지만 4~5시간씩이나 함께 걷고 이야기했는데도 목소리조차 구별이 안 되는 때가 있다. 얼굴 모습이 아무런 특징이 없어 그랬을까! 하기야 그전부터 잘 아는 사이인데도 기껏 함께 라운딩하고 들어와서는 샤워실에서 그날 처음 만난 줄 알고 "어이구, 오래간만입니다. 언제 한번 함께 쳐야 하는데" 하는 경우도 있지만 말이다. 상대의 자아영역을 존중한다는 것은 결국 그에게 그만큼 관심을 쏟는다는 것이다. 무관심처럼 상대를 무시하는 잔인한 행위는 없다.

아내의 얼굴도
저만치에서 보면 아주 예쁘다

내가 여기서 이름을 대면, 이 책을 읽는 독자의 절반 이상은
그를 알 것이다. 사회적으로 지명도가 꽤 높은 사람이고 그만큼
훌륭한 일도 많이 한 사람이다. 하지만 나는 그 사람과의 관계에
서 늘 후회를 한다. 왜 내가 그 사람을 그토록 가까이 알고 지냈을
까 하는 후회감이다. 저만큼 거리를 두고 그 사람과 지냈더라면
나는 지금도 그를 존경할 수 있을 터인데… 너무 가까이에서 지내
다보니, 그가 세상을 떠들썩하게 한 말이 말짱 거짓이라는 것을,
그리고 위선이었다는 것을 속속들이 알게 되었다. 그때 그동안 그
사람과 이루었던 공감대가 통째로 무너져내림을 경험했다.

예수가 고향에서 크게 환영받지 못한 것도, 집밖에서는 큰일을 하는 사람이 집안에서는 식구들에게 크게 존경받지 못하는 것도 아마 다 그런 이유이리라. 상대와 너무 가까이 지내 그의 많은 것을 알았기 때문이란 말이다. 이런 경우, 두 사람의 공감대는 퍽이나 깊다. 반대로 상대방을 너무 잘 몰라도, 그래서 공감대가 아주 얕팍하게 만들어지면 관계가 깨지는 경우도 있는 것이다.

그렇기에 우리가 공감대를 잘 유지하고 발전시켜 나가려면 적당한 거리를 유지하는 것이 좋다. 사실 관계의 원리를 잘 살펴보면 그 바탕에는 거리가 매우 중요한 요소로 작용하고 있음을 쉽게 느낀다. 저쪽 산 밑 초원을 바라보라. 이만치 떨어져서 보면 그곳에 가서 눕거나 앉으면 너무 푹신하고 좋을 듯 보인다. 그러나 막상 가보면 따가운 가시 투성이이고 울퉁불퉁하고… 그렇지 않던가? 아내의 얼굴도 이만치서 보면 아주 예쁘다. 그러나 가까이 보면 주름도 있고 점도 있다. 그래서 그림을 감상할 때도 적당히 떨어져서 바라보지 않던가? 너무 멀리에서 보아도 안 되고, 너무 가까이에서 보아도 안 된다.

모든 관계에서 거리를 적당히 유지하는 것이 얼마나 중요한가는 특히 운전을 하다보면 자주 느낀다. 앞차와 내가 얼마나 떨어져서 갈 것인가? 너무 많이 떨어져도 교통의 흐름에 장애가 되고 ─그래서 다른 차가 자꾸 내 앞으로 끼어든다─ 그렇다고 너무 바싹 붙어 가면 자칫 급정거를 하거나 앞차를 들이박을 염려도 있다. 엊그제까지는 국회에서 여야가 쟁점 법안 처리를 놓고 격돌하다가 합의를 이룬 후로는 조금 잠잠해졌다. 여야 관계에서도 얼마만큼 적당한 거리를 유지하면서 협상을 이끌어 나가느냐가 정치의 묘미 아니던가? 무조건 저만치 떨어져서, 이를테면 극우 극좌로 나뉘어서 대립을 해도 안 되고, 둘이 너무 가까이에 붙어 한통속이 되어서도 안 된다.

가정에서도 그렇다. 부부간에 적당한 거리가 유지되어야 한다. 나는 주례를 맡을 때, 새로 가정을 꾸리는 젊은이들에게 코이노니아koinonia의 관계를 이루라고 권면할 때가 많다. 코이노니아는 희랍어이다. 하나님과 우리 인간의 관계를 단적으로 잘 나타내주는 용어로, 두 가지 의미를 내포하고 있다. 하나는 상대에게 모든 것을 아낌없이 준다는 뜻이고, 다른 하나는 끝까지 상대를 책임진다는 것이다. 하나님이 우리에게 그렇지 않던가! 우리가 그 누구이든 간에 하나님은 우리에게 아낌없이 모든 것을 주셨고 우리를 구원하기 위해 독생자 예수까지 내놓으셨다. 또 하나님은 우리를 끝까지 책임져준다. 부부간에도 그렇게 행동해야 한다. 그러기에 나는 결혼하는 젊은이들에게 그런 코이노니아의 관계를 이루도록 권유하는 것이다.

하지만 코이노니아의 관계를 부부간에 이루고자 한다고 해서 거리가 무너져서는 안 된다. 남편은 남편으로서, 아내는 아내로서의 도리를 다하고 책임을 다하되 거리는 적당히 유지되어야 한다. 공감대가 적당히 유지되어야 하는 것이다. 내 남편(아내)인데,

어째 내가 그에 대하여 모르는 구석이 눈곱만큼이라도 있단 말인가, 이 생각은 버려야 한다. 저녁에 집에 들어와서 만약 남편이 아내에게 시시콜콜 이런 것들을 물었다고 하자.

"당신 오늘 어디 갔다 왔어? 몇 시에 나갔었는데? 거긴 왜 갔는데? 누굴 만났는데? 그 여자는 뭐 하는 여자인데? 그 여자는 결혼했어? 거기서 몇 시에 헤어졌는데? 점심은 어디서 먹었어? 뭘 먹었어?"

이런 식으로 아내의 일거수일투족을 모두 알려고 했을 때 —그것이 남편이 생각하는 부인과의 공감대를 이루는 일이라고 했을 때— 아내는 어떤 기분일까? "아! 나를 저렇게 사랑하는구나"라고 감동을 받을까? 백이면 백, 짜증을 낼 것이다. 반대로 저녁에 퇴근해 들어와서 아내에게 아무것도 묻지 않으면 —아내가 온종일 무슨 일로 아픔을 겪었고, 무슨 일로 바빴고, 힘들었고 또는 즐거워했는지를 모른다면— 아내의 자아영역을 존중해주는 것이 될까? 아니면 "남편이란 인간은 내가 어디 가서 안 들어와도 찾지도 않을 거야"라면서 무관심을 탓할까?

흔히 유교의 고루한, 구시대적 사상의 대표적인 예로 삼강오륜三綱五倫을 꼽는 사람들이 있다. 이 시대에 맞지 않는 가치로 단정 짓고 들먹이는 것조차 거부감을 느끼는 사람들이 있다. 하지만 나는 꼭 그렇게 생각하지 않는다. 그 뜻을 보다 현대적인 감각으로 해석하고 활용해야 한다. 삼강오륜은 유교 도덕사상의 기본이 되는 세 가지 강령(군위신강, 부위자강, 부위부강)과 다섯 가지의 도리(부자유친, 군신유의, 부부유별, 장유유서, 붕우유신)이다. 나는 이 삼강오륜이 인간관계의 기본 원칙을 가르친 것이라고 해석한다. 그 의미를 음미해보면 부부 간에, 부모–자식 간에, 어른과 아이 간에, 친구 간에, 국가와 나 사이에 어떻게 어떤 거리를 유지해야만 적당한가를 잘 나타내준다고 생각한다.

인간관계에서 공감대는 상호이해의 영역이다. 어떤 사람은 "내가 당신을 이해하고도 남는다"라고 말한다. 얼마나 많은 것을 이해하면 이해하고도 남을까? 이해의 끝은 어디인가? 30년 넘게 함께 살아온 아내를 남편은 다 이해할까? 또 반대로 아내는 남편을 다 이해할까? 그래서 어떤 사람은 이렇게도 말한다. "참으로 알다가도 모를 사람야! 도대체 어떻게 그런 식으로 내 말을 받아들일까?"

공감대를 돈독하게 유지해 나가려면 이해를 위한 노력이 필요하다. 그렇다고 해서 상대의 자아보호 영역까지 깊숙이 파고 들어가 모든 것을 속속들이 파헤치는 것은 이해가 아니다. 공감대를 돈독히 하는 수준에서는 그야말로 적당한 거리에서 적당하고도 진정한 이해가 이루어져야 한다.

어쩜, 우린 먹는 것까지
좋아하는 게 똑같을까?

"어머! 땅콩 좋아하세요?"

"그럼요, 엄청 좋아하지요. 근데 오징어는 별로예요."

"저도 그런데요. 오징어는 냄새가 싫어요."

"전 냄새보다도 질겨서 잘 안 먹고, 또 콜레스테롤도 많다고 해서 싫어하고, 일부러 안 먹기도 해요."

"전, 찐빵도 좋아하는데…"

"찐빵, 좋지요. 옛날에 학교 다닐 때 기찻길을 건너야 했는데 그 건널목에 호떡 장사 아저씨가 있었어요. 그때 참 호떡 엄청 좋아했지요, 지금도 그렇지만."

"어쩜, 우린 먹는 것까지 좋아하는 게 똑같을까?"

이 얘기는 어느 두 남녀가 나눈 이야기이다.

사람들은 이렇듯 먹는 것을 따져서도 좋아하는 것이 같으면 이내 가까움을 느낀다. 어디 먹는 것뿐이랴! 영화를 좋아하든지, 좋아한다면 어떤 장르의 영화를 좋아하는지, 영화를 볼 때 극장을 좋아하는지 아니면 비디오를 좋아하는지 등등 모든 것들이 사람들 간의 공감대를 만들어주는 끈으로 작용한다.

이처럼 사람과 사람이 만날 때는 그들을 이어주는 끈이 있다. 나는 그것을 이데올로기라고 부른다. 그런데 우리에겐 우리가 원하든 원하지 않든 운명처럼 부여되는 이데올로기들이 있다. 예컨대 남자냐 여자냐에서부터 어디에서 태어났느냐와 같은 태어난 국가, 지역(고향)의 이데올로기가 있고, 어떤 부모 밑에서 태어났느냐, 농사짓는 집의 자녀로 태어났느냐, 군인의 자녀로 태어났느냐 하는 것도 내가 선택한 것이 아니라 운명적으로 주어지는 이데올로기이다.

그러나 살아가면서 우리는 스스로 많은 끈을 개발하게 된다. 내가 선택해서, 내가 노력해서 갖게 되는 이데올로기이다. 이를테면 어느 학교를 다녔고, 군대를 육해공군 중 어느 군을 어떠한 형태로 갔다 왔느냐 하는 것이 그렇다. 나처럼 그저 공부를 일생의 업으로 삼은 사람들은 무엇을 전공했느냐, 어느 나라로 유학을 갔다 왔느냐, 어떤 학회 회원으로 활동하고 있느냐 따위도 내가 선택하고 만들어내는 이데올로기이다. 사람들과의 관계지음에서 공감대를 돈독하게 형성하려면 그런 온갖 형태의 이데올로기를 파악해야 한다. 그래서 처음에 만나는 사람들마다 여러 가지 성장 배경, 취미 활동, 직업 등을 묻지 않던가?

"교수님은 무얼로 스트레스를 푸세요?"

"술 좋아하세요?"

"한식, 양식, 중식, 일식 어떤 음식을 좋아하세요?"

이런 부류의 질문들이 사람들이 만나면 의례히 주고받는 질문들이다. 그러다 보면 그 속에서 공통점을 발견하고 이내 그것이 두 사람 간의 끈으로 작용하는 것이다. 그러한 끈들 가운데 어떤 것은 매우 강력한 힘을 발휘하고, 어떤 것은 미약한 이데올로기가 되는 경우가 많다. 예컨대 우리나라에서 끈끈한 유대를 결코 말릴 수 없는 아주 강력한 이데올로기로 해병대를 든다. 한번 해병은 영원한 해병이라고 하면서 해병대 출신인 것을 확인하는 순간 두 사람은 끈끈한 동지애, 형제애를 느낀다. 그러한 점 때문인지 해병대 복무를 선호하는 젊은이들도 부쩍 늘었다. 나 역시도 이왕 갈 군대였으면 해병대를 갔다올 걸 하고 생각해본 적도 있었다.

부부간에도, 부모-자식 간에도 이데올로기 또는 끈의 발견과 확인, 개발은 매우 중요하다. 부부가 처음 결혼할 때는 사랑이라는 연줄로, 사랑하기 때문에 결혼한다. 이때 눈에 보이지 않는 사랑이라는 이데올로기가 두 사람을 묶어주었다. 그러나 살아가다

보면 사랑이라는 연줄이 헐거워지고 닳아서 끊어지려고 한다. 그러다가 이내 힘이 빠져 끊어져버린다. 그러고 나면 헤어질 수는 없어 그저 한 지붕 아래서 함께 지내는 남남이 되는 경우까지 생긴다. 그러다가 끝내는 헤어지는 수순을 밟기도 한다. 그렇다면 이들 부부의 가장 큰 문제는 무엇인가? 두 사람의 공감대를 계속 유지해줄 수 있는 이데올로기를, 끈을 개발하는 데 실패한 것이다.

나는 원래 골프에 관심도 없었고 또 그때만 해도 엄청 바빴다. 돈도 많이 든다는 얘기도 들었고 이따금씩 텔레비전에서 미국의 PGA나 LPGA 중계를 우연히 보면 정말 저것처럼 지루한 것이 없다 싶었다. "저게 대체 뭐야? 벌판에서 막대기 휘둘러 공을 때려서 몰고 가다가 나중에 저 구멍에다 넣는 거 아냐?" 그런 정도로 생각했다. 그러다가 1990년대 중반, 골프라는 운동을 시작한 것이다. 주말이나 공휴일에 다른 부부들과 어울려 골프를 이따금 치면서 지냈다.

그러다 보니 골프라는 운동이 우리 부부의 중요하면서도 아주 힘 있는 또 다른 이데올로기가 되어준 것이다. 골프에 관한 이야기, 특히 각자 친구들과 다녀왔을 때 어떤 사람들과 함께 라운딩을 했는데, 자기는 어떻게 쳤다는 등, 동반자 중 어떤 사람이 얼마나 웃겼는지 모르겠다는 등 참으로 얘깃거리가 많았다. 그것을 들어주고, 함께 웃고, 때로는 함께 분노하고, 함께 평가하고… 그러다 보면 시간 가는 줄 모르게 긴 대화를 나누게 되었다. 골프라는 새로운 이데올로기를 통해 공감대가 새롭게 형성된 것이다.

　세상 모든 것과 ―그것이 사람이든 사물이든― 관계지음에 있어서 서로 간에 공감대를 형성하려면 숨어 있는 이데올로기를 찾아내고, 또 없으면 새롭게 만들어내고, 가꾸어 나가는 일이 무척 중요하다. 자녀와 대화가 안 되고 자꾸 멀어지는 부모가 있다면 그동안 자녀와 이어져 있었던 끈이 무엇이었는가를 되돌아보고, 새로운 이데올로기를 개발하는 노력이 필요하다.

훗날 어디에서 어떻게
다시 만날지 아무도 모른다

흔히들 하는 말로, 빨리 뜨거워진 사랑은 빨리 끝난다고 한다. 이는 너무 서둘러 촐싹거리며 가볍게 또는 쉽게 얻으려 함을 경계하는 경구이다. 사람 간의 관계지음에서도, 사물과의 관계지음에서도 중요한 것은 긴 안목으로 생각해야 한다는 것이다.

텔레비전 프로그램 중 '세상에 이런 일이'의 한 장면이 생각난다. 어떤 사람이 폐품을 모아 두었다가 그것으로 자전거도 만들고 심지어는 자동차도 만든 것이었다. 그는 남들이 버린 것들을 주워 모아 적절하게 재활용하여 일상용품을 스스로 만들어 사용하고 있었다. 어찌 보면 사물과 사물과의 관계지음을 잘 이끌어 내고, 관계적 사고력이 매우 특출한 사람이었다고 생각한다.

나는 그런 사람에 도저히 견줄 수 없지만 그 사람과 한 가지 비슷한 점이 있음을 그날 알았다. 나는 웬만하면 종이상자 하나라도 잘 버리지 않는다. 집사람한테 늘 야단을 맞기에 어떤 때는 아내 몰래 보관한다. 하다못해 무엇을 묶었던 포장 끈 하나라도 잘 말아서 넣어둔다. 혹시 훗날 이런 끈을 필요로 할 때가 있을지도 모르기 때문이다.

사물과의 관계지음에서도 그렇게 앞으로 일어날 수 있는 가능성을 생각하며 행동하거늘, 사람과의 관계에선 그런 자세가 더욱 필요하다. 인간관계에서 실패하는 많은 사람들의 공통점은 관계지음의 단시성이다. 즉, 관계지음의 수명이 극히 짧다는 것이다. 필요에 따라 그저 한 번만 보고 마는 경우가 그렇다. 특히 만나서 용건이 다 처리되면, 비즈니스가 끝나면 두 사람은 과거의 서로 몰랐던 상태로 회귀해버린다. 이처럼 단시적 관계지음을 하는 사람들은 대체로 인간관계에 실패한다. 물론 비즈니스 성격상 업무처리를 위해 사람들을 만나는 경우를 이 책에서 말하는 인간관계 범주에 포함시키기에는 너무 넓다. 이를테면 내가 백화점에 가서 물건을 구입할 때 직원과의 만남은 그야말로 업무처리적인 관계이기에 이를 두고 인간관계라고는 하지 않는다. 여기서 말하는 인간관계는 적어도 두 사람 간에 서로 공감대를 형성하고자 하는 의지가 있음으로 지속되는 관계지음을 의미한다.

내가 학생들에게 늘 타이르고 잔소리하는 것 중의 하나는 "언제, 어디에서 어떻게 누구를 만나든 최선을 다하라. 만나는 그 순간만큼은 그 사람만 생각하라!"이다. 언제, 어떻게 될지, 내가 만나는 상대방이 어떻게 될지, 우리가 훗날 어디에서 어떻게 다시 만나게 될지 우리는 모른다. 하나님만 알고 계신다. 그렇기에 학생들에게 그런 잔소리를 할 수밖에.

오래 전 일이다. 연구실에서 조교로 일하던 석사과정 대학원 원생에게 서류 하나를 급히 어느 연구원장에게 갖다 드리도록 심부름을 시킨 적이 있었다. 그때는 택배나 퀵서비스도 없었고, 컴퓨터 이메일로 송부하는 것도 여의치 않았던 때이다. 그래서 그 녀석을 보내기로 하고는 몇 가지 주의를 주었다.

"너, 이거 갖다가 여기 봉투 겉에 쓰인 분한테 직접 갖다 드리고 와! 여기 택시비 줄 테니 택시 타고 갔다 와. 어디인지 알겠지?"

"네~"

"일단 거기 가면 2층에 원장실이 있어. 원장실이라고 팻말이 붙은 문으로 직접 들어가지 마! 거기에 가면, 아마 용무가 있는 분은 어느 옆문으로 들어오라고 쓰여 있을 거야. 거기에 비서가 앉아 있어."

"네!"

"그러면 비서에게 이야기해, 연세대 이성호 교수님 심부름으로 왔다고. 이것을 원장님께 전해 드리라고 해서 왔다고 말해. 내가 전화해놓을 터이니깐. 가서 그렇게 말해."

"그럼, 비서한테 주고 오면 되는 거예요?"

"아니! 비서가 자기가 전해줄 테니 두고 가라고 하면, 웬만하면 제가 직접 드리고 갔으면 좋겠다고 해. 그래서 그러라고 하면, 아마 비서가 안에 들어가서 원장님께 보고할 거야. 좀 기다리라 하면, 거기 비서 있는 데서 기다리고… 의자가 있으면 앉아서 기다리고 그러다가 원장님이 들어오라고 하면, 문 열고 들어가자마자 서서 정중하게 고개 숙여 인사를 해! 왜 유치원에서 애들 하는 배꼽인사 있지, 너 몰라?"

"모르겠는데요."

"너 유치원 안 다녔냐! 두 손을 배꼽 있는 데다 모으고 허리 굽혀 하는 인사 말야."

"네, 알겠어요."

"그리고 원장님 있는 쪽으로 가서 이 서류를 저희 교수님께서 갖다 드리라고 해서 왔다고 해. 아 참, 그 전에 먼저 저는 연세대 대학원 교육학과 석사과정에서 공부하고 있는 누구누구입니다 하고 너를 소개한 다음, 서류 가져왔다 하고 드려. 봉투 건넬 때 그냥 건네지 말고, 그 분이 보시기에 겉봉 글씨가 바로 보이도록 이렇게 돌려서 드리라고, 이 녀석아."

"네."

"네, 네 소리만 하지 말고, 똑바로 잘 들어. 그러면 원장님이 그냥 두고 가라하실 수도 있어. 그럼 그냥 정중히 인사드리고 나와서 비서에게 고맙다 하고 돌아오면 돼. 근데 그때, 원장님이 소파에 앉으라고 하면 앉아! 또 차를 주시겠다 하면 먹겠다고 해. 커피나 주스 중 고르라면 골라. 거기서 텔몬트를 달라든가, 커피는 원두커피로 주세요라든가 그런 소리하면 안 돼!

그러고 원장님이 '전공이 뭔가?'라든가 '지도교수가 이성호 교수님이신가?'라고 묻거든, 또렷하고 정중하게 대답해. 얼굴은 반 미소 지은 표정이고, 시선은 원장님 코 밑을 쳐다보고 말씀드려. 그리고 마냥 앉아 있지 말고 적당한 순간에 '이만 가 봐도 되겠습니까'라고 묻고, 아니면 원장님이 '이젠 가도 좋아'라는 몸짓이나 말씀을 하시면 일어서고, 바보 같이 그것을 눈치 채지 못하고 마냥 앉아 있지 말고."

참으로 내 잔소리는 길었다. 별 것도 아닌 일이다 생각할 수 있지만 나는 내 학생이 원장님께 좋은 인상을 심어주고 돌아오게끔 하고 싶었다. 그것은 앞으로 긴 세월 한 젊은이가 학자로서의 삶을 계획해 나가는 데 있어 매우 중요한 사람과의 만남이었기 때문이다. 그 녀석은 내가 일러준 대로 아주 잘하고 돌아온 듯하다. 기분이 좋아서 연구실로 돌아왔다. 그 친구는 대학원 석사를 마치고 몇 군데 시간강사를 맡았다. 그러던 어느 날 원장님이 내게 전화를 하셨다. 사람을 급히 한 명 쓰려고 하는데 공개채용까지 할 단계는 아니며 추천으로 쓰려고 하는데 심부름 왔던 그 제자가 어떻겠냐고! 나는 그를 보내주었고 지금까지 연구원에서 일하고 있다. 이제는 아주 중요한 직책도 맡고 있다.

메시지 하나를 전하기 위해 긴 예를 적었지만 그만큼 내가 강조하기 때문이기도 하다. 사람 간의 만남은 먼 미래를 위한 투자라고 생각될 때가 많다. 꼭 어떤 혜택을 훗날 그 사람한테서 받을지도 모른다는 계산된 생각에서가 결코 아니다. 그런 만남과 교류에서 순간이지만 최선을 다하는 것이 미래를 위한 투자라고 생각한다. 지난해에는 사람들이 그동안 투자한 펀드가 반토막 났다고 모두 야단이었다. 그 와중에서도 수익을 올린 사람들이 있으니 그들은 바로 장기투자자들이라고 하지 않던가!

인간관계도 그저 눈앞에 보이는 어떤 실리를 얻기 위해서 단시적으로 관계를 맺었다 끊었다 하는 것은 결과적으로 손실만 가져온다. 비록 지금은 내게 의미가 없고 가치가 없다 해도 그 대상이 누구든 간에 매순간 성실하게 최선을 다하는 관계가 사람들 간에 진지한 공감대를 이루게 함을 어린 자녀들에게 가르쳐주고 본을 보여주어야 한다.

단 하루만이라도 아내가 저 대신
직장에 나가 일하도록 해주십쇼

어떤 남자가 전업주부인 아내에게 평소에 불만이 많았다. 불만이라기보다 아내에게 은근히 약이 올라 있었다. 자기는 이른 새벽부터 회사에 나가 저녁 늦게까지 일하고 돌아오는데 아내는 그냥 애들하고 온종일 집에서 빈둥거린다고 생각해 약이 올랐던 것이다. 저 여자가 남편이 직장에 나가서 얼마나 많은 스트레스를 받고, 육신이 피곤하게 일하는지 알기나 하는가 하는 의구심에 아내에게 은근히 화가 나 있었던 것이다. 그래서 어느 날 밤, 하나님께 간절히 기도를 했다.

"전능하신 하나님, 제가 온종일 직장에 나가서 얼마나 고생하는지 하나님도 아시지요? 그런데 집에 있는 저 사람 그냥 온종일 아이들하고 빈둥거리는데, 하나님, 단 하루만이라도 저 여자가 저 대신 직장에 나가 일하도록 해주십쇼. 그러면 제가 집에서 하루를 빈둥거리며 쉴 테니깐요. 그래야 저 사람도 남편이 참 고생이 많구나 하는 것을 깨닫지 않겠습니까?"

남편의 간절한 기도가 이루어졌다. 이튿날 잠에서 깨어나보니 자기가 여자로 바뀌었고, 어랍쇼? 아내가, 남편으로 바뀌어 출근 준비를 서두르는 것 아니겠는가. 속으로 회심의 미소를 지었다. '그래, 당신 오늘 하루 고생 좀 해보구료, 그래야 남편이 얼마나 고생하는가를 깨닫지 않겠소!'

남자가 된 아내는 출근하겠다며 아침 밥상을 차려달라고 했다. 그래서 여자가 된 남편은 토스트에, 계란 후라이에, 수프에, 늘 자기가 아침에 부인으로부터 받았던 그대로 아침 밥상을 차려주었다. 남자가 된 아내는 "잘 다녀오겠다"며 문 앞에서 키스까지 해주고 회사를 향해 나갔다.

아내를 출근시킨 뒤, 이제 주부가 된 남편은 오늘 한번 실컷 빈둥대보자면서 텔레비전을 켜고 아침 드라마를 보려고 했다. '그까짓 아침 설거지는 조금 있다 하지' 하고서는. 그런데 잠에서 깨어난 두 아이들이 제각기 엄마를 불러대지 않는가! 이제 돌이 막 지난 막내는 오줌을 쌌는지 누워 울고 있었다. 아이 기저귀를 갈아 채워주고, 우유를 먹이고, 옷을 갈아 입히고 한바탕 난리를 치렀는데 이번에는 두 살 많은 형이 엄마를 찾으며 칭얼거린다.

그 녀석을 달래고 밥을 먹이고, 세수를 하도록 도와주고, 그러다 보니 어린이집에 데려다줄 시간이 다 되었다. 하는 수 없이 돌짜리 안고, 큰 놈은 손을 잡고 데리고 갔다. 차에 두 녀석을 싣고 어린이집에 갔다. 거기서 큰 녀석을 인계하고 집에 돌아오니 집안 여기저기가 난장판이라 치우지 않을 수 없어 치우고, 조그만 녀석은 간신히 낮잠을 재우고, 미처 못 다한 아침 설거지를 하고 나니, 어이쿠 점심때가 다 되었다. 배가 고팠다.

그냥 있는 것 아무 거나 대충 때우고 치우니 어린이집에서 큰 아이 데려올 시간이 다 되었다. 또 막내를 들쳐 안고 차에 태워 어린이집에 가서 아이를 데려오니 아침에 세탁기에 돌린 빨래 생각이 났다. 빨래를 널고나니 때는 바야흐로 저녁때가 되었다. 퇴근해 들어온 남편이 된 아내는 저녁밥 달라고 한다. 저녁 식사를 챙겨주고는 아이 둘을 씻기고 또 저녁 설거지하고… 너무도 피곤하다. 지쳐 쓰러져 자려고 누웠더니 남편이 된 아내는 자기가 남자라고 그냥 또 덤빈다. 어쩌겠냐. 잠자리 일을 치루었다. 그리고 나니 그야말로 녹초가 되었다.

그리고 깨달았다. 아내도, 여자도 온종일 그냥 빈둥거리는 것이 아니었구나. 밖에 나가 일하는 남편 못지않게 아내도 온종일 정말 힘든 하루를 보내는구나, 후회했다. 그동안 아내에게 은근히 화를 낸 자신이 바보스러웠다. 다시금 하나님께 참회의 기도를 드렸다.

"하나님 저를 용서하여 주시옵소서. 제가 그동안 아내를 괜스레 오해하고, 시기하고, 빈둥거리고 논다고 비난하였습니다. 잘못을 용서하여 주시옵소서. 밖에 나가 일하는 저 이상으로 아내도 집에서 아이들과 엄청 힘들게 하루를 보내고 있음을 깨달았습니다. 다시는 아내를 비난하지 않겠습니다. 다시금 저를 남자로 되돌려 주시옵소서."

아침에 눈을 뜨고 일어나니 다행히 모든 것이 원래대로 되어 있었다. 남자가 감사의 한숨을 내쉬자 하나님의 음성이 들려왔다.

"그래, 이제 되돌려주어서 좋으냐! 앞으로는 다시금 아내를 비난하거나, 또 온종일 빈둥거린다고 약 올라하지 말아라. 그런데 한 가지 잊을 뻔했는데, 어젯밤에 네가 임신이 되었구나. 뱃속에서 잘 키우며 직장에 나가 열심히 일하렴."

누군가가 만들어낸 우스개 일화이다. 역지사지의 의미를 아주 잘 나타낸 이야기이다. 인간관계에서, 그것이 부부간의 관계이든, 부모-자식 간의 관계이든, 또는 직장에서 상사와 부하 간의 관계이든, 선생님과 학생의 관계이든, 국민과 대통령의 관계이든, 그 어떤 인간관계에서든 상대의 입장에서 문제를 들여다보면 수많은 갈등이 해소된다. 그동안 자기 입장에서 느꼈던 분노, 억울함, 서글픔, 약 오름 등 많은 감정들이 완화되고 해소된다.

엘리베이터 탈 때 흔히 경험하는 일이다. 저만치에서 사람이 걸어오는 소리가 들린다. 여러 가지 경험으로 미루어 그 사람도 엘리베이터를 타러 오는 사람이 분명하다. 그럴 때 2~3초만 '열림' 버튼을 누르고 기다리면 그 사람을 태우고 올라갈 수 있다. 거꾸로 당신이 총총걸음으로 막 왔는데 엘리베이터가 눈앞에서 닫히면 어떤 느낌이겠는가? 상대의 입장을 역지사지로 조금이라도 헤아린다면 공감대는 더욱더 돈독해지고, 오랫동안 유지되어 나갈 것이다.

엘리베이터 이야기를 한 김에, 수년 전 먼저 살던 동네의 아파트에서 겪은 우리 앞집 사람과의 일화를 소개하겠다. 밤 9시쯤 되었을까? 그 사람과 나는 앞뒤로 나란히 주차장에 차를 타고 들어왔다. 그 사람과는 그동안 몇 차례 대화도 나누었고 또 부인들끼리는 친구처럼 왕래가 잦았다. 제조회사를 경영하는데 노조문제가 심각한 듯했다. 날 보고, 자기네 회사에 와서 노조원들에게 특강을 한번 해달라고 부탁하기에 그렇게 해주겠다고 약속했다. 내 앞에서 먼저 주차장에 차를 대고 아파트 현관으로 향한 그에게 나는 차에서 내리면서 인사를 했다.

"지금 오시는 거요? 늦었어요."

"네. 교수님도 늦으셨네요."

그러면서 나도 차 문을 잠그고 부지런히 아파트 현관으로 갔다. 그런데 이게 웬일인가? 그가 엘리베이터 앞에 있을 줄 알았는데, 그는 없고, 엘리베이터는 벌써 2층을 지나 3층으로 올라가고 있는 것 아닌가? 먼저 타고 혼자 올라갔단 말인가? 내가 오는 것을 뻔히 알면서, 더욱이 같은 층에 마주 보고 사는데… 나는 그 즉시 생각하기 시작했다. 왜 그랬을까? 교수라는 직업의 특성을 살려 객관적으로 생각을 모으니 네 가지 가능한 경우가 생각났다.

① 열림을 누르고 기다리려 했는데 실수로 그만 닫힘을 눌러 엘리베이터가 올라가버렸다.

② 누군가가 이미 타고 있어서 그가 타자마자 문이 닫히고 올라가버렸다.

③ 차에서 내리고나니 소변이 엄청 마렵기 시작했다. 1초를 견디기가 어려웠다. 그래서 그냥 먼저 올라갔다.

④ 내가 뒤따라오는 것을 깜박 잊고 그냥 무심코 올라갔다.

네 가지 중 어느 것이 맞을까? 엘리베이터가 올라가는 것을 지켜보니, 엘리베이터는 중간에 한 번도 멈추지 않고 우리가 사는 14층까지 직행했다. 그리고 다시 14층에서 1층으로 곧장 내려왔다. 이는 틀림없이 그가 혼자 타고 올라갔다는 증거이다. 그래도 한번 확인해봐야 되지 않겠나. 나는 엘리베이터를 타고 14층에 올라가 우리집으로 들어가지 않고 그 집의 벨을 눌렀다. 그는 이미 넥타이를 풀었다.

"아이구, 웬일이세요?"

"사장님, 아까 주차장에서 우리 서로 인사하고 그러지 않았어요?"

"그랬지요. 바로 제 뒤에 따라 오셨잖아요."

"그래요. 그런데, 어찌 엘리베이터를 혼자 타고 올라가셨어요?

"……"

"오줌이 너무 마려워서 급히 혼자 올라가셨어요?"

"아니요."

"그럼, 누가 먼저 타고 있는 바람에 타시자마자 그냥 올라갔어요?"

"아니요."

내가 생각한 네 가지 답 모두 그에게 해당되는 것이 아니었다. 자기 혼자 타고 올라왔다는 이야기이다. 1~3초만 기다렸으면 나와 함께 올라올 수 있는데, 그 사람은 기다리지 않았다.

"세상에 그럴 수가 있어요?"

"왜, 그것이 뭐 법적으로 문제가 됩니까?"

법적으로라니! 젊은 나이 같았으면 뺨따귀를 때리고 싶은 충동이 치밀어 올라왔지만 꾹 참았다. 엘리베이터를 탈 때면, 그리고 총총걸음으로 다가오는 사람을 보면 그때 일이 생각난다.

자기가 먼저 전화 안 하는데,
왜 내가 먼저 전화해?

널리 알려져 있는 이야기를 하나 소개하겠다. 미국에서 60여 년 전에 J. Neumann과 O. Morgenstern은 경제학적 관점에서의 게임이론을 발표했다. 그들은 그 이론에서 죄수의 딜레마를 예로 들어 보상구조가 얼마만큼 사람의 행동을 협동적으로 또는 경쟁적으로 만드는가에 대한 연구를 했다.

예컨대, 두 사람이 범죄 혐의를 받고 체포되었다. 그들은 각각 다른 방에 격리 수용되었고 의사소통의 길이 단절되었다. 한 번에 한 사람씩 불려가서 죄를 고백할 것이냐 아니면 묵비권을 행사할 것이냐, 두 가지 중 하나의 행동을 선택하도록 요구받았다. 이때 혐의자 A의 결정은 혐의자 B가 어떤 결정을 하든 형량에 영향을 미친다. 반대의 경우도 마찬가지다. 이런 상황을 표로 정리하면 다음과 같다.

		B	
		묵비권	고백
A	묵비권	① A=1년(+) B=1년(+)	② A=20년(−) B=6개월(+)
	고백	③ A=6개월(+) B=20년(−)	④ A=8년(−) B=8년(−)

그림 5

이 표에서 보면 ①의 경우처럼 두 사람 모두 묵비권을 행사하면 똑같이 1년의 형을 받는다. 반대로 ④의 경우는 두 사람 모두 고백하면 똑같이 8년을 받는다. 그러나 ②의 경우는 A는 묵비권을 행사하고 B는 고백하면, 고백한 B는 6개월, 가만히 있었던 A는 모든 것을 뒤집어쓰고 20년의 형을 받는다. ③의 경우는 그 반대로 A는 6개월, B는 20년의 형을 받는다.

여기서 보듯이 상호 협동하여 묵비권을 행사하면 두 사람 모두에게 유리하다. 그럼에도 불구하고 한 사람이 약속을 깨고 모든 죄를 다른 한쪽에 뒤집어씌우면 한쪽은 아주 가벼운 형을, 다른 한쪽은 엄청난 형을 선고 받는다. 그러니까 다른 한쪽도 똑같은 생각을 하고는 약속을 깬다. 결과적으로 양쪽 모두 철썩같이 약속했던 '묵비권 행사'라는 약속을 깨고 고백함으로써 ④의 경우처럼 8년씩의 무거운 형량을 받는다.

이제 위의 내용에 대해 정산을 한번 해보자. 혐의자 입장에서는 어떻든 간에 가벼운 형을 받아야 한다. 그러한 이득을 (+)라고 하자. 반대로 형량이 무거울수록 나쁘고, 손해라고 할 것이다. 그것을 (−)라고 하자. 그렇다면 ①의 경우는 A, B 두 사람 모두 1년씩 형을 받음으로써 다른 세 가지 경우에 비해 상대적으로 이득을 보았으니 각각 (+)이고, 또 두 사람이 만든 그 조직의 전체 결과도 (+)가 된다. 그러나 반대로 ④의 경우는 두 사람 모두 각기 8년의 형을 받음으로 손해를 본다. 즉 각각 (−)이며, 두 사람이 모인 조직 전체는 손해(−)가 될 수밖에 없다. 이에 반해 ②와 ③의 경우는, 한쪽은 6개월로, 아주 큰 이득(+)을 보고, 다른 한쪽은 무려 20년의 형을 받음으로써 엄청 큰 손해(−)를 본다. 이 두 사람의 이득(+)과 손해(−)를 합하면 결국 영 零:zero이 되는 것이다. 이러한 상황을 놓고 ②와 ③의 경우는 제로섬zero-sum게임이라 하고, ①과 ④는 넌제로섬non zero-sum게임이라 한다.

제로섬게임은 합해서 0이 되므로 한 사람이 손해를 봐야만 한 사람이 이득을 볼 수 있는, 한 사람이 성공하려면 다른 한 사람이 실패를 해주어야만 되는 경우를 의미한다. 우리가 즐겨하는 '고스톱' 게임이 철저한 제로섬 게임이다. 누군가가 따려면, 누군가는 그만큼 잃어야 한다. 결국 제로섬게임은 서로의 경쟁을 바탕에 깔게 된다.

그러나 넌제로섬게임은 상황이 좀 다르다. 이 두 사람은 같은 행동을 선택한 것이다. ④의 경우는 서로 상대방을 이기려고, 상대방 몰래 약속을 깨며 약은 수를 쓰려 했지만 상대도 똑같은 생각을 함으로써 둘 다 자기 꾀에 빠져 모두 망하는 결과를 가져온 것이다. 사실 두 사람 간에 약속을 지키고 진정한 협동을 이룬 것은 ①의 경우다. 이러한 ①의 경우를 우리는 흔히 상생 相生:win—win게임이라고 한다. 너도 이기고 나도 이기고, 너도 잘 되고 나도 잘 되는 게임이다. ④의 경우는 너도 망하고 나도 망하는 결과를 가져온다. 어떤 회사에서 노사 간의 타협이 제대로 이루어지지 않으면 노도 망하고 사도 망하는 ④와 같은 결과를 가져오는 경우를 그동안 우리는 실제로 지켜보지 않았던가!

그렇다면 어떻게 하면 ①의 경우처럼 서로 살고, 서로 이기는 게임을 할 수 있을까? 그냥 협동의 원리를 바탕에 깔면 될까? 사실 말은 쉽다. 협동하자! 그러나 협동을 실제에서 제대로 이루어 내지 못하는 것은 무슨 까닭인가? 모두가 마음이 선하지 못해서 인가? 속이 밴댕이처럼 좁아터져서일까? 앞의 두 범죄 혐의자가 벌인 네 가지 경우를 찬찬히 들여다보면 그 안에 답이 있다. A만 놓고 보자(B는 생각 말고). A만 놓고 보면 네 가지 경우 중, 우리가 이상적으로 생각하는 ①의 경우처럼 1년을 받았을 때 기분이 어떨까? 물론 ②, ④의 경우보다는 훨씬 좋을 것이다. 그러나 ③의 경우처럼 6개월을 받을 수도 있었는데, 1년을 받게 되었으니 이는 '조금 손해' 본 것 아니냐 하는 기분이 든다. 그렇게 따지면 상대방 B도 ①의 경우에는 ②의 경우일 때보다 조금 손해 본 느낌일 것이다. 그러면 ①의 경우, 즉 두 사람 간에 가장 이상적인 상생의 경우를 만들려면 결국 두 사람 모두 '조금씩 손해'를 보면 된다. 이것이 바로 진정한 협동의 원리인 것이다.

20명이 모여 있는 한 집단이 있다. 내일 근로환경 검사를 실시하기 때문에 이들은 오늘안으로 일하는 공장을 말끔히 대청소해야 한다. 날은 몹시 춥다. 체감온도가 영하 20도이다. 그래서 2명을 제비뽑기로 뽑아서 퇴근 후에 청소를 하기로 결정을 했다. 그러나 두 사람이 하기엔 너무 벅차다. 추운 날씨에 밤을 새워도 끝내기 어렵다. 자칫 두 사람은 과로에다 추위에 동사할지도 모른다. 그러나 20명이 정시퇴근을 조금 미루고, 모두 함께 달라붙어 청소를 하면 1시간이면 끝낼 수 있다. 그리고 모두는 기분 좋게 함께 퇴근할 수 있다.

이럴 경우 우리는 어느 쪽을 택해야 할까? 눈곱만큼도 손해 보지 않는 쪽을 선택하겠는가? 서로 조금씩 손해 보는 것을 선택할 수 있지 않겠는가? 사람은 모두 마찬가지이다. 즉, 누구든 정말 대단한 위인이 아닌 이상 큰 손해를 스스로 감당하기 어렵다. 평범한 보통 사람은 다른 사람을 위해 큰 희생을 하지 못한다. 그러나 조그만 손해는 기꺼이 볼 수 있지 않겠는가?

살다보면, 인간관계에서 자존심 대결이 많다.

사소한 전화 한 통 주고받는 데도 그러는 경우가 있다. "자기가 전화 안 하는데, 왜 내가 먼저 전화하는가?" 하는 식으로 말이다. 전화 한 통 내가 먼저 거는 것이 자존심 상하고, 또 그만큼 손해 본다는 느낌을 갖는 것이다. 이때 그까짓 것 조그만 손해는 내가 먼저 기꺼이 보려고 하면 얼마나 좋을까?

조그만 손해를 내가 기꺼이 보면, 마치 돼지저금통에 동전 몇 닢을 넣어 나중에 제법 큰돈을 만들듯이, 그 조그만 손해들이 하늘에 쌓여서 복리로 눈덩이처럼 불어나 내게 되돌아온다.

모두가 내 탓이야

나는 전공이 교육학이다. 또 교육학의 여러 분야에서도 "무엇을 어떻게 가르치고 배우느냐"하는 교육과정과 교수방법이 세부 전공이다. 그러다보니 어떤 학생들은 왜 공부를 잘하고, 어떤 학생들은 왜 못하는가 하는 것이 잘 보인다. 이는 수업을 하다보면 매우 쉽게 감지된다. 예컨대, 질문하는 모양새를 보면 이내 안다. 우선 공부 못하는 아이들은 질문이 없다. 무엇을 모르는지 모르기에 질문이 없다. 이들이 혹간 질문할 때는 그냥 통째로, 전체를 질문한다. "선생님, 그것 좀 전부 다시 한 번 설명해주세요"하는 식이다. 그러나 공부를 잘하는 아이들은 자기가 무엇을 모르는지 정확히 알고 있다. 그래서 질문을 해도 모르는 것을 꼭 짚

어서 질문한다.

수학능력시험을 치르고 난 직후 학생들에게 질문했다. "몇 개나 틀린 것 같으냐?" 이럴 때 극명하게 차이가 나타나는 한 가지 사실은, 공부 잘하는 아이와 못하는 아이의 예상 점수를 산출하는 방식이 다르다는 것이다. 공부 잘하는 아이는 점수 산정에 매우 엄격하다. 이를테면 "수리탐구에서는 다섯 개 틀렸을 거예요" 한다. 그러나 나중에 성적표를 받아보면 3개밖에 안 틀렸다. 그런데 왜 그 아이는 처음에 다섯 개 틀렸다고 예상했을까? 2개는 긴가민가, 맞은 것 같기도 하고 틀린 것 같기도 해서 모두 틀린 것으로 간주한 것이다. 그러니까 자신에게는 아주 엄격한 채점 기준을 갖다 댄 것이다.

이에 비해 공부 못하는 아이는 아주 다른 방식으로 산정한다. "엄마, 수리탐구에서 나 2개밖에 안 틀렸어. 어쩌면 수리탐구에서 만점 받을지도 몰라" 그렇게 예상했는데 실제 성적표를 받아보면 무려 11개나 틀렸다. 왜 이 아이는 엉터리 예상을 했을까? 자신에게 후했기 때문이다. 맞은 것 같기도 하고 틀린 것 같기도 한 모든 것을 전부 맞은 것으로 간주했기 때문이다.

이렇듯 자신에게 후하고 다른 사람에게 아주 엄격하게 구는 사람을 골프장에서도 이따금 볼 수 있다. 이를테면, 공이 디보트 자국(잔디가 떨어져 나가서 푹 파인 곳)에 들어가 있으면 혼잣말 비슷이 "아, 이런 것은 좀 내놓고 쳐도 되는 거야!" 하면서 공을 클럽으로 건드려 좋은 곳에 꺼내놓고 친다. 그런데 다른 사람이 그런 식으로 하면 —자기도 그랬으면서— 안 된다는 등 벌점을 1타 먹어야 한다는 등 구시렁거리면서 시비를 건다. 이처럼 룰을 적용할 때 다른 사람에게는 언제나 엄격하게 적용하면서 자신에게는 온갖 핑계를 대 느슨하게 적용하거나 아니면 아예 예외적인 것으로 만들려는 사람이 있다.

골프는 그야말로 관계를 바탕에 깔고 이루어지는 스포츠이다. 함께 치는 동반자들이 어떤 순서로, 누가 누구 다음에 치느냐가 중요하며, 함께 라운딩하면서 주고받는 말들도 서로에게 영향을 미치고 받는다. 참으로 오묘한 관계가 작용하는 스포츠다. 속으로 말들은 안 해도 상대방이 어떻게 행동하고 상대방이 몇 번을 쳤고, 저것이 두 번째 샷인지 세 번째인지, 벙커에서는 몇 번 만에 나왔는지 다 잘 알고 있다. 골프는 어찌 보면 자기와의 싸움이다. 자기와의 싸움을 얼마나 자신에게 솔직하게 또 엄격하게 하느냐가 골프이다. 그렇다면 누가 진정 제대로 된 골퍼인가? 한 마디로 자신에게 엄격하게 행동하는 사람이다. 그러나 상대방에겐 좀 후하게, 좀 너그럽게 행동하는 것이 진정한 공감대를 형성하는 데 큰 도움이 된다.

다시 공부하는 이야기로 돌아가면, 일반적으로 공부 잘하는 아이는 모든 책임을 자신에게 돌린다. 특히 시험을 잘못 보았을 때 그 원인을 자기에게 돌린다. 준비를 제대로 못했다든지, 생각을 잘못 했다든지, 너무 오만했다든지, 어떻든 자기자신에게 원인을 귀속시킨다. 그런데 공부 못하는 아이는 타인이나 물리적 조건으로 돌린다. 예컨대 "시험이 너무 어려웠어. 우리 선생님은 안 배운 데서 내고 난리야!" "엄마, 스팀이 나오는 소리가 어찌나 시끄러운지, 그래서 오늘 시험 망쳤어" "나, 오빠 때문에 시험 못봤어. 어젯밤에 오빠가 화나게 만들어서, 한잠도 못 잤단말야!" 등등과 같이, 시험 잘못 본 원인을 전부 남의 탓으로 돌리는 습성이 있다.

인간관계에서 —두 사람 간의 관계에서든, 여러 사람 간의 복합적 관계에서든— 진정한 공감대가 이루어지려면 책임을 자기 자신에게 귀속시키려는 마음가짐과 행동이 중요하다. 특히 팀이 되어 일할 때는 더욱 그렇다. 책임을 자신에게 돌리려 하는 것도 넓게 생각하면 스스로 손해를 먼저 보려는 의식과 같은 맥락이다. 책임의 원인을 다른 사람에게 돌리지 않고 자아 내로 귀속시키려고 하는 것은 역시 그만큼 다른 사람에 대한 배려이고, 다른 사람에게는 좀 후하고 자신에게는 엄격하게 처신하는 것이다.

나는 그래서 한때 자동차에 '내 탓이오' 스티커를 유리창에 붙이고 다니면서 캠페인을 벌인 사람들을 매우 존경했다. 다만 그때 묘한 느낌은, 정녕 '내 탓이오' 하고 싶으면 스티커를 핸들에 붙여 놓든지, 즉 자기가 읽어서 '내 탓이오'로 읽혀질 수 있도록 붙여 놓아야지, 왜 딴 사람 보고 '내 탓이오' 하고 읽도록 유리창

뒤쪽에다 밖을 향해 붙여 놓았느냐는 것이었다. 그러면 뒷사람이 혹 그럴지도 모르겠다. "저 양반, 자기가 지 탓이라고 하지! 누구보고 내 탓이라고 그러는 거야!" 어쨌든 세상에서 우리 모두가 서로 돈독한 공감대를 만들어 나가려면 '내 탓이오'를 곱씹어 보아야 한다.

안심스테이크를 먹겠다고 해서
가재요리를 배신한 것은 아니다

제법 규모가 큰 어떤 회사의 사장과 부사장이 제주도에 행사가 있어 비행기를 함께 타고 내려가고 있었다. 김포에서 제주까지는 이륙 후부터 따지면 50분 정도면 간다. 그래도 두 사람이 긴요한 이야기를 하기에는 짧지 않은 시간이다. 새봄이 되면 회사의 수뇌부에 대한 인사를 눈앞에 두고 있는 시점에, 또 부사장을 전무 때 부사장으로 발탁해준 사람이 사장이고 보면 두 사람의 대화는 퍽이나 긴요한 이야기였을 성싶다. 비즈니스석에 나란히 앉은 두 사람은 머리를 모으고는, 혹여나 앞뒤에서 누가 들을 새라 조용조용히 이야기를 나누기 시작했다.

"이봐, 김박 잘 되고 있지?"

성이 김씨인 부사장은 박사학위를 갖고 있었다. 그래서 사장은 둘이만 있을 때면 '김박'이라고 불렀다. 오늘따라 사장의 목소리는 여느 때보다 더 다정했다.

"뭐! 하여간 열심히 하고 있습니다."

업무 이야기가 조금 오고간 다음에 사장이 김박의 관심사인 인사문제를 꺼냈다. 사장은 곧 부회장으로 승진해서 일선에서 물러날 참이다. 요는 이제 누가 사장이 되느냐이다. 지금 회사엔 부사장이 네 명 있고, 김박은 그중 한 명이다. 외부에서 사장이 영입될지도 모른다는 루머도 돌고 있다.

"나는 말야! 결론적으로 말해서, 당신이 내 자리를 이어 받으면 좋겠어! 당신 날 잘 알잖아, 내가 무엇에 중점을 두어왔는지, 사업도 말야 연속성이 있어야 하거든. 경영철학도 그렇고."

"알겠습니다. 저를 부사장으로 발탁해주신 것도 제게는 분에 넘치는 것이었는데… 하여간 기회 만들어주시면 최선을 다해 열심히 하겠습니다."

"그래야 내가 믿지. 그러니까, 자네가 이어받으면 좋겠다는 것 아냐! 그리고 이사들한테도 잘하고 있지? 결국엔 이사회에서 결정 나거든. 사내이사들도 그렇고, 사외이사 있지. 그 사람들도 만나고 있는가?"

"네, 그렇게 하고 있습니다."

50여분 동안 이루어진 대화의 결론은 확실했다. 사장은 김박을 자기 후임으로 적극 추천하고 밀겠다는 것이다. 자기가 밀면 될 것이라고 한다. 또 김박은 사장이 되면 전임 사장을 성심을 다해 모시겠다고 약속했다.

한 달 후 사장은 일요일에 김박에게 점심이나 하자며 불러냈다. 흔치 않은 일이었다. 두 사람은 서소문의 어느 순두부집으로 갔다. 일요일이라서 그런지 그 유명한 순두부집이 퍽이나 조용했다. 두 사람은 넓은 홀 한구석에 앉아 얼마 전 비행기에서 나누었던 이야기를 한 시간 반 동안 반복했다. 김박의 경우 더욱 마음이 기뻤던 것은 자기가 사장에게 애원하고 부탁해서라기보다, 사장이 자신의 능력과 인간됨을 보고 후계자로 지명해서 이끌어주겠다고 먼저 나섰으니 이보다 더 좋을 순 없었다.

두 사람 간의 세 번째 다짐은 사장실에서 있었다. 어느 날 임원회의가 끝난 후, 김박이 혼자 남자 다시금 사장은 그 문제를 꺼내 들고 이사회 날짜가 거의 다가왔음을 알렸다. 그리고 10명의 이사들 중, 4명은 자기가 다 이미 이야기해 놓았으니 걱정 말라고 하면서, 그들이 누구인지까지 꼽았다. 그리고 당연직 이사인 자기를 빼고 나머지 다섯 명은 어떻게 접촉하는 것이 좋겠다고까지 자상하게 일러주었다.

그런데 회사 내에서 이상한 소문이 돌기 시작했다. 원래 그런 큰 일이 닥치면 온갖 소문들이 도는 것 아니던가! 또 서로들 헛소문 퍼뜨리고, 풍구질하고 그러지 않던가!

"이번에 김 부사장이 꼭 사장되는 걸로 모두 알고 있었는데, 그렇지 않은가봐!"

"그럼 누가 된대?"

"전 부사장 있지? 그 사람이 유력하다는데. 더욱이 현재 사장이 그 사람을 적극 밀고 있대."

"아냐! 내 안테나에 걸리는 정보로는 사장은 김 부사장을 밀고 있어."

"이런 한심한 친구 같으니! 그게 언젯 적 정보인데. 작년 말까지만 해도 그랬지! 근데 최근에 와서는 달라졌단 말야."

"아니, 누가 그래? 그걸 어떻게 알아?"

"왜, 사장님 댁에 연초에 세배 갔다 온 사람들 있지. 관리부의 박 부장이 갔었던 모양이야! 근데 그날 떡국 먹고 차 마시고 있는데, 박 부장이 사모님하고 잠깐 이야길 나누었대. 그때 사모님이 그러셨대. 전 부사장을 잘 도와드리라고, 노골적으로 말씀하시더래, 전 부사장이 사장되어야 한다고, 그렇게 사모님이 말씀하셨을 때는 사장님하고 얘기가 있었길래 그러는 것 아니겠어?"

"하여간, 문제는 문제야. 회사 일에 부인들이 나서면 문제야!"

이는 친구 사이인 두 젊은 부장이 술 한잔 하면서 나눈 이야기다. 이런 루머가 제법 널리 퍼지기 시작했고 이것을 전해들은 김 박은 고개를 흔들었다. "절대로 그럴 리 없어!" 자신을 끌어내리려는 사람들의 모함이라고 생각했다. 사장이 먼저, 그것도 한 번도 아니고 세 번씩이나 직접 말을 했는데 어떻게 나를 제치고 전 부사장을 밀 수 있겠는가! 그렇다면 사장은 인간도 아니다. 그럴 셈이었으면 나를 밀겠다는 말도 하지 말았어야지! 절대로 그럴 사람이 아니야. 그렇게 약속해놓고 배신 때릴 사람이 아냐! 사장 이 나를 추천했다는 네 명의 이사들을 만났다. 그들 네 명은 분명 나를 밀어주겠다고 했다. 또 나머지 이사들도 만났는데 그중 두 사람 역시 약속을 했다. 꼭 당신이 되어야 우리 회사가 다시 일어 설 것이라고. 사실 지금 사장이 회사를 이끄는 동안 경쟁사에 비 해 많이 뒤떨어졌음은 회사 안팎에서 모두가 알고 있는 사실이 다. 그래서 이번에는 과감한 추진력이 있는 사람이, 쓰러져가는 회사를 일으켜 세울 수 있는 사람이 사장이 되었으면 좋겠다는 바람이 회사 내에 팽배해 있었던 것이다.

10명의 이사 중 그러니까 최소한 7명은 김박 입장에서는 자기 를 지지하는 표라고 계산했다. 그러면 끝난 일 아닌가? 후보가 사 전에 정해져 있는 것은 아니지만 투표에서 자기가 7표, 즉 과반을 넘어서면 무조건 사장에 오르는 것 아니겠는가! 김박은 소문에 반신반의하면서도 내심으로는 자신이 있었다. 자기가 이번에는 꼭 사장이 될 것이라고.

드디어 이사회가 소집되었다. 그리고 투표가 끝났다. 결과적으 로 김박은 사장이 되지 못했다. 이사회에서 그는 세 명의 후보자 중 과반수를 넘는데 실패했다. 찬성표를 던지리라 예상한 7명 중

3명의 반란으로 4표밖에 못 얻고 탈락했다. 그리고 그는 회사를 떠날 수밖에 없었다. 물론 그 과정에는 김박에게 그렇게 약속을 거듭했던 사장의 배신(?)이 크게 작용했다는 심증도 드러났다. 나는 김박을 만났다. 실의에 빠진 그에게 특별히 내가 해줄 수 있는 말은 없었다. 그러나 그에게 이런 한마디를 했다.

"이봐요, 김박! 당신을 도와주겠다고 그토록 약속했던 사장을 결코 원망치 마시오. 또 당신이 믿었던 이사 중 사장을 빼고 나머지 2명이 누구인지는 모르겠지만 그들도 원망 마시오! 결코 그들이 당신을 배신했다 생각 마시오. 배신이란 원래부터 없는 거요. 식당에 가서 메뉴판을 들여다보니까, 안심스테이크도 먹고 싶고, 가재요리도 먹고 싶고, 그럴 경우 당신은 그중 하나를 선택하지 않소. 그렇다고 다른 하나가 맛이 없어서가 아니라, 먹고 싶지 않아서가 아니라 그중에서 더 먹고 싶은 것을 선택한 것뿐이오. 마찬가지라고 생각해요. 사장은 분명 당신을 좋아했고, 이사들도 당신을 좋아한 거요. 당신이 사장되면 좋겠다고 생각했지만 다만 그들은 여러 후보자 중에서 선택할 수밖에 없을 때, 여러 가지를 고려해서 다른 사람을 선택한 것뿐이오. 두 가지 음식 가운데 하나를 선택하는 것처럼. 당신을 버리고 배신한 것은 아니라고 생각하쇼! 배신, 그것은 원래부터 사전에 없는 개념이오. 배신은 사람들이 자기합리화를 위해 다른 사람에게 책임을 떠넘기기 위해 만들어낸 용어라고 나는 생각해요. 사장이나 이사들은 당신을 배신했다고 절대로 생각지 않을 것이오. 그러니 당신도 그들에게 적대감을 가지면 안 되는 거요. 선택이란 원래 상대적인 행동이오. 당신이 자꾸 그들이 당신을 배신했다고 생각하면 그것은 스스로를 위안하고자 하는 얘기일 뿐이고, 그것은 당신의 부족을, 당신이 상대적 비교게임에서 지게 된 책임을 그들에게 돌리는 것밖에 안 되는 거요!"

　나의 긴 설득(?)에 김박은 조금은 마음이 편해진 듯 보였다. 사람들과의 관계에서 참으로 우리는 많은 선택적 행위와 판단을 하게 된다. 그때 나 자신이 선택 받는 입장에 있을 때 선택해주는 사람과 진정한 공감대를 만들려면, 선택되거든 그 공을 선택해주는 사람에게 돌리지만 만약 선택되지 못했을 때는 그 책임을 자신에게 돌려야 한다. 물론 내가 김박과 비슷한 입장에 처했다면 배신감을 느끼기 전에 그 책임을 나에게 돌릴 수 있었을까는 도무지 자신이 없다. 남의 일이니까 그렇게 말하는 것은 아닐까도 생각해본다.

둘이 모두 뜨거우면
둘 다 데어 죽는다

이 세상에 온전한 인간은 없다. 그 누구든 부족함이 없는 사람은 없다. 사람은 누구나 부족을 느끼고 결핍을 느낀다. 부족, 결핍이 있기에 사람들은 그것을 본능적으로 채우려고 노력하게 된다. 성취동기는 바로 그러한 부족이나 결핍에서 생겨나는 것이다. 또한 관계지음에서도 사람들은 부족을 채우려고 노력한다. 진정한 인간관계에서의 공감대는 서로 얼마만큼 상대의 부족과 결핍을 채워줄 수 있느냐에 따라 강도나 질이 좌우될 때가 많다.

여러 가지 인간관계 중에서 가장 표본이 되는 부부관계를 보면 상호 보탬의 관계가 얼마나 가치 있고 소중한 것인가를 쉽게 깨달을 수 있다. 엄청 추운 겨울날 부부가 한 이불 덮고 잠자리에 누웠을 때 발을 갖다 대보면 재미있다. 부부 중 어느 한쪽은 발이 뜨겁고 다른 한쪽은 차가울 때가 있다. 그럴 경우 뜨거운 쪽에선 차가운 발이 와서 닿는 것을 싫어한다. 그러나 차가운 사람은 자꾸 뜨거운 발에 자기 발을 갖다 대려 한다. 비록 두 사람 간에는 잠시 실랑이가 벌어지지만 나는 그런 부부가 이상적인 관계라고 생각한다. 우리가 겪어봐서 알지만 뜨거운 쪽이 조금만 참고 차가운 발을 받아주면 잠시 후 차가운 발은 서서히 냉기가 가시고 두 사람 모두 따뜻함을 느끼게 된다.

그렇기에 여러 부부들을 찬찬히 살펴보면, 오묘하게도 부부가 반대로 만난 경우를 많이 본다. 반대로 만났기에 환상적인 조화를 이루면서 돈독한 공감대를 형성하며 살아가는 것이다. 이를테면 어느 부부의 경우, 남편은 모든 행동에서 느려터지고 반대로 아내는 매우 빠르다. 아내는 평생 '기다리는' 삶을 산다. 외출 준비를 할 때도 ―통상 우리는 아내가 느리다고 생각하지만― 그 집은 남편이 너무 느려서 늘상 아내가 기다리는 것이다. 남편은 매우 차분하다. 매사에 아무리 급해도 거쳐야 할 과정은 반드시 거친다. 빼먹는 일이 없다.

차를 운전할 때도 아무리 시간이 늦어도 2~3분 워밍업을 반드시 해야 하고, 안전벨트를 매고 출발해야 한다. 그런 남편을 옆에서 지켜보는 아내는 울화가 치민다. 답답하다. 안전벨트 같은 것은 출발한 뒤에도 얼마든지 맬 수 있으련만…. 그래서 아내는 평생 기다리는 삶을 사는 것이다. 그런 모습을 지켜보는 나는 그 부부가 가장 조화로운 만남이라고 생각한다.

이렇게 생각해보면 알 수 있다. 만약 두 사람 모두 성질이 급하면 어떻게 될까? 빨리하기 경쟁을 하게 되고, 그 와중에 반드시 무엇인가 소중한 것을 빠뜨리고, 실수를 범한다. 문제는 그런 실수를 막아주고 회복시켜주고 고쳐줄 수 있는 사람이 없는 것이다. 빠른 사람은 빠른 대로 실수를 범하고, 느리면 느린 대로 실수를 범할 수 있지만 한쪽이 빠르면, 그리고 다른 한쪽이 느리면, 다른 한쪽에서 그것을 막아주는 것이다. 빠름과 느림, 반드시 그 어느 쪽이 더 바람직하다고 말할 수 없다. 그것은 상황에 따라 다르기 때문이다.

이불 속의 발 이야기를 했지만 나는 이따금 부모들에게 비유적으로 그런 조언을 한다. 만약 엄마 아빠가 모두 뜨거우면 아이들은 데어 죽을 것이고, 엄마 아빠가 모두 차가우면 아이들은 얼어 죽을 것이라고.

이는 집안 풍경으로 나타난다. 부모가 자녀를 꾸짖을 때 때로는 체벌을 가한다. 엄마가 몹시 화가 나서 소리 지르며 아이에게 매를 들었을 때 아빠는 어떡해야 할까? 부드럽게 아이를 설득하고 달래고, 위로해주고, 화가 난 엄마를 진정시켜야 가족의 공감대가 깨지지 않는다. 만약 엄마가 매질을 해서 울고 있는 아이에게 아빠가 "너, 무엇 때문에 엄마한테 혼났냐! 여보, 얘가 뭘 잘못해서 또 혼낸 거야?"라고 물었다. 그랬더니 "아, 글쎄 녀석이 운동화 산다고 돈 갖고 나가서는 운동화는 안 사고 그 돈으로 게임하고 왔잖아요!" 그러자 아버지가 "너, 이놈, 거짓말을 하다니! 너 더 혼나야 되겠다"하고 또 때린다면 아이는 어떻게 될까? 맞아 죽을지도 모른다. 그때 아빠가 매질하는 것을 바라보는 엄마는 속으로 이렇게 생각할까? "그래! 너 아주 쌤통이다. 아빠한테 좀 맞아봐라. 여보! 아주 잘했어. 더 때려줘!" 이렇게 생각하는 엄마는 거의 없다. 오히려 아빠(남편)에게 소리를 칠 것이다. "당신은 뭘 잘했다고 애를 때리고 그래요?"

그렇기에 인간관계는 요철의 관계가 되어야 한다. 옛날에 우리 선조들이 목조건물을 지을 때 그렇게 요철을 이용해서 지었다. 못 하나 박지 않아도 나무와 나무를 요철 형태로 이음으로써 서로 단단하게 의지가 되도록 지은 것이다. 인간관계도 그런 식으로 요철의 관계로 공감대를 만들어나가야 한다. 즉, 서로 보탬이 되도록 노력하는 것이 요철의 관계이다.

지금 나와 관계 맺고 있는 사람들을 찬찬히 살펴보아라. 그래서 그가 너무 뜨거우면 내가 좀 차가운 모습을 보이고, 의사결정에서 너무 빠른 듯싶으면 제동을 걸고 천천히 하고, 말다툼할 때도 상대가 큰소리를 치면 같이 목청을 돋울 게 아니라 조용히 이야기하라. 그러면 싸움에서도 이기고 또 관계도 그르치지 않는 결과를 가져온다.

키가 큰 사람은 키가 작은 사람과, 몸이 뚱뚱한 사람은 마른 사람과 더 잘 어울리는 경우를 보면, 세상의 별 것들이 다 조화를 이루는 기준이 된다. 한쪽이 너무 생각만 하는 사람이면, 다른 한쪽은 행동을 좋아하는 사람이어야 둘의 관계는 조화로워진다. 한쪽이 너무 염세적이면, 다른 한쪽은 낙천적이어야 한다. 둘 다 염세적이면 동반자살밖에 할 일이 없다. 한쪽이 부정적이면 다른 한쪽은 긍정적이고, 한쪽이 거시적이면 다른 한쪽은 미시적으로 사물을 지각하면 좋을 것이다.

나는 평생 교수로 지내왔기 때문에 늘 학생들로부터 많은 부탁을 받는다. 교실에서 학생을 가르치고 연구하면 교수로서의 책임은 끝난다고 생각할 수 있지만 난 그렇게 생각하지 않는다. 학생들에게 도움을 베풀 수 있는 한까지 도움을 베푸는 것이 책무라고 생각한다. 졸업한 지 몇 년 만에 불쑥 찾아와서 유학을 가고자 하니 추천서를 써달라고 한다. 그것도 미리 여유를 갖고 하는 것이 아니다. 이를테면 내일까지 써주어야 한다. 또 어떤 학생은 직접 찾아와서 이야기하는 것도 아니다. 전화로, 이메일로 한다. 내일까지 써서 자기가 적어준 주소로 보내달라고. 버릇이 없어도 이만저만이 아니다. 그래도 어쩌겠나. 우리가 잘못 가르친 탓 아니겠는가! 제자니까 써줘야 한다. 그래서 밤을 새워서라도 써주어야 한다고 생각한다.

대체로 인간관계에서 상하관계에 놓여 있을 때 위에 있는 사람은 아랫사람으로부터 여러 가지 부탁을 받을 수 있다. 그러면 윗사람은 일단 아랫사람에게 보탬이 되어주어야 한다. 보탬이 될 수 있다면, 그리고 부탁이 합당한 것이라면 들어주고 도와주는 것이 관계지음의 원칙이다. 이때 꼭 기억해야 할 것이 도와준 것, 베풀어준 것을 기억 속에 남겨두지 말라는 것이다. 도와준 뒤 그것을 즉각 잊는 것이 도와준 사람의 정신건강에도 좋고, 또 도움받은 사람과의 관계지음을 이어나가는 데도 좋다. "내가 그렇게 도와주었는데 어찌 고맙다는 전화 한 통화가 없을까?"라고 생각하면 그것은 두 사람의 공감대에 틈이 있음을 의미한다. 인간관계에 관하여 이런 말이 있지 않은가. "원수는 모래에 새기고 은혜는 바위에 새겨라." 이는 보탬의 행위를 놓고 표현하면 "도와준 것은 모래에 새기고, 도움 받은 것은 바위에 새겨라"로 말하는 것도 가능할 것이다.

졸업한 어떤 제자가 S화재에 입사해서 첫 월급을 탔다고 그래서, 선생님께 칼국수라도 대접해 드리겠다고 학교로 찾아왔다. 그런 생각만으로도 무척 고마웠다. 그런데 그 녀석이 말하기를 "선생님, 제가 왜 그때 3학년 마치고 군에 입대하게 되었다고 찾아뵈었을 때, 선생님이 배고플 때 빵이라도 사먹으라고 봉투를 제게 주셨잖아요." 나는 그런 기억이 전혀 떠오르지 않았지만 너무도 기뻤다. 그가 졸업을 한 뒤에 찾아온 것보다 더 기뻤던 것은 내가 그 사실을 전혀 기억하지 못한다는 사실이었다. 돌이켜보면, 나는 그런 비슷한 이야기를 졸업생들로부터 많이 들었다.

"선생님, 생각 안 나세요? 왜, 교육부에 계실 때 제가 그곳까지 찾아가서 미국 유학 추천서 받았잖아요!"

"제가 수업을 두 번 결석했는데 선생님은 혹시 제가 아픈가 걱정했다면서 집으로 전화하셨었잖아요."

그랬나! 너희들은 참 별 시답잖은 것을 잘도 기억한다. 나는 그렇게 겸연쩍게 응수하지만 속으로는 그냥 기뻤다. 그러나 나는 내가 누구에게 뭘 도와주었는지를 아직도 많이 기억하고, 손꼽고 있음을 매우 부끄럽게 생각한다.

물은 원래 아래로 흐르는 것처럼 도움도 위에서 아래로 흐른다. 나 역시 어렸을 때, 한창 성장할 때 많은 사람들로부터 도움을 받았다. 이제부터 내가 기억해야 할 일은 내가 아래로 흘려보낸 것이 아니라 나에게 위에서 흘러내려온 것이다. 자식들에게도 얼마나 많은 것을 해주었느냐를 기억할 것이 아니라 내가 부모로부터 무엇을 얼마나 많이 받았는가를 기억해야 한다. 끝없이 베풀어주셨던 부모님의 사랑, 격려, 가르침 그런 것을 기억해야만 하는 것이다.

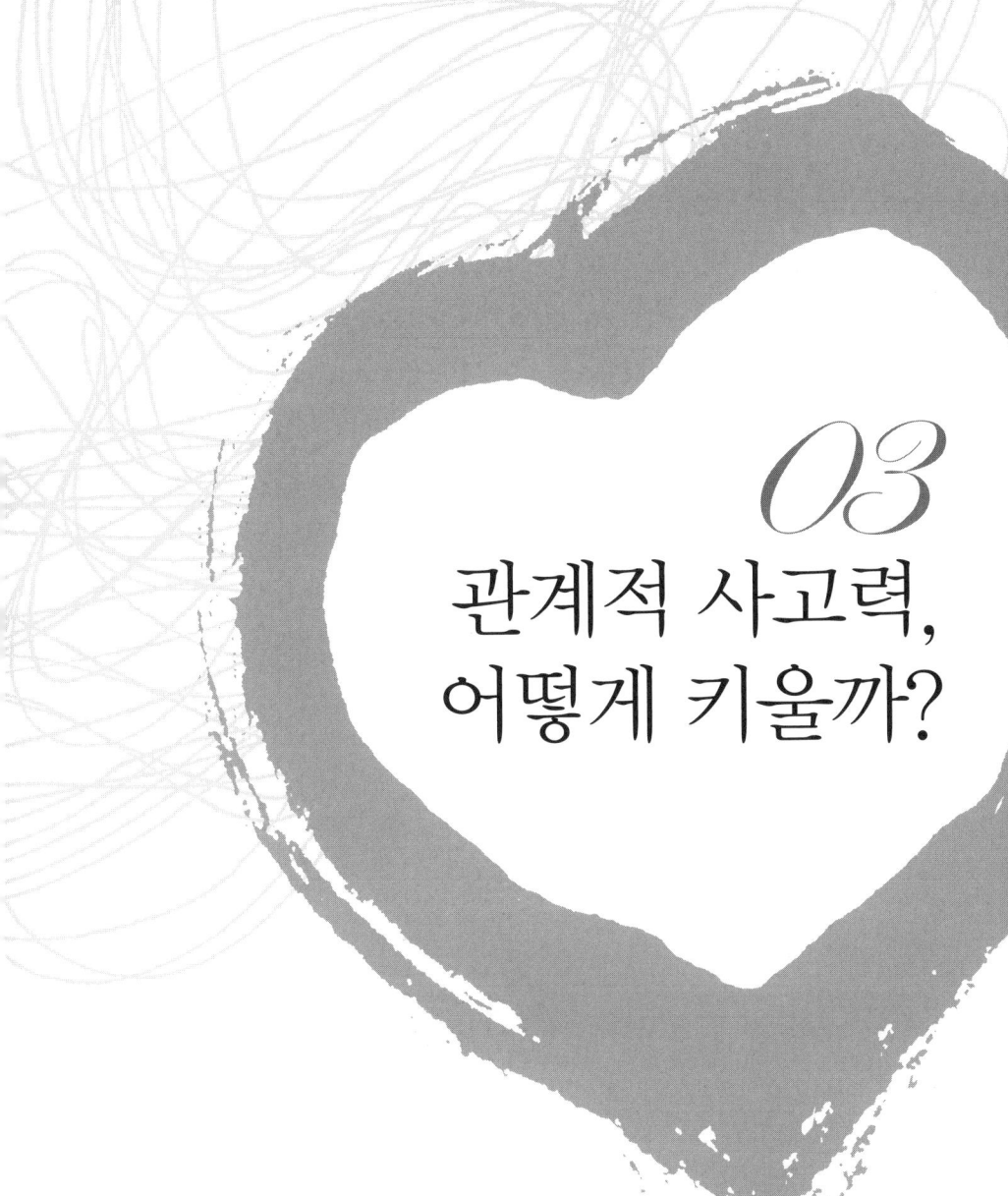

03
관계적 사고력,
어떻게 키울까?

무슨 일이든 행동으로 잘하고 싶은데
머릿속에서 생각이 받쳐주지 못하면 해내기가 어렵다.
세상의 모든 사람은 창의적으로 행동하고 싶어 한다.
문제는 내 머리가 창의적이지 못한 것이다. 관계도 그렇다.
인간관계와 세상과의 관계를 잘하려면,
관계적으로 사고하는 능력을 갖추어야 한다.
관계를 못하는 것은 사람이 나빠서가 아니라
생각이 모자라기 때문이다.

다음 중 관계있는 것끼리
서로 줄을 그으시오

확실히 수명이 많이 길어졌다. 이젠 웬만하면 누구든 80은 살 수 있다. 인생 80을 놓고 볼 때 우리는 그때그때 나이에 걸맞은 발달과업을 성취해 나가야 한다. 나는 나이에 따른 인간의 발달과업을 평소 [그림 6]에 제시한 것처럼 생각한다. 그러니까 최소한 80을 산다고 할 때 가장 정점에 이르는 때는 50 전후라고 생각한다.

태어나서 50년 동안은 정점을 향한 오르막 삶을 산다. 이런 오르막 삶은 우리가 세상에 끼어들고 세상과 더불어 함께하는 개입 engagement의 기간이다. 이때는 많은 것을 얻는 기간이기도 하다. 몸도 크고, 키도 자라고 학교도 다녀 지식도 얻고, 생각도 크고, 친구도 얻고, 일도 얻(하)고, 돈도 얻(벌)고, 남편(아내)도 얻(만나)고, 자식도 얻(낳)고, 집도 얻(사)고, 지위도 명예도 얻고… 많은 것을 얻는다. 그렇게 해서 우리는 50쯤 되면 인생의 정점에 선다. 등산으로 치면 산꼭대기에 올라온 것이다. 온통 앞만 보고 위만 보고 달려 왔다. 헉헉 숨을 몰아쉬면서 달려왔다. 정상에 서서 내가 올라온 길을 내려다본다. 저 아래 이제 막 올라오려고 애쓰는 사람들이 눈에 들어온다. "야호~" 소리 지른다. 가슴이 툭 트인다. 그리고 잠시 앉아 쉰다.

그러면 언제까지 쉬겠는가? 이제는 내려가야 한다. 해지기 전에, 어둡기 전에 내려가야 한다.

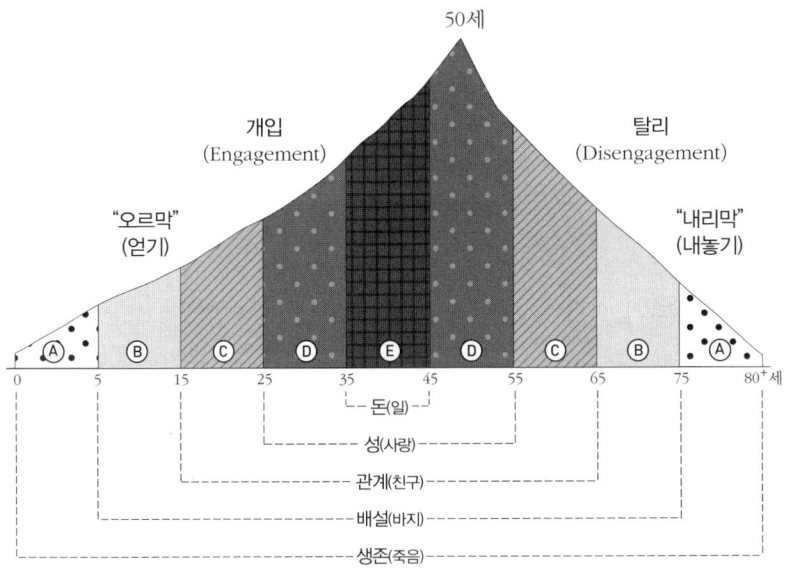

그림 6 · 나이에 따른 발달과업

인생 50부터 죽기까지의 30여 년은 세상으로부터 물러나는 disengagement 기간이다. 세상과 서서히 이별해야 하는 탈리脫離의 삶을 살게 되는 것이다. 세상의 모든 개입에서 이제는 물러나야 한다. 50년 동안 이 세상에서 얻었던 것을 서서히 조금씩, 하나씩 내놓아야 한다. 자식을 내놓아(떠나보내)야 한다. 일도 내놓아(퇴직)야 한다. 남편(아내)도 내놓아(사별해)야 한다. 물론 사별하지 않고도 합의해서 내놓(이혼하)는 부부들도 많지만 여하튼 내놓는다. 어디 그뿐이랴. 돈도 내놓아(써)야 한다. 건강도 내놓아야 한다.

어쩌면 하나님께서는 그토록 오묘하실까? 나이를 먹으면 점차 눈도 침침해지고, 귀도 어두워지고 이도 빠지고 그런다. 왜 하나님은 우리에게 주었던 것을 도로 가져가시는 걸까? 이제 이 세상에서 그만 보고, 그만 듣고, 그만 먹으라는 뜻이리라. 나이 먹으면 적당히 대충 넘어가고, 그저 안 보이는 것, 안 들리는 것을 보려고, 들으려고 하지 말아야 된다는 뜻이다. 그렇게 해서 우리는 우리가 태어난 한 줌 흙으로 다시 돌아가는 것 아니겠는가?

이렇게 80여 년의 세월을 자세히 보면 크게 다섯 구간으로 쪼갤 수 있다. 이때 재미있는 것은 '세상에 개입하여 얻을 때의 삶'이나 '세상에서 물러나며 내놓는 삶'을 살 때의 발달과업이 80으로 해서 양쪽 연령대가 대칭적으로 비슷한 발달과업을 요구하고 있다는 것이다. [그림 6]에서 보면 알 수 있듯이 다섯 구간을 A,

B, C, D, E로 표시했는데 좌우대칭으로 합이 80이 된다. 이는 0세(세상에 태어나기 전후)와 80세(세상에서 영원히 떠나기 전후)의 발달과업이 같다. 이때의 공통된 발달과업은 생존이다. 어머니 뱃속에서부터 아기는 생존을 위해 몸부림친다. 이 세상에 태어나자마자 울음으로 삶을 시작한다. 이때는 먹고, 자고, 일어나 두 발로 서서 세상으로 걸어나간다. 곧 삶을 살아가겠다는 것이 발달과업이다. 그런가 하면 80의 나이쯤에 이르면 죽음을 준비한다.

죽음은 또 다른 삶을 사는 것이다. 죽음은 끝나는 것이 아니다. 이 땅에서의 존재를 끝내는 것뿐이다. 또 다른 곳에서 새로운 삶을 살며 새로운 관계를 맺게 되는 것이 죽음이다. 그러니까 0세 전후나 80세 전후에 이 땅에서든 저 땅에서든 삶을 준비하는 발달과업을 성취해야 한다. 물론 이때는 나의 의지보다는 다른 사람의 뜻과 도움을 많이 필요로 한다는 점에서도 공통적이다.

그러다가 5세 전후가 되면 스스로 소대변을 완전히 가리게 된다. 그때 배설의 자유를 얻는다. 누고 싶을 때 참지 않고 내 스스로 눌 수 있고, 또 참고 싶으면 내 맘대로 참을 수 있다. 그것이 삶에서 자유로워지는 것의 출발이다. 그러니까 이때 배설을 스스로 제어하지 못하면 문제가 된다. 75세 전후에도 바지를 적시지 않도록 건강해야 한다. 그때 배설을 내 맘대로 자유롭게 못하면 역시 문제가 된다.

15세 전후, 사춘기를 넘어서는 중고등학교 시절, 즉 학령기 때의 중요한 발달과업은 집안에서는 가족과 잘 지내고, 밖에 나가서는 친구, 선생님과 잘 지내는 일이 중요하다. 특히 이 시기에는 앞으로 세상을 함께 살아갈 인생의 친구들과 관계를 맺는 것이 매우 중요하다. 대칭적으로 우리가 삶의 내리막길에 섰을 때인 65세 전후에도 우리는 친구를 갖고 있어야 한다. 물론 가족들과 잘 지내야 한다. 이때 남편(아내)은 더없이 좋은 친구다. 그 친구와 좋은 관계를 유지해 나가야 한다. 그 관계를 잘못해서 이혼을 한다면 매우 불행한 삶이 된다.

간혹 황혼이혼이 미화되는 경우를 본다. 그러나 안할 수 있으면 안하도록 최선을 다해 피해야 하는 것이 황혼이혼이다. 이 시기에는 밖에서도 관계를 잘해서 좋은 친구를 몇 명 가지고 있어야 한다. 아무런 부담 없이, 그냥 아무 때고 생각나서 전화하면 이내 만날 수 있는 친구가 있어야 한다.

인생에서 25세 전후에 우리는 결혼도 하고, 직장도 갖는다. 이때는 자기 스스로 완전한 주체로 독립하는 시기이다. 남과 여가 합해지는 시기이다. 성적 교섭이 왕성해지는 시기이다. 단순히 본능적인 성적 쾌락만이 성적 교섭의 목적은 아니다. 그것은 사랑의 완성이고, 새로운 활기를 얻고, 또 후세를 낳는, 즉 하나님께서 주시는 새로운 생명을 맡아서 키우는 사명도 수행하는 것이다. 그러니까 이때는 성性이 아주 중요한 발달과업이다. 마찬가지로 55세 전후의 나이에도 성은 중요한 발달과업이다. 이 시기에 부부의 성관계가 멈추거나 아예 끝나서는 안 된다. 성관계는 부부의 평생 동안 해온 사랑의 재확인이고, 새로운 에너지의 창출이다.

35세 전후, 인생에서 가장 생산적인 시기에 접어들었다. 45세 전후까지 그렇다. 이 시기에는 일을 해야 한다. 돈을 벌어야 한다. 일을 해서 돈을 번다는 것은 그냥 잘 먹기 위함이 아니다. 이 세상이, 이 사회가 돌아가도록 내가 동참하고, 또 내게 주어진 몫 이상으로 생산에 기여해야 한다는 것을 의미한다. 이 시기에 아무 일도 안 하거나 못하고, 돈을 벌지도 쓰지도 못하면 그것은 정말로 문제다.

나는 이 책에서 삶의 과정에서 관계가 얼마나 중요하고, 관계를 잘하려면 관계적 사고를 키워야 한다는 데 초점을 맞추고 있다. 물론 그것은 삶의 모든 과정에서 키우고 개발해야 하지만, 특히 초중고등학교 학령기에 그런 능력을 키우는 것이 얼마나 중요한가를 강조하기 위해 인생의 발달과업을 설명했다. 그리고 그것은 인생의 다른 단계에 어떻게 연계되는가를 아울러 다루었다.

한마디로, 청소년 시기의 중요한 발달과업은 관계적 사고력을 키우는 것이다. 그래야 긴 삶에서 개입과 탈리를 잘할 수 있고, 오르막과 내리막을 다른 사람들과 함께 잘 오르고 잘 내려올 수 있게 된다. 하긴 옛날의 학교교육에서도 관계가 얼마나 중요한가는 모두들 알고 있었던 듯싶다. 그렇기에 학교에서 시험을 볼 때면, 의례히 빠짐없이 나오는 문제 유형의 한 가지가 "다음 중 관계있는 것끼리 서로 줄을 그으시오"였지 않았던가.

17세기 유럽인들이 아메리카 신대륙을 발견한 뒤 남의 땅에 들어가 집을 짓고 땅을 일구며 살기 시작했다. 그들은 가는 곳마다 우선 교회와 학교(대학)를 세웠다. 그때 미국땅에 최초로 세워진 공교육기관이 하버드대학이다. 1636년이었다. 그런데 그 세계 제일의 하버드가 무려 309년 만인 1945년에 대대적인 교육개혁을 단행했다. 정보화사회가 곧 도래할 것이라는 예측과 함께 학생들에게 사고력을 키워야 한다고 주장한 것이다.

미래의 세계에서 지도자가 될 학생들에게 하버드는 논리적 사고, 발산적 사고, 관계적 사고 세 가지를 키울 것이라고 천명했다. 이처럼 관계적 사고는 예나 지금이나, 특히 고도의 정보화시대에서는 생존의 필수적인 능력인 것이다. 그렇다면 우리는 어떻게 관계적 사고력을 키울 수 있을까? 특히 어린 자녀들에게 어떻게 해주어야만 관계적 사고력을 키울 수 있을까?

너, 오늘 밥 먹고,
머리 깎고 와서 학원에 가

방학이 되면 옛날에는 아이들 스스로 생활계획표를 짜서 책상머리 벽에다 붙여놓았다. 크게 원을 하나 그려놓고 24시간으로 나눈 다음 토막을 쳤다. 이를테면 아침 7시부터 9시까지는 세수, 아침식사, 운동, 9시부터 11시까지는 방학숙제, 11시에서 12시까지는 친구와 놀기… 그리고 밤 9시부터 그 이튿날 6시까지는 꿈나라… 그런 식으로 시간을 몇 개의 토막으로 나누고, 칸별로 크레용으로 이 색깔 저 색깔을 칠했다. 물론 그대로 지킨 아이들은 거의 없다. 여기서 중요한 것은 어설프게나마 자기 나름대로 생활 계획을 세운다는 것이다.

계획을 세우는 데 있어서 우리는 여러 가지 다양한 지적 활동을 하게 된다. 그렇기에 계획을 세우는 것은 아이나 어른이나 모두에게 사고력을 키우는 좋은 방법이 된다. 어떤 일의 순서를 정하는 것처럼 좋은 지적 활동이 없다. 순서를 정한다는 것은 그야말로 여러 가지의 관련 요소들을 추출해서, 그것들 간의 시간적 선후 관계를 정하는 것이기 때문에 관계적 사고력을 키우는 데 안성맞춤이다.

어떤 전업주부 한 사람이 모처럼 날을 잡아 시내 외출을 하려고 한다. 그런데 추운 날엔 나가 돌아다니는 일이 매우 귀찮다. 그냥 따뜻한 집에 앉아 책 읽고, 집안일하고, 텔레비전 보고 쉬는 게 낫다. 그래도 어쩌랴. 꼭 나가서 할 일이 있는데. 그러면 그것을 모두 모아 한날에, 한번에 다 마치려고 한다. 이를테면, 다섯 가지 할 일이 있다.

은행에 가서 휴대폰 요금도 내고 (자동이체를 안했기에 오늘이나 내일은 꼭 내야 한다), 미장원에 가서 머리도 자르고 파마를 하고, 중학교 다니는 아이 청바지를 사주었는데 바지 길이가 길어 세탁소에 줄여달라고 맡겨 놓았는데, 어제도 안 찾아 왔다고 아이한테 한소리 듣지 않았던가! 그래서 꼭 찾아와야 되고, 두통약도 사와야 하고, 지난 번 김치가 다 떨어져 알타리라도 사다가 총각김치를 담그든 해야 한다. 이렇게 다섯 가지 일을 하루에 모두 다 마쳐야 한다. 그러면 이 주부는 머릿속에서 일의 순서를 정하고 여러 가지를 고려한다. 가능하면 덜 걸어 다니고, 걷는 동선을 가장 짧게, 돈도 가장 덜 들이고, 에너지도 덜 쓰고, 시간도 가장 덜 들이고… 한마디로 경제적 효용성을 따져 순서를 정한다.

우선 9시에 마을버스 타고 나가 사거리 2층 미용실에서 머리 자르고 파마한 다음, 그 건물 1층에 있는 은행에서 휴대폰 요금 내고, 길 건너 약국에서 약 사고, 그리곤 다시 마을버스 타고 아파트로 돌아와 입구에서 내린다. 세탁소에서 청바지 찾고, 걸어 올라오는 길에 마켓에 들러 알타리 사고 집에 들어와 점심 먹고, 오후엔 그것을 다듬어 절여놓자. 이렇게 순서를 짜갖고 나간 그녀는 정말 다섯 가지 일을 아주 효율적으로 산뜻하게 끝냈다. 참으로 순서를 잘 짰다. 그런데 그 반대의 주부도 있다. 순서를 잘못 짜서 아파트에서 걸어 내려오다가 알타리부터 사들고는 그것을 미장원으로, 은행으로, 약국으로, 세탁소로 내내 들고 다니는 경우도 있다. 나중에 밤이 되면 스스로 깨닫는다. 팔이 왜 아플까 생각해보니, 왜 바보처럼 그걸 먼저 사서 힘들게 들고 돌아다녔는가? 피식 웃으며 자기가 자기를 욕한다. "어쩌겠냐! 머리가 나쁘면 몸이 고생하는 거지! 이 바보야" 하고 말이다.

사실 우리의 삶을 들여다보면 매사가 순서를 잘 정해야 제대로 돌아가는 것을 쉽게 느낄 수 있다. 주부의 이야기를 했지만, 가정에서도 그야말로 모든 것이 순서에 의해 제대로 이루어져야 하는 경우가 많다. 밥을 짓고 식사를 준비하는 일, 빨래, 청소, 그런 일상의 일만이 아니라 모든 정보통신 기기들이 전부 순서대로 돌아가야만 기능 발휘가 된다. 휴대폰에서 음성메시지 하나를 확인하려 해도 순서대로 번호를 눌러야 하고, 인터넷에서 정보를 검색할 때도 그렇다. 은행에 자동이체를 하기 위해 전화를 걸면 친절하게 순서대로 무엇을 어떻게 누르라고 안내한다.

식탁에 앉아 밥도 순서대로 먹고, 음식 조리도 순서대로 해야 제 맛이 나고, 화장도 순서대로 찍어 발라야 하고, 회사에선 결재도 순서대로 한다. 정책을 집행할 때도 입안에서부터 모든 것이 제대로 순서를 갖추어야 한다. 공장에서 제품 생산도 순서대로 공정 과정을 거쳐야 하고, 남을 제대로 설득시키기 위해선 말도 순서대로 해야 하고, 글도 순서대로 써내려가야 한다. 한 인간의 성장발달도 순서대로 이루어지는 것이다.

그런데 요즈음의 우리 청소년들을 보면 순서 정하기를 잘못하는 경우가 많다. 물론 어른들도 순서 정하기를 제대로 못해서 문제가 되는 경우도 있다. 지도자가 그런 것을 잘못해서 사람들을 힘들게 만들고 일을 그르치는 경우를 우리는 익히 보아왔다. 내가 대학에서 경험한 바에 의하면, 대체로 가정에서 어렸을 때부터 떠받들려 성장한 아이들이 순서 짜는 일을 아주 못한다. 무슨 과목은 언제 들어야 하는지, 보고서는 어떤 순서로 써야 하는지, 논문은 어떤 순서로 써야 하는지, 문제가 생겼을 때 어디부터 찾아가 이야기해야 되는지, 취업을 하려면 무엇부터 준비해야 되는지 등 순서를 못 짜서 헤매는 학생들을 많이 본다. 그런 학생들이 훗날 사회에 나가면 관계에 실패하기 십상이다. 관계적 사고력을 못 갖추었으니 어쩔 수 없는 일이다.

아이들이 순서 정하기와 같은 관계적 사고력을 키우지 못하는 데는 부모, 특히 엄마의 책임이 몹시 크다. 원인은 간단하다. 아이가 세상에 태어났을 때부터 엄마가 옆에 붙어 앉아서 모든 행동의 순서를 항상 짜주었기 때문이다. 식탁에 앉아서 밥 먹을 때부터 엄마는 무엇을 먹을까 순서를 정해준다.

"밥부터 숟갈에 퍼!"

"가만히 기다려. 엄마가 생선 바르잖아."

"자, 이제 먹어."

"꼭꼭 씹어 먹어."

"물 마셔."

"김치도 한 쪽 먹어야지."

아이는 엄마가 정해주는 순서, 시키는 순서에 따라 밥을 먹는다. 옷을 입으려고 하면 엄마는 또 다시 옆에 앉아 순서를 정해주면서 일일이 지켜본다.

"양말부터 신어!"

"왼쪽 발부터 신어."(오른쪽부터 신으면 안 되는가?)

"이제 셔츠 입어."

"머리부터 넣어."

"팔 끼워. 왼팔부터 끼워!"

"일어서!"

"바지 입어!"

공부할 때도 마찬가지이다.

"너, 학교에서 숙제 내줬지?"

"학원 숙제부터 해."

"수학부터 해."

"그리고 영어 단어 쓰기 있지. 그거 해!"

학교에서 돌아오면 어떤 때 엄마는 아이에게 이렇게 말한다.

"너, 오늘은 시간 있으니까 밥 먹고, 머리 깎고 와서 학원에 가."

"나 지금 밥 먹기 싫은데 머리 깎고 와서 밥 먹으면 안 될까?"

"시끄러! 밥 먼저 먹고 머리 깎고 와."

아이는 더 이상 아무런 저항도 못한다. 요즈음엔 남편들까지 아내들이 순서를 정해서 일을 시킨다.

"당신은 밥 먹고 쓰레기 버리고 그리고 들어올 때 우편물 찾아 갖고 와요."

"지금 쓰레기 버리고 우편물 찾아오면 안 될까. 밥은 나중에 먹고!"

"아니, 밥부터 먹고 찾아오라니깐요."

남편도 더 이상 아무런 저항을 못하고 아내가 시키는 순서에 따라 일을 처리한다. 그러면 왜 엄마들은 아이에게 그럴까? 왜 아내들은 남편에게 그럴까? 사랑해서일까? 아니면 그래야 직성이 풀리는 것일까? 그것도 아니면 여자들의 타고난 본능인가? 즉 모성애적 본능일까? 내 생각에는 여자들이 편해지려고 그러는가 싶다. 즉 자신의 편익을 위해서 그런다는 것이다. 이를테면 "밥을 모두 먼저 먹여 놓아야만 그때부터 나도 자유로워지는 것 아니겠는가!"라는 생각으로 그러는 듯싶다.

문제는 그것이다. 엄마가 모든 것의 순서를 짜주고 아이는 그저 시키는 대로 순종만 하면 당장에 아무 문제는 안 생기겠지만 아이는 언제, 어떻게 관계적 사고력을 키운단 말인가. 아이가 작은 일이든 큰일이든 모든 것을 스스로 순서를 짜고 행동으로 옮기는 경험을 어려서부터 겪을 수 있도록 해야 한다. 그 과정에서 아이는 순서를 잘못 짠 까닭에 겪는 아픔이 있으면, 그것을 겪도록 해야 한다. 그것이 시행착오이다. 아이 스스로 순서를 짜서 실천했다가 잘못되면 "왜 이렇게 되었을까" 원인을 생각하고 순서를 바꾸게 된다. 바로 관계적 사고력을 키우는 것이다.

한쪽은 열매를 먹는 거고요,
다른 쪽은 잎사귀를 먹는 거잖아요

아이가 학교에 가고 남편이 출근을 하면 엄마는 이내 집안 곳곳에서 분류하는 일을 시작한다. 빨랫감을 이 방 저 방에서 모아 빨래통에 넣는다. 여기저기 널려 있는 신문을 접어서 폐지 상자에 넣고, 책은 책꽂이에 꽂고, 굴러다니는 볼펜은 서랍에 갖다 넣고, 손톱깎이는 화장대 가운데 서랍에 넣는다. 대대적으로 분류 정리하는 일을 한다.

그래서 아이들이고 남편이고 집에 와서 제일 많이 묻는 질문이 "엄마, 내 책 어따 치웠어?" "여보, 손톱깎이 어디에 두었어?" 이다. 그러면 엄마는 아이에게 소리친다. "니 책장 두 번째 칸에 놓았어." 남편에게도 소리친다. "안방 화장대 가운데 서랍에 넣었어." 가서 한참을 찾던 남편은 "어~ 없는데, 도대체 어디다 두었단 말야." "거기 화장대 가운데 서랍 봤냐구!" "없는데?" "없다구? 내가 들어가서 찾아내면 어떻게 할 거야! 하여간 어지르기도 꽤나 어지르고, 또 찾지도 못하고." 주부들이 보기에 집집마다 아이들과 남편이 문제다.

아내가 베란다에 널었던 빨래를 걷어 개키기 시작한다. 텔레비전을 보면서 아내는 생각 없이 빨래를 개키기 시작한다. 그러나 결코 생각 없이 마구 개키는 것이 아니다. 거실 탁자 위에 아무렇게나 놓여 있는 빨래를 뒤져가면서 순서대로 찾아서 개킨다. 양말 두 짝은 포개서 똘똘 말아 뒤집어 놓는다. 아이들 옷은 아이들 옷대로, 남편 속옷은 그것대로, 자기 속옷은 또 그것대로, 양말들은 따로따로 무더기로 나누어놓는다. 그리곤 다 개키고 나면 양 손에 한 무더기씩 들고 방으로 가서 옷장이나 서랍을 열고는 그것을 정해진 자리에 넣는다.

분류와 정리, 그것은 집안에서 주부들이 하는 일 중의 상당한 부분을 차지한다. 비 오는 날, 눈이 내리는 날, 아주 무료할 때, 어떤 주부들은 오랫동안 보관해두었던 옷가지들을 다 끄집어 내놓고는 다시금 분류하고 정리한다. "이 옷은 동생이나 줄까, 이 옷이 여기에 있었네! 이건 세탁해야지, 이 옷은 누구 주기는 너무 낡았으니 버릴까?" 등 온갖 생각을 모으면서 묵혀 두었던 옷가지를 재분류한다.

사실 분류는 주부들의 가사에서만 나타나는 게 아니다. 조금만 주의 깊게 살피면, 회사(직장)에서고, 거리에서고, 상점에서고 세상 모든 것이 분류를 바탕으로 이루어진다. 회사의 부서를 조직하는 것, 팀을 짜는 것도 분류고, 서류를 정리해 보관해두는 것도 분류의 원리를 바탕으로 한다. 상점의 모든 상품 진열도 분류의 원리를 최선의 원리로 삼는다. 그런가 하면 컴퓨터를 중심으로 한 휴대폰 등 모든 정보통신 기기들이 분류를 바탕으로 조직화되어 있다. 정보를 분류해서 저장해놓은 것이다.

우리가 어떠한 것을 분류한다면, 그저 아무렇게나 분류하는 것이 아니다. 거기에는 반드시 기준 또는 준거가 있어야 한다. 그렇다면 무엇을 기준으로 분류하는가? 동네 슈퍼에 가보라. 상품을 어떻게 분류해서 진열해 놓았는가? 그냥 가나다순으로 분류했는가? 아니면 가격대를 기준으로 분류해 놓았는가? 한 가지 기준만 적용된 것은 결코 아니다. 여러 가지 기준을 복합적으로 활용해서 분류한다. 이때 그 여러 가지 관계된 요소들을 고려하여 기준을 설정하고, 또 여러 가지 기준을 어떻게 복합적으로 적용하느냐 등이 관계적 사고의 핵심이다. 특히 타성에 젖지 않고 새로운 기준을 창출해낸다면 그것이 곧 창의적인 사고인 것이다.

초등학교 3학년쯤 되는 교실에서의 수업이다. 오늘 수업은 채소와 과일에 관한 것이다. 선생님이 칠판에 다음과 같은 것을 쭉 적어 놓는다.

《어머니가 시장에서 사오신 물건》

- 사과
- 파
- 호박
- 귤
- 오이
- 배추
- 가지
- 수박
- 배
- 감

그리곤 학생들을 향하여 질문한다.

"자, 어린이 여러분, 지금 선생님이 칠판에 모두 열 가지를 적어 놓았어요. 이 열 가지를 크게 두 가지로 나누어 묶을까 해요. 어떻게 묶으면 좋을지 누가 한번 대답해 보겠어요?"

그러자 여러 명의 어린이들이 손을 번쩍 들었다. 평소 손을 잘 들지 않던 윤한서가 손을 들었기에 선생님은 한서에게 기회를 주었다.

"사과, 수박, 귤, 배, 감을 하나로 묶고, 나머지 가지, 파, 호박, 배추, 오이를 또 하나로 묶으면 좋겠습니다."

선생님은 환하게 웃으면서 큰 소리로 반응을 보이셨다.

"그래요! 아주 잘했어요!! 여러분, 우리 윤한서 어린이에게 박수 한번 쳐줄래요."

짝짝짝.

"그래요! 지금 한서가 답했듯이 둘로 나누어 묶을 수 있어요. 하나는 과일이고 다른 하나는 뭐예요?"

"채소요."

"맞아요, 채소예요. 과일과 채소, 알았죠?"

언뜻 보기에 이 수업은 매우 깔끔하게 잘 이루어진 것 같지만 사실은 실패한 수업이다. 어린이들에게 과일과 채소의 식별을 가르치는 데에는 성공했는지 모르지만 창의적인 관계적 사고력을 키워주는 일에는 전적으로 실패한 수업이다. 진정으로 아이들의 관계적 사고를 활성화시키기 위해서는 한서의 대답이 끝난 뒤 이렇게 진행되었어야 한다.

"누구 또 다른 어린이가 말해볼래요?"

아이들은 의아한 표정으로 선생님을 쳐다보리라. 속으로는 그랬을지 모른다. "한서가 말한 것이 정답인데 왜 그럴까. 틀렸는가?" 그러면서 아이들은 생각에 빠진다. 그러자 이번에는 매사에 씩씩하게 나서는 이로건 어린이가 손을 들었다.

"선생님, 저는 사과, 가지, 수박, 호박, 귤, 배, 오이, 감을 하나로 묶고, 파와 배추를 따로 묶을래요."

"왜 그렇게 나누었어요?"

"한쪽은 열매를 먹는 거고요. 다른 한쪽은 잎사귀를 먹는 거라 생각했어요."

"아하~ 그래요! 그것도 좋은 생각이네요. 그러면 또 다른 어린이도 해볼래요?"

아이들은 더욱더 의아해하면서도 한편으로는 신이 났다. 그러자 언제나 잘 웃기는 오세리가 손도 들지 않고 말했다.

"저는 파, 귤, 배, 감을 하나로 묶고, 나머지 사과, 가지, 수박, 호박, 배추, 오이를 묶겠어요."

"그래? 왜 그렇게 생각했는데?"

"이쪽은 글자가 하나고, 저쪽은 글자가 두 자씩 되잖아요."

교실이 순간 온통 웃음바다가 되었다. 선생님도 크게 웃으셨다. 아마 옛날 방식의 선생님 같았으면 호통을 쳤을지도 모른다.

"너, 이리 나와, 지금 장난하니! 글자가 한 자, 두 자, 지금 수학 시간이니? 글자 수를 헤아리고 앉았게!"

그러나 선생님은 그러지 않는다. 오히려 격려해주고 계속해서 묻는다. "또 다른 방법이 있을까요?" 하고 말이다. 그 뒤로 아이들은 10가지 이상의 다양한 분류 기준을 내세워 두 묶음으로 나눈다. 물론 질문과 답이 끝난 다음에는 '채소와 과일'로 나누는 것에 대해 좀더 깊이 있는 수업을 진행한다. 이처럼 아이들과 다양한 방식의 분류 기준을 탐색하는 것은 창의적인 사고, 관계적인 사고력을 높여주는 데 큰 도움을 준다.

창의적인 사고란 타성에서 벗어나는 것이다. 인습적으로 굳어져 있는 경계나 벽을 허물고 나와야 한다. 분류에 있어서도 마찬가지이다. 밖에 나가보라. 우리는 그저 타성에 젖어 모든 것을 분류해놓은 것을 쉽게 접할 수 있다. 또 학교에서는 그러한 분류를 심지어 외우도록 하지 않았는가!

오늘 저녁, 자녀의 책상 서랍을 열어보라. 아이는 책상 서랍을 어떻게 무슨 기준으로 분류해 놓았는가? 맨 윗칸은 각종 필기도구, 두 번째 칸은 종이, 메모지, 셋째 칸은 여러 가지 CD, 컴퓨터 용품 등으로 제법 기준 있게 분류를 했는가? 아니면 세 칸 모두 '잡동사니 혼합'으로 되어 있는가? 또 책꽂이의 책들은 어떤 기준으로 분류되어 꽂혀 있는지 살펴보라. 그런 것을 살펴보면 아이가 관계적 사고를 하고 있는지 알 수 있다.

앞에서 나는 아이가 순서를 직접 스스로 짜게 하라고 이야기했다. 분류 역시 마찬가지이다. 스스로 분류하도록 해야 한다. 그러면 시행착오를 겪어가면서 자기 나름대로 분류 기준을 개발해나가게 된다.

골뱅이가
피자 위에서 댄스를

내게는 어린 손자 녀석이 하나 있다. 2004년생이니 올해 여섯 살이 되었다. 작년에 언젠가 이 아이가 어린이집에서 그림을 그렸다고 내게 자랑삼아 보여주었다. 들여다보니 흰 종이에 까만 크레용으로 동그라미 비슷한 것 하나를 그려 놓고 그 밑에 일직선을 그리려 한 것인지, 어떻든 줄 하나를 그어 놓았다.

"할아버지! 제가 그림 그린 것 보여줄게."

어린이집 덕분인지 녀석은 어른에게는 꼭 '내가' 대신에 '제가'라는 표현을 쓴다.

"야~아! 이거 우리 로건이가 그렸어요? 그런데 뭘 그린 거예요?"

"응~ 이거~ 응~ 나무야, 그리고 이건 로건이야!"

전혀 연계가 안 되는 대답이다. 내 생각엔 어린이집에서 그림을 그리라고 하니까 그냥 간단하게 동그라미와 줄을 하나 그린 것 같다. 할아버지의 질문에 한참이나 망설이면서 대답하는 것을 보면 정말 생각 없이 그린 것 같다. 사실 그림이라기보다는 낙서에 지나지 않는다. 손자보다 몇 개월 빠른 예림이라는 여자아이가 있는데, 그 아이는 고양이면 고양이, 코끼리면 코끼리, 정말 어쩌면 그렇게 동물의 특성을 잘 표현하는지 모른다. 그에 비하면 로건이의 그림은 너무 초라하다.

그로부터 두어 달 후, 다시금 손자에게 그림을 그려보라고 했다. 아무 것이나 그리고 싶은 것을 그리라고 했다. 이번에도 녀석은 똑같이 동그라미와 선을 그렸다. 무엇이냐고 물으니 우물쭈물 하다가는 동그라미를 가리키면서 이것은 어린이집이고, 선을 가리키고는 이것은 자동차란다. 그 다음부터 아이는 언제나 똑같은 그림을 그린다. 그런데 설명은 매번 다르다. 똑같은 그림에 대해 스무 번 이상 다른 설명을 한 것 같다.

옆에서 지켜보던 아이 할머니는 어쩜 그림 못 그리는 것까지 할아버지를 닮았느냐고 책임을 나에게 떠넘긴다. 사실 손주 녀석은 내가 봐도 생김새나 하는 짓이 나와 똑같아서 속으로는 은근히 기분이 좋다. 나는 식구들에게 말은 안 했지만 똑같은 그림을 놓고 매번 다르게 설명하는 것을 매우 긍정적으로 생각한다. "이 녀석이 타고난 창의력은 좀 있는 것 아닌가!" 하고 말이다. 그리고 는 "그것도 할아버지 닮았겠지" 한다.

미국에서 공부할 때, 초등학교의 수업을 참관하고 또 선생님과 함께 수업을 진행한 적이 있었다. 2학년 수업이었다.

"자! 오늘은 선생님하고 이것을 갖고 공부하겠어요."

선생님은 붉은 벽돌 한 장을 아이들에게 보여주었다.

"이것이 무엇일까요? 무엇이라고 부르지요?"

"벽돌."

"네 맞아요."

"붉은 벽돌."

"그래요! 붉은색 벽돌, 그런데 사람들은 이 벽돌을 일부러 이렇게 만들었을까요? 아니면 저절로 이렇게 만들어졌을까요?"

"일부러 만들었어요."

"그래요. 선생님도 그렇게 생각해요. 그러면 이걸 어디에 쓰려고 만들었을까요? 선생님한테 지금 말하지 말고, 의논할 시간을 줄 테니 서로 이야기를 해보세요. 사람들이 벽돌을 어디에 사용하는지 잘 생각한 다음 저기 선생님이 벽에 큰 종이 붙여 놓았지요? 거기에 여러분이 직접 적어보세요. 맞춤법은 틀려도 좋아요. 많이 적을수록 여러분을 칭찬할 거예요. 선생님은 30분 정도 있다가 올게요."

그리고 선생님은 교실을 나갔다. 그러자 15명의 아이들은 장난 치고, 뒹굴고, 떠들었다. 그러면서 종이에다 한두 개씩 적어 나가기 시작했다. 어떤 아이는 혼자서 몇 개씩 적기도 하고, 또 어떤 아이는 다른 아이가 적은 것을 그어 버리고 그 옆에 다시 고쳐 쓰기도 했다. 아이들은 무려 100개가 넘는 것을 적었다.

"소꿉장난할 때 식탁으로 써요."

"풀밭에서 야구 시합할 때 베이스 표시로 쓴다."

"책장 만들 때(우리 아빠), 밑받침으로 걸쳐 놔요."

"화단에 울타리 만들 때 써요."

"빻아서 색 모래가루 만들 때도 쓴다."

"종이 못 날라가게 눌러 놀 때도 쓴다."

"비 올 때 징검다리로 놓을 때도 쓰는 것 보았다."

"집 짓는 데 쓴다."

그때 내가 정말로 놀란 것은 그렇게 많은 숫자가 아니었다. 정작 놀란 것은 "집 짓는 데 쓴다"라는 답이 저만치 뒤에서야 나왔다는 사실이었다. 우리는 흔히 '벽돌' 하면 '집'이 이내 연상되지만 이 아이들은 자기들 눈높이에서 볼 때 집 짓는 것 따위는 한참이나 뒤에 나올 정도로 머릿속에 떠오르지 않는 것이었다.

관계적 사고에 뛰어난 사람의 공통된 특성 한 가지는 전혀 연계가 안 되는 것, 상관이 없는 것을 연계시킨다는 점이다. 거리를 지나다보면 많은 음식점들이 손님을 끌기 위해 저마다 상호를 독특하게 붙인 것을 본다. 이를테면 '낙지가 치즈를 만났을 때', '골뱅이가 피자 위에서 댄스를' 등과 같은 것들이다. 또 실제로 많은 음식점들이 새로운 메뉴를 개발하려고 애쓰는데, 전혀 어울리지 않는 두 가지, 세 가지를 잘 융합시켜 새로운 이름의 음식을 만들어내고 있다. 이러한 것들이 관계적 사고의 대표적인 예들이다. 그리고 이러한 관계적 사고는 전혀 무관해 보이는 것들을 상호 연계시키는 데서 출발한다. 또한 사물의 특성을 새롭게 찾아낼 수 있을 때 가능하다. 아이들이 벽돌의 용도, 벽돌의 속성을 그토록 다양하게 생각해내는 것이 그렇다.

우리가 어렸을 때, 국어 시험에서 보았던 문제 중의 하나는, 두 개의 단어를 주고 짧은 글을 지어보라는 유형이다. 예컨대 '집, 학교' 두 단어를 주고 짧은 글을 지어라라는 식이다. 그러면 우리는 그것을 쉽게 연계시켜 짧은 글을 지었다. 예컨대 "학교에 갔다가 집에 왔다", "학교에서는 선생님이, 집에서는 엄마 아빠가 나를 사랑하신다" 등 평범하고 지극히 촌스러운 작문을 얼마나 많이 지었던가! 거기엔 깊은 사고의 작용이 필요하지 않았다. 그러나 두 개의 단어가 쉽게 연계되지 않는 것을 주었다고 하자. 이를테면 '바위, 꿀' 이 두 단어로 짧은 글을 지으라고 하면 아이들은 헤맨다. 두 단어의 연계 포인트를 찾지 못하기 때문이다. 두 단어 간의 개념적 거리가 너무 멀기 때문이다. 이러한 경우 관계적 사고력이 있는 아이는 두 단어의 특성 또는 속성을 구별한 다음, 공통점이나 차이점 등을 인식하여 연계시킨다.

오래 전에 나는 연대에 지망한 학생들에게 면접시험으로 '지하철과 신문'의 공통점을 열거해보라는 문제를 출제한 적이 있다. 어떤 학생들은 10가지도 넘게 공통점을 찾았다. 그런가 하면 어떤 학생들은 한 가지도 못 찾아냈다. 그렇다면 왜 우리 학생들과 아이들은 그러한 연계를 제대로 못 찾아내고, 못 만들어내는 것일까? 우리 아이들이 타고나기를 그렇게 바보스럽게 타고난 것은 결코 아니다. 우리가 교육을 통해서 아이들에게 그런 발상을 자유롭게 할 수 있도록 못한 것이다. 이는 학교에서나 집에서나 똑같다. '벽돌'하면 '집'을 생각하도록 만들었고, '망치'하면 '못'을 생각하도록, '오징어'하면 '땅콩'을 생각하도록 만들었다. 대표적인 것이 줄긋기 시험이다. 이를테면 다음과 같은 단어를 주고 서로 관계있는 것끼리 줄을 그으라고 해보자.

• 벽돌	• 선생님
• 호수	• 집
• 학교	• 오리

그러면 아이들은 판에 박은 듯이 벽돌–집, 호수–오리, 학교–선생님을 연계시킨다. 그것이 정답이다. 어떤 학생이 벽돌–오리, 호수–선생님, 학교–집으로 연계를 시키면 틀린 답이 된다. 또는 아이가 장난을 쳤거나 바보로 간주해버릴 때가 많았다. 왜 그렇게 연계시켰느냐고 묻지도 않은 채 말이다. 어떤 아이는 "호수–오리, 호수–오리" 반복해서 외우기까지 한다. 나중엔 "호–오"

하고 첫 글자를 따서 외운다. 호수와 오리, 물론 연계가 안 되는 것은 아니지만 그것만이 결코 정답일 수는 없다. 그럼에도 어린이 그림책을 보면 의례히 호수에는 오리가 그려져 있지 않던가. 호숫가에 개가 뛰어노는 모습은 왜 없을까?

이 책에서 여러 차례 강조하지만 관계적 사고는 상호연계를 탐색하는 것이다. 그리고 그러한 관계적 사고력을 키우기 위해서는 어떤 사물이나 현상을 인식할 때, 그것을 단순히 '정답'이라는 판에 박힌 한 가지 속성만 생각해서는 안 된다. 제한된 범위나 틀에 구속되지 않고, 그 경계를 뛰어넘어 다양하게 열거할 수 있는 기회를 주어야 한다. 그것을 격려하고 권장하고 칭찬해주어야 한다. 회사에서도 그렇지 않던가? 어떤 문제가 생겼을 때 그저 판에 박힌 한 가지 해결책만 제시하면 윗사람이 볼 때, 이 친구는 전혀 생각 없이 일하는 사람이구나 라고 여긴다. 대안을 마련할 수 있는 사람이 정말로 필요한 것이다. 그러기 위해서는 어려서부터 인습과 타성에서 벗어나 다양하게 생각하는 버릇을 키워주는 것이 좋다.

처음부터 구겨서
주면 모두 펴 본다

　우리는 사람들과 또는 사물들과 관계를 맺고 개발할 때 지극히 타성적이다. 가정에서 부부의 관계, 부모-자식 간의 관계, 시어머니와 며느리의 관계, 동서들 간의 관계, 형제들 간의 관계가 매우 타성적이고 고정관념에 빠져 있을 때가 많다. 이를테면 부부의 관계를 보자. 사랑하는 관계 또는 한쪽은 밖에 나가 돈을 벌어오고, 다른 한쪽은 집에서 아이 키우고 살림을 하는 등 가사를 책임지는 관계, 뭐 그쯤으로 생각하고 인습에서 벗어나지 못하고 있다. 그러한 타성적인 관계 형성은 사물과의 관계에서도 마찬가지이다. 뿐만 아니라 사회현상에서도 나타난다.

　타성적으로 생각하는 것 중의 하나는 "주가가 떨어지면 상대적으로 환율은 오르게 되어 있다"는 인식이다. 물론 경제 논리에서는 보편적일지 몰라도 결코 절대적이고 불변의 법칙이 되는 것은 아니다. 예외적인 경우가 더 많다. 그 예외가 우리에게 문제 해결의 돌파구가 되고 새롭게 도약하는 계기가 되기도 하는 것이다. 본래 창의적인 사고는 타성에서 일탈할 때 형성된다. 그래서 지극히 창의적인 사람을 보면, 무엇인가 톱니가 빠진 것 같기도 하고, 정신질환이 있어 보이기도 한다.

나는 특별히 중국음식을 선호하지는 않지만 뭐든지 잘 먹는 사람이라서 중국음식점에도 자주 가는 편이다. 나는 중국음식 중에서도 간짜장을 좋아한다. 이유는 간단하다. 짜장면을 주문하면, 언제나 내가 원하든 원하지 않든 비벼서 먹어야 한다. 그러나 간짜장을 주문하면 면과 짜장을 따로 준다. 한 그릇에는 면을 담아주고 다른 작은 그릇에 짜장을 준다. 그런데 내가 평생을 보아왔지만, 면과 짜장을 따로 주어도 사람들은 모두 그 짜장을 면에다 쏟은 뒤 비벼 먹는다. 그것을 따로 먹는 사람은 이제껏 한번도 못 봤다.

그러나 나는 간짜장을 주문하면, 우선 처음에는 따로 먹기 시작한다. 면은 그냥 먹고, 짜장은 반찬처럼 숟갈로 조금씩 퍼 먹는다. 면만 씹으면, 어떤 집의 경우에는 참으로 맛있다. 면발이 졸깃하고 입안에서 씹히는 맛이 매우 좋다. 그럴 때 나는 끝까지 따로 먹는다. 물론 먹다가 면이 더 이상 맛이 없으면 비벼서 먹는다. 내가 이처럼 짜장을 면과 따로 먹으면 사람들은 나를 힐끔거리며 쳐다본다. 마치 "저 친구 유별나네! 간짜장을 처음 먹어보나?" 하는 소리가 내 귓전에 들리는 것 같다.

토요일 오후, 엄마가 초등학교 3학년 아이를 데리고 동네 중국집엘 갔다. 한쪽 구석에 자리 잡은 모자는 간짜장을 주문했다. 음식이 나오자 아이는 누가 그렇게 먹는 것을 보았는지, 하여간 면 따로 먹고, 짜장 따로 먹기 시작했다. 마주 앉아 그것을 지켜보던 엄마가 입을 열었다.

"너, 지금 뭐하고 있는 거니?"

"…"

"짜장면 갖고 장난해! 간짜장 처음 먹어보니? 비벼 먹지 못해! 사람들이 쳐다보잖아."

"…"

"이렇게, 이리 내놔! 엄마가 비벼 줄게. 아냐! 엄마 것을 비볐으니까 니가 먹어. 니 꺼 내가 비벼 먹을게."

엄마는 아이가 간짜장을 놓고 면 따로 짜장 따로 먹는 꼴을 보기가 역겨웠던 모양이다. 도대체 따로 먹으면 왜 안 되는 것일까? 아이는 그때나 이때나 그 이유를 알 수가 없었을 것이다. 그저 "아! 간짜장 따로 먹었다간 혼나는구나"라는 생각만 머릿속에 입력되었을지도 모른다.

연세대학교 앞에 기차철교가 있고 그 아래로 차와 사람이 통행

한다. 엄청 붐비는 곳이다. 그런데 그곳에는 아침 등굣길에 항상 아주머니 몇 분들이 광고전단지를 나누어준다. 지나가는 학생들에게 열심히 광고전단지를 주지만 학생들은 냉랭하다. 그토록 매일 지나다니면서 늘상 보는 사람이면 인사도 할 법한데, 아이들은 그냥 지나간다. 나누어주는 전단을 뿌리치는 학생도 있고, 어떤 학생은 마지못해 받다가 땅에 떨어지면 그냥 간다. 또 어떤 학생은 받자마자 구긴다. 휴지통에 던져 넣기 위해서 구기는 것이다. 늘상 관찰하지만 광고전단지를 찬찬히 들여다보는 학생들은 매우 드물다. 그렇다면 광고주 입장에서는 헛돈 쓰는 것 아니겠는가! 광고란 사람들이 보고 읽어주어야 하는데, 받기 귀찮아하고, 받은들 저렇게 구겨버리니 말이다.

어느 날 수업시간에 학생들에게 그 이야기를 하면서 질문을 던졌다. 어떻게 나누어주면 학생들이 그것을 꼭 읽도록 할 수 있겠는가? 학생들은 여러 가지 답을 했다. 대부분의 경우는 우리가 보편적으로 할 수 있는 대답이었다. 이를테면 다음과 같이.

"인사를 건네면서 친절하게 나누어준다."

"가는 길을 막지 않고 옆으로 비켜서서 나누어준다."

"껌 같은 것을 하나 얹어서 함께 나누어준다."

"학생들이 보기에 편하도록 글씨 방향을 학생쪽으로 해서 나누어준다."

"광고전단을 크게 만들어서, 따라가면서 앞에서 보여준다."

모두가 평범한 수준의 의견이었다. 물론 정답이 있는 것은 아니지만 타성의 범주를 벗어나지 못했다. 그런데 그때 벽에 등을 대고, 모자는 푹 눌러 쓰고 맨 뒤에 앉아 있던 남학생이 불쑥 한마디를 뱉는다.

"처음에 줄 때, 아예 꼬깃꼬깃 구겨서 주면, 학생들이 궁금해서 다 펴보지 않겠습니까?"

교실의 모든 학생들이 "와~아!" 하고 놀랍다는 듯이 탄성을 지르고, 또 동시에 웃었다. 참으로 타성에서 벗어난 생각이었다.

우리는 알게 모르게 온종일 그냥 습관대로 부모로서 행동하고, 자녀들과 대화하고 타성대로 행동한다. 자녀가 무엇인가 좀 새로운 아이디어를 내서 뭘 하려고 하면, 부모들은 이내 "남들 하는 대로 해! 그 아이들도 간다면 너도 가"와 같은 식으로 말한다. 그냥 관행대로, 남들 하는 대로, 과거에 해오던 방식대로 하라는 것이다. 거기서 아이들은 타성에 젖고 만다. 아이들 자신도 생각한다. 결국 그러는 것이 세상을 편하게 사는 거라고. 모나게 굴지 말고 남들 하는 대로 하는 것이 세상을 편하게 사는 길이라고 학습하고 만다. 혼자만 튀어야 소용없다. 괜스레 우습게 보이거나 왕따 당할지도 모르고 그렇게 하루하루 흐르다가 평생이 되고 만다.

우리는 흔히 "엉뚱한 짓을 한다"고 말한다. 아내는 남편이 이따금 엉뚱한 짓을 한다고 걱정하는가 하면, 엄마는 아이가 엉뚱한 짓을 한다고 말한다. 그런가 하면 남편은 자기 부인이 엉뚱한 짓을 간간히 하는 바람에 골치 아프다고 투덜거린다. 모두가 상대의 엉뚱한 짓에 못마땅해 한다. 그러나 가만히 따지고 보면 그 '엉뚱한 짓'이 곧 타성에서 벗어나는 행동이다. 그러면 왜 상대의 엉뚱한 짓을 싫어하는가? 그가 잘못될까 걱정이 돼서 그러는 것일까? 그럴지도 모른다. 그러나 더 근본적인 이유는 상대의 엉뚱한 짓 때문에 자신이 불편해지거나 골치 아파질까봐 그러는 것이다. 편하게 살고 싶은 것이다. 그것이 사람들을 습관 속으로, 관행 속으로 몰아넣는 눈에 보이지 않는 힘이다.

편익 추구에 따른 타성은 곧 세상에 대한 관계지음에서, 사람들과의 관계지음에서도 그대로 나타난다. 또 누군가로부터 부탁을 받을 때도, 누군가의 결혼을 축하해줄 때도, 누군가에게 무슨 부탁을 할 때도, 여럿이 모여 어떤 일을 도모할 때도, 그 모든 관계적 행동에서 사람들은 남들이 하는 방식대로, 남들이 하는 만큼, 그 전에 해왔던 방식대로 관계하고 만다. 그렇기에 그들 간의 관계지음도 특별한 유대관계가 형성됨이 없이 평범하게 진행되는 것이다. 곧 타성에 빠진 것이다. 관계적 사고의 갱신을 통한 새로운 관계지음을 발전시켜 나가려면 이제까지의 타성에서 자유로워지도록 해야 한다.

자기 먹을 것만 생각 말고,
남이 뭘 먹는지를 잘 보라구

세상은 목욕탕처럼 항상 열탕과 냉탕으로 나뉘어 있다. 사람의 행동과 사고방식도 열탕과 냉탕으로 나누어 있다. 그리고는 서로 상대를 헐뜯으며 자기 방식만이 좋은 것이라고 생각한다. 그렇기에 남북의 대립, 음양의 대립, 빈부의 대립, 남녀의 대립이 보편화되어 있는 것이다. 이렇듯 대립되어 있는 관계를 조화롭게 만들기 위해서는 나 자신이 양쪽의 입장을 모두 경험하고, 양쪽의 사고와 행동방식을 이해하는 것이 중요하다.

나는 고스톱을 잘 치지 못한다. 명절에 식구들이 모여 고스톱을 칠 때면 아내는 나 다음에 치는 것을 무척 싫어한다. 이유는 "당신 같이 못 치는 사람이 앞에 있으면 자기까지 못 치게 된다"는 괴이한(?) 신념을 갖고 있기 때문이다. 그러면서 아내는 늘 나에게 주의를 준다. "자기 먹을 것만 생각 말고, 남이 뭘 해가는가를 좀 살피면서 치라." 귀에 가시가 박히도록 들은 이야기이다. 사실 그 말이 맞다. 집에서 여자들이 하는 말 중 어디 틀린 말이 있던가!

고스톱을 칠 때 보면, 판의 전체 흐름을 읽어가면서, 또 상대가 무엇을 몇 개나 모았는가를 안 보는 듯하면서도 다 보고, 헤아리며 치는 사람이 돈을 딴다. 즉, 그는 전체와 부분을 조화롭게 지각하는 사람이다. 열탕만 들락날락하는 것이 아니라 냉탕에도 들락날락거리는 사람이다.

학교에서 수업을 할 때 언제나 늦게 들어오는 학생이 있다. 지각한 학생이 뒷문으로 들어오면 나는 수업을 계속 진행하면서 학생의 행동을 유심히 관찰한다. 행동은 매우 다양하다. 고개 숙이며 내게 목례를 하고 죄송한 듯이 조용히 들어와 빈자리를 찾아 앉는 학생이 있는가 하면, 뒤에 빈자리가 있음에도 굳이 학생들을 가로질러 맨 앞으로 와서 앉는 학생도 있다. 숨어 들어오듯 조용히 들어오는 학생이 있는가 하면, 자기가 왔다는 것을 알리기라도 하듯 요란스럽게 들어오는 학생도 있다. 그런데 어떤 학생은 교실 뒷문을 조용히 열고 들어와서는 얼른 자리를 잡지 않고 교실 전체를 둘러본다. 그리고는 뒷벽에 붙어서 왼쪽으로 저만치 돌아가서 빈자리에 앉는다. 이 학생은 다른 학생들과 달리 전체를 먼저 파악한 다음 부분을 따지는 것이다. 가장 바람직한 모습이다. 그러나 대부분의 학생들은 교실에 들어오자마자 앞이고 뒤고 간에 그저 아무 데나 빈자리에 앉는다. 그러다 보니, 이게 웬일! 이 자리는 기둥에 가려서 교수님도 칠판도 보이지 않는다. 그때서야 왜 이 자리가 비어 있는가를 깨닫고는 다시 일어나서 다른 빈자리를 찾아 이동한다. 그런 식으로 전체와 부분을 조화롭게 분석하지 못하는 것이 어디 학생들뿐이겠는가?

어떤 대학의 모임에 100여 명의 교수들이 1박2일로 모였다. 행사가 마무리될 때 단체사진을 찍었다. 계단에 100여 명이 서서 사진을 찍은 것이다. 그런데 맨 앞에 의자 다섯 개를 갖다 놓았다. 총장과 4명의 부총장을 위해 갖다 놓은 것이다. 물론 거기에 누가 앉을 것이라는 표시는 하지 않았다. 그러나 대부분의 사람들은 안다. 왜 의자 다섯 개가 있는가를. 또 의자 다섯 개에 신경 쓰지 않는다. 그냥 계단으로 올라가 적당한 자리에 선다. 그런데 그때, 아주 놀랍게도 젊은 신임 교수 다섯 명이 의자에 앉는 것 아닌가. 모두들 웃을 수밖에.

사람들이 사물을 지각하고 인식하는 습성을 살펴보면 항상 양극으로 갈라진다. 한쪽은 모든 것을 넓게, 크게 광역화해서 지각한다. 다른 쪽은 모든 것을 작은 덩어리로 쪼개서 아주 좁고 작게 협소화해서 지각한다. 가장 좋은 것은 양쪽을 조화롭게 왔다갔다 하는 것이다. 사물이나 현상을 광역화하여 지각하는 사람은 대체로 큰 줄거리만 따지고, 사용하는 단위가 크다. 이를테면, 수해 피해에 대해 말할 때 "이번 수해 피해액이 전국적으로 2000억쯤 된다나 봐! 사람도 500명 넘게 죽었고"라는 식으로 말한다. 그러나 어떤 사람은 이렇게 말한다. "이번 수해 피해액은 현재까지 1672억 5천 3백만 원이고, 사망 373명, 부상 97명에 이른다는군." 즉 아주 구체적인 단위까지 상세하게 이야기하는 것이다. 후자의 경우가 사물이나 현상을 협소화해서 지각하는 사람들의 사고와 행동방식이다. 즉 협소화하는 사람들은 단위가 미세하고, 정확하고, 아주 구체적이다.

작은 아들이 선배의 소개로 어떤 여자와 선을 보았다. 저녁에 아들이 들어오자 엄마가 묻는다.

"잘 만났어? 어떻든?"

"뭘, 어때요. 그냥 그렇지."

"넌 맨날 그냥 그렇다고 하면 어떻게 하니, 도대체 뭐가 그냥 그래?"

"아~ 그냥, 괜찮아요. 뭐 성격이야 한 번 보고 모르겠지만, 좋아 보이고, 적극적인 것 같고, 직장도 안정적이고."

그렇게 광역화시켜 말하는 아들의 설명에 만족을 못 느낀 엄마는 이제부터 협소화된 질문을 던지기 시작한다.

"키는? 너보다 커? 작아?"

"비슷한 것 같아요."

"그럼 165센티는 되겠네?"

"그런 것 같아요."

"너는 만날, 그런 것 같아요, 소리 좀 작작해라. 분명히 얘기해, 확실하게 구체적으로! 자신감 갖고."

그러다가 두 사람은 서로 기분이 상해 일어나 버리고 말았다. 이는 협소화를 선호하는 엄마와 광역화를 지향하는 아들 간의 통상적 갈등이다. 두 사람이 공통적으로 갖는 문제는 자기만의 방식으로 현상을 인식하는 데 있다. 한쪽은 냉탕이 좋다 하고, 다른 한쪽은 열탕이 좋다 하면서 말이다.

심리학에서는 사람들의 지각을 장場독립적이냐 의존적이냐로 구별한다. 장독립적인 사람은 사물을 요소별로 분리해서 생각을 잘한다. 비행기를 탔을 때, 이 비행기가 하강하고 있는지, 상승하고 있는지를 창밖을 내다보지 않고도 잘 안다. 또 복잡한 그림 속에 숨어 있는 그림을 잘 찾아낸다. 지극히 분석적이다. 반면에 장의존적인 사람은 전체와의 유기적인 관련 속에서 어떤 현상을 이해한다. 비행기가 상승하고 하강하는 것을 창밖의 구름이나 산을 봐야만 안다.

지각 방식의 또 다른 분류 한 가지를 더 소개하면, 형태연계와 요소연계라는 것이 있다. 형태연계는 전체를 큰 덩어리 몇 개로 나누어 큰 흐름을 파악하는 것이다. 이들은 형태심리학적인 지각과 해석을 한다. 즉 부분 하나하나보다는 전체의 흐름을 지각한다. 점 8개가 위에 4개, 아래 4개 있으면 그 8개가 이루는 사각형의 모습을 발견한다. 이런 사람들은 KTX 타고 서울에서 부산을 갈 때 큰 역 두세 개만 생각한다. "서울서 출발해서 대전 거쳐, 대구 갔다가 부산에 도착한다"는 식이다. 이러한 형태연계는 광역화 사고방식과 동일한 분류다. 이에 비해 요소연계의 지각 방식은 협소화 사고방식과 같은 부류다. 요소연계에 습성화된 사람은 서울–부산간 KTX 여행을 할 때 그것을 아주 작은 요소로 나누어 생각한다. "서울서 떠나 영등포를 지나 광명에서 서고, 광명에서 오산을 거쳐 천안 가서 잠깐 서고, 그리곤 조치원을 통과해서… 부산에 도착하지."

앞서 나는 자녀들이 기준을 세워 분류하는 습성을 기를 수 있도록 도와 주라고 권유했다. 기준을 세울 때 지금 여기서 이야기한 광역화(형태연계)와 협소화(요소연계)의 두 가지 모두를 균형 있게 활용하면, 우리는 그것을 형태학적 분석이라고 칭한다. 이를테면, 서울 성인 시민들의 어떤 의식을 조사한다고 하자. 이를 위해 우선 광역화(형태연계)의 관점에서 주거지를 (지리적 관점에서)강남, 강북으로 가르고 동시에 사람들을 남녀로 나눈다. 그 다음에는 협소화(요소연계)의 관점에서 서울 강남의 여자들은 어떻고, 서울 강북의 남자들은 어떻고 하는 식으로 따져 나간다. 즉 형태학적으로 분석하는 것이 된다. 광역화는 어떤 현상에 대한 이해와 분석에서 차원으로(2차원적, 3차원적 분석)으로 크게 나눈다. 그리고 그에 따라 구체적으로 분절된 요소 하나하나를 분석하면 협소화(요소연계)가 되는 것이다.

앞에서도 이미 한 번 결론을 이야기했지만, 우리는 양쪽 방식을 조화시킬 줄 알아야 한다. 특히 자녀들에게 관계적 사고 능력을 키워주고 싶다면 대화와 일상생활에서 또 학습에서 광역화와 협소화의 지각 방식, 형태연계와 요소연계의 지각 방식, 장독립적인 성향과 장의존적인 성향을 모두 키워주는 것이 좋다.

우리 아이는 타고나기를 그렇게 태어났다고 결코 생각하지 말라. 사람은 선천적으로 장독립적이 아니다. 태어난 이후 성장 환경에 따라 그런 성향이 강하게 형성된 것뿐이다. 지금이라도 늦지 않았다. 자녀들이 열탕 냉탕을 모두 드나들도록 도와라.

한눈팔지 말고
앞만 보고 가

　사람에게 있어 다양한 경험은 곧 다양한 정보의 습득을 의미한다. 우리가 음식을 만들 때 재료를 다양하게 갖추고 있으면, 그 재료들을 다양하게 연계시키고, 분화하고, 섞어서 온갖 요리를 창조해낼 수 있다. 마찬가지로 머릿속에 다양한 경험을 통한 정보를 소유하고 있으면 그 정보를 서로 연계시키고 쪼개고 분류하고 통합해서 새로운 형태의 정보를 창조해 활용할 수 있다.

　그렇기에 우리가 교육에서 늘 강조하는 것이 다양한 정보의 습득이다. 이를테면 국어, 영어, 수학만 잘해서는 결코 안 되는 것이다. 사회, 과학, 음악, 미술, 체육 등 모든 과목을 골고루 잘하도록, 또 잘못해도 어떻든 골고루 경험하도록 학생들에게 요구하고 설득하는 것이다.

우리는 주로 생체의 세 기관을 통해 정보를 습득한다. 즉, 눈으로 보아서, 귀로 들어서, 손으로 직접 해봄으로써 정보를 습득한다.

우선 우리는 눈이라는 시각 기관을 통해 정보를 습득한다. 어려서부터 아이는 눈을 통해 많은 정보를 머릿속으로 끌어들인다. 옛날엔 정보가 그렇게 다양하지 않았고 또 접촉하기도 어려워서 어린아이들이 눈을 뜨고 보려고 해야 볼 것이 별로 없었다. 그러나 지금은 그렇지 않다. 볼거리가 얼마나 많아졌는가? 아이의 눈은 언제나 휘둥그레하고, 눈동자의 상하좌우 이동 속도가 빨라졌다. 정보의 시각적 습득은 어른이 꼭 이끌어주지 않아도 아이 스스로 바삐 움직이면서 해낼 때가 많다. 그러다 보니 골고루 보지 못하고 음식을 편식하듯 한 가지 부류만 보고 받아들이는 편식이 많아진다. 또 제 나이에 걸맞지 않게 아무것이나 생각 없이 보기 때문에 소화불량에도 걸린다. 모든 것에는 때가 있는 법이므로 보아야 할 것을 제때 보아야 한다.

사실 나는 관광을 별로 다니지 않는다. 가 봐야 크게 감동도 못 받는다. 예컨대, 브라질의 이과수폭포에 가보지 않았지만 사진에서 봤고 나름대로의 느낌을 갖는다. 물론 현장에 가서 보면 더 생생하겠지만 바쁜 와중에 다른 일을 제치고 그곳에 갈 만큼 가치 있게 생각되지 않는다. 그런데 그러한 광경을 누가 봐야 하겠는가! 어른보다는 자라나는 아이가 보아야 한다. 왜냐하면 어른은 그것을 보고 순간은 감동하겠지만 세월 속에 파묻고 새까맣게 잊어버리면 그만이다. 그러나 아이에게는 다르다. 그것은 성장과정에서 아주 중요한 사건으로, 경험으로 기억되고 다른 것과 관계를 맺는 데 중요한 이음새로 작용한다.

구정물에 잉크 한 방울을 떨어뜨리면 그것이 떨어졌는지, 안 떨어졌는지 식별이 안 된다. 워낙 밑바탕이 더러우니까. 그러나 아주 맑은 물에 잉크 한 방울 떨어뜨리면 서서히 퍼져나가는 모습을 볼 수 있다. 아이의 머리와 가슴은 맑은 물이다. 어른의 머리는 그야말로 온갖 구정물로 채워져 있지만. 그래서 나는 아이가 어렸을 때 여행을 많이 다니라고 권유한다. 꼭 외국이나 국내 유명 관광지를 권유하는 것은 아니다. 동네 뒷산 약수터도 좋고 뚝방도 좋다. 시장으로, 터미널로, 박물관으로, 자연공원으로, 그냥 어디든 많이 데리고 다니면서 보여주어라.

그럼에도 부모들은 늘상 자기 아이가 한눈을 팔게 될까 걱정한다. 그저 앞만 보고 내달려도 남들 따라갈까 말까 하는 세상인데, 내 자식이 한눈팔아서, 그래서 길에서 삐딱하게 벗어날까봐 노심초사한다. 세 살짜리 아이를 데리고 백화점엘 간 엄마는 아이가 휘둥그레져서 여기저길 쳐다보면 혼낸다. "너! 한눈팔지 말고 앞만 보고 가! 너 자꾸 그러면 엄마 혼자 간다. 앞으로는 안 데리고 다녀. 이따가 호떡 안 사 준다." 온갖 협박으로 아이가 한눈을 못

팔게 만든다. 그러나 이것만은 알아야 한다. 내 믿음이지만 "어려서 한눈 많이 판 사람이 훗날 어른이 되면 오히려 한 눈 안판다"는 것을.

　다음으로, 우리는 귀를 통해 많은 정보를 입수한다. 이름하여 청각적 정보를 습득한다. 이 역시 시각적 정보의 경우와 마찬가지로 부모가 신경을 써야 한다. 다양한 소리를 다양한 방법으로 듣도록 해야 한다. 아이들의 귀를 막아서는 결코 안 된다. 우리나라의 어린 학생들은 온종일, 그것도 매일같이 세 가지 목소리를 듣고 산다. 첫 번째는 학교에서 듣는 선생님의 말씀이고, 두 번째는 학원에서 듣는 학원 선생님의 말씀이며, 세 번째는 집에서 듣는 '북한 방송'이다. 북한 방송의 여자 아나운서가 ─항상 똑같은 여자가, 똑같은 의복을 입고─ 사람을 오싹케 하는 똑같은 목소리로 이야기하듯이, 엄마가 아이에게 늘 똑같은 목소리로 똑같은 소리를 내는 것을 아이들은 매일 듣는 것이다.

　또 엄마의 방송의 목적도 내용도 북한 방송처럼 천편일률적이다. 어떻게 해서든지 공부를 열심히 하게 하려는 '공부 주체사상' 주입이 목적이고 내용이다. 그 외 집안의 다른 방송은 듣기가 어렵다. 아빠 방송, 할머니 할아버지 방송, 누나 방송, 형 방송은 없다. 방송하는 사람도 바쁘겠지만 방송을 청취해야 하는 아이들이 더 바쁘기 때문이다.

　나는 어린 시절 동네에서 여러 유형의 사람들의 이야기를 들으며 자랄 수 있어서 좋았다. 동네 할머니, 할아버지들의 귀여움을 받으면서 사랑방에서 나누는 이야기, 여름이면 마당에 멍석 깔고 부채로 모기 쫓아가면서 어른들이 주고받는 이야기, 형들이 노는 곳에 쫓아가 싸우며 떠드는 이야기… 엄마들이 개울에 모여 앉아 빨래하면서 떠드는 이야기, 그러다가 갑자기 내가 못 듣게 하려고(나는 그래도 다 듣고 있지만) 목소리를 낮추어 하는 이야기… 참으로 많은 이야기를 들으면서 성장했다. 그리고 그것이 내가 새로운 정보를 입수하는 중요한 정보원이 되었다.

우리는 아이들의 귀를 뚫어주어야 한다. 흔히 영어와 같은 외국어 학습에서 "귀가 뚫렸느니 입이 떨어졌느니"라는 표현을 많이 쓴다. 귀가 뚫렸다는 것은 그만큼 영어를 잘 알아듣게 되었다는 것이다. 우리 부모들은 아이의 귀를 뚫어, 세상의 이야기를 마음껏 들을 수 있게 해야 한다. 귀를 막아서도 안 되고 특정한 내용, 특정한 (목)소리만 들려주어서도 안 된다. 클래식도, 국악도 들려주고, 가요도 팝뮤직도 랩도 들려주어야 한다.

연세대에 가면 청송대라는 곳이 있다. 연세대를 잘 모르는 사람들은 얼핏 생각하기에 푸른 소나무가 많이 있는 곳쯤으로 생각한다. 그곳에 사실 옛날엔 푸른 소나무가 많이 있었다. 그런데 청송대라는 이름은 靑松이 아니라 들을 청聽, 소나무 송松이다. 그러니까 소나무 소리를 듣는 곳이었다. 이 얼마나 차원 높은 이야기인가. 학생들에게 자연의 소리를 듣게 한다는 것은 너무도 중요하고 가치 있는 일이다.

끝으로 손을 통해서 얻는 정보 기회를 다양하게 만들어주어야 아이가 사고력을 키울 수 있다. 나는 이제까지 낳아 키워주신 부모님께 늘 감사드리지만 그중에서도 특히 감사드리는 것 중의 하나는, 어렸을 적 부모님께서 내게 안 시키신 일이 없다는 것이다. 그 덕분에 나는 손으로 온갖 경험을 다했고, 그것을 통해 수많은 다양한 유형의 정보를 얻었다. 사내아이였으니까 힘으로 해야 할 일은 마땅히 다했고, 여자아이가 달랑 하나여서 통상 여자가 하는 일도 다했다.

이를테면 어머니가 식사를 준비하실 때 부엌에 불려가 '조리 보조원'으로 안해 본 일이 없다. 키로 까불고, 조리질하고, 밥 앉히고, 불 지피고, 뜸 들이는 일 따위는 일도 아니다. 눈이 깊이 박힌 자줏빛 감자 껍질을 숟갈로 벗기는 일, 썩은 콩을 골라내는 일, 길고 넓은 하얀 광목(이불 홑청)을 빨아서 엄마와 함께 양쪽 귀퉁이를 잡고 흔들면서 손잡이 긴 다리미로 다리던 일, 엄마가 실패에 실을 감을 수 있도록 실타래를 양 손목에 끼고 밖으로 바싹 당기면서 좌우로 흔드는 일, 약간 덜 마른 빨래를 개켜서 마루에 깔아 놓고는 동생을 띠에 둘러 등에 업고는 발로 밟는 일… 등등 일일이 열거할 수 없을 만큼 많은 일을 경험했다.

모두 부모님의 덕이다. 자수성가한 사람들이 이구동성으로 하는 이야기의 하나는 "정말 안해 본 일이 없다"는 말이다. 나 역시 어린 시절에 안해 본 일이 없이 성장했다. 그렇기에 요즘의 대학생들을 보면 —내가 초등학교 때에 이미 했던 일인데— 똑같은 일을 제대로 못하는 것을 보면 울화가 치민다. 물론 거꾸로 말하면, 지금의 학생들이 정보통신 기기를 날렵하게 만지는 것에 비해 나는 잘못하므로 어슷비슷하다고 할 수는 있다. 특히 휴대폰을 한 손에 쥐고 엄지손가락만으로 문자를 매우 빠른 속도로 보내는 것을 보면 정말 경이롭다.

언제부터인가 우리나라 초등학교 교실 청소를 엄마들이 조를 짜서 아이들 대신 해준다고 한다. 내가 그토록 수많은 나라를 다녀봤지만 엄마들이 자녀의 학교 청소를 대신 해준다는 이야기는 듣도 보도 못했다. 그렇다면 왜 우리네 엄마들은 그럴까? 그것이 엄마들 때문에 그렇게 되었는가? 아니면 학교에서 선생님들이 그렇게 시켰는가? 왜 이렇게 바뀌었는지 생각해볼 필요가 있다. 옛날엔 학생들이 직접 청소를 했다. 궁둥이를 하늘로 쳐들고 교실 바닥을 걸레로 문지르며 개코원숭이처럼 뛰어다녔고, 가마니를 짜는 새끼로 수세미를 만들어 마룻바닥 때를 벗겼고, 양초를 문질러 매끄럽게 했다. 우리는 그렇게 청소를 하면서 많은 정보를 얻고 사고하는 방법을 배웠다. 꼭 선생님이 가르쳐주지 않아도 우리는 그런 일을 통해 손으로 정보를 습득해온 것이다.

이제까지 관계적 사고력을 키우기 위해 부모가 자녀에게 정보 입수의 채널을 다양화시켜야 함을 권유했다. 한 가지 더 밝혀두고 권고할 점은, 이렇듯 다양한 정보 채널을 통한 다양한 경험을 하기 위해서는 결과적으로 다양한 사람들과 만나야 한다. 다양한 만남과 교류는 평생 동안 지속되는 과업이다. 그리고 우리는 가능한 한 그러한 만남과 교류의 경험 기회를 아이에게 양적으로, 질적으로 풍성하게 만들어주어야 한다.

"애! 너 거긴 왜 갔어?"

"왜 가긴? 친구네 집인데 왜 못 가!"

"엄마가 가지 말랬잖아. 걔하고 놀지 말랬잖아."

"엄마는 참~ 그 아이가 어때서? 걔, 정말 착한 아이야! 나 걔네 집에 가면 밥도 먹는다."

"밥을 먹었다구? 누가 차려주는데?"

"누구긴, 걔 아빠가 챙겨주지."

엄마는 초등학교 2학년 아들이 뚝방 너머 달동네에 사는 민수네 집엘 가는 걸 꽤나 싫어한다. 특히 민수 엄마는 일찍 저세상으로 가고 막일하는 민수 아빠가 아들 하나, 딸 하나를 키운다는 것을 알고 나서부터는 더욱 막고 나선다. 65평 큰 아파트에 사는 엄마가 단칸방에서 홀아비가 아이 둘을 데리고 사는 집엘 못 가게 하는 것이다. 아무리 유유상종이라고 하지만 어려서부터 그렇게 사귀라고 해서는 안 된다. 자기보다 더 잘 살고, 더 공부 잘하는 아이하고만 놀게 한다면 아이는 결국 한쪽으로 치우친, 아주 많이 치우친 편식을 하는 셈이다. 그렇게 되면 대인관계 지능과 사회적 지능이 편파적으로 발달한다. 골고루 먹지 못해 영양소 불균형으로 신체가 부조화스럽게 발달하듯이 말이다.

자기보다 공부 못하는 아이들과도 놀아야 한다. 자기보다 힘이 약하고, 가난해도 그들과 교류하는 경험을 겪어야 한다. 다양한 배경, 다양한 특성, 개성을 지닌 폭넓은 인간관계 경험을 통해 많이 보고, 많이 듣고, 많은 것을 행동으로 경험해야만 관계적 사고력을 잘 키울 수 있다.

흔히 말하기를, 남자들은 군대를 갔다 와야만 철이 든다고 한다. 철이 든다는 것은 무엇을 의미하는가? 생각이 넓어지고 깊어진다는 뜻이다. 그러면 왜 군에 갔다 오면 철이 드는 것일까? 그곳에 가면 정말 온갖 사람들을 만난다. 어쩔 수 없이 만나게 되는 것이다. 서로 이야기하면서 보고 듣는다. 또 온갖 일을 한다. 군에 입대하기 전에는 전혀 해보지 않았던 일들을 몸소 직접 체험한다. 그 과정에서 젊은이들은 사람들과 관계하는 방법을 터득하고, 부모형제와 어떻게 지내야 한다는 것도 스스로 깨닫고 온다 (물론 그렇지 않은 사람도 있지만).

맛을 알려면 적어도 3대가 부자가 되어야 하고, 멋을 알려면 적어도 2대가 부자가 되어야 한다고 말한다. 굳이 설명을 하지 않아도 그 뜻을 이해할 것이다. 손자는 술을 마시지 않아도 할아버지의 와인 선택, 시음하는 모습 등을 보게 된다. 그리고 커서는 아버지, 어머니와 함께 와인을 마시면서 포도 생산이 어떻고, 화이

트와인과 레드와인이 어떻게 다른지도 대화한다. 그리고 아버지가 되면 말한다. "이제야 포도주 맛을 알겠구먼!" 이렇게 3대가 되어서야 맛을 안 것이다.

결국 사람을 다양하게 어려서부터 사귀려면 그렇게 맛과 멋을 아는 집 아이도 사귀어야 하고, 반대로 뚝방 너머 움막에 사는 아이와도 사귀어야 한다. 그래야만 귀가 똑바로 뚫리고, 눈이 모든 것을 빠짐없이 통찰하게 되고, 손이 자유자재로 움직여진다.

와~ 잘 만들었다.
그런데 이것을 어떻게 만든 거니?

　'스무고개'라는 게임이 있다. 옛날에는 방안에서고 마루에
서고 어른들과 아이들이 모여 앉아 그 놀이를 자주 했다.

　스무고개 게임은 한쪽이 공격, 다른 한쪽이 수비가 되어 손안에
감추어진 것이 무엇인지를 알아맞히는 놀이이다. 수비하는 쪽에
서 안 보이게 움켜쥐고 있으면 공격하는 쪽에서 스무 번의 질문
을 통해 그것이 무엇인가를 맞춘다. 물론 스무 번 안에 빨리 맞추
는 쪽이 이긴다. 공격하는 쪽에선 질문을 하되, 수비하는 쪽에서
'예' '아니오'로만 대답할 수 있는 형태로 질문을 해야 한다.

　예를 들어, 엄마가 손 안에 성냥개비 한 개를 움켜쥔다. 그러면
아이는 다음과 같이 질문을 해서 답을 찾는다.

① 먹을 수 있는 것입니까?

　'아니오'

② 우리가 일상에 사용하는 물건입니까?

　'예'

③ 누구나 사용합니까?

　'예'

④ 동그랗게 생겼습니까?

　'아니오'

이런 식으로 질문과 대답이 이어져 나간다. 그러다가 어느 정도 알겠다 싶으면 그때 답을 말한다.

⑯ 양초입니까?

　'아니오'

⑰ 양초를 사용할 때 이것도 필요합니까?

　'예'

⑱ 음~ 알았다. 그러면 성냥!

　'예, 맞았습니다'

이렇게 맞추고 나면 공격과 수비를 바꾼다. 아이가 열여덟 번만에 맞추었는데, 엄마가 열다섯 번만에 맞추었다면 엄마가 게임에서 이긴 것이다.

장난감이란 것이 아예 없었던 옛날에 부모와 아이들은 ─ 또는 형제들끼리— 둘러앉아 이 게임을 하면서 즐거운 한때를 보냈다. 어찌 보면 매우 단순한 놀이이지만 사실 이 스무고개 놀이는 미국과 같은 경우 교수방법의 한 가지로 초등학교에서 활용된다. 특히 아이들의 사고력, 그중에서도 관계적 사고력을 개발시켜주는 좋은 방법으로 널리 알려져 있다.

왜냐하면, 질문이 계속 이어지면 질문을 던지는 쪽은 정보를 하나둘 얻게 된다. 그 얻은 정보를 연관시켜 어떤 가설을 만들어낸다. 이를테면, 성냥개비를 답으로 한 스무고개 게임에서 ①, ②, ③, ④ 네 개의 질문을 갖고 그 안에 내포된 정보를 이렇게 저렇게 상호연관을 시켜 몇 가지 가설을 머릿속에 그린다. 즉, 엄마가 손 안에 쥐고 있는 물건은 다음과 같은 것이다.

- 별로 크지 않은 것으로, 우리가 일상 집에서 보고 사용하는 물건일 것이다.
- 일상 집에서 사용하는 것이니까 분명 그렇게 값비싼 것은 아닐 것이다.
- 일상 사용하니까, 생활필수품 아니겠는가?

이런 정도로 정보의 연계를 통해 가설을 만들고나면 그 가설을 확인하고 검증하는 것으로 다음 질문을 이어나간다.

⑤ 매우 비싼 물건입니까?

'아니오'

⑥ 아무 때나 사용합니까?

'아니오'

⑦ 엄마, 아빠만 사용합니까?

'아니오'

이렇게 해서 가설을 확인하고, 또 몇 가지 정보를 추가해서 얻으면 다시금 가설을 고쳐나간다. 이것이 머릿속에서 이루어지는 관계적 사고의 과정이다. 이러한 과정 속에서 아이는 사고를 보다 세련시키고 정교하게 다듬는다. 그리곤 나중에 결국 답을 말한다. 처음부터 몇 번 질문도 던지지 않고 다짜고짜 "그것은 양초입니까?"라고 말하는 경우가 있을까봐, 스무고개 놀이에선 정답을 말했다가 틀리면 그것으로 게임이 끝난다.

돌이켜보면 이런 식의 지적인 놀이, 즉 어떤 지력을 개발하는 게임이나 놀이를 우리는 어렸을 적에 많이 했다. 그러나 요즈음 아이들은 워낙 바쁘다 보니 그런 것을 한가롭게 할 여유가 없다. 더욱이 그런 놀이의 가치를 부모 아이 모두 인정하려 들지도 않는다. 또 요즈음 아이들은 초스피드 시대에 살아서 질문을 주고받으면서 차분하게 맞추려고 하지도 않는다. 그냥 몇 번 질문하다가 못 맞추면 "에이, 시시해! 재미없어"하면서 물러서버린다. 또 어떤 아이들은 성질이 급해서 몇 번 질문하다가는 엄마한테 덤벼들어서 주먹을 펴보라고 한다.

일상생활에서 부모가 아이에게, 아무런 생각 없이 무엇을 물어

볼 때가 많다. 그러나 스무고개에서 보듯, 어떤 질문을 어떻게 던지느냐가 매우 중요하다. 스무고개 게임에서는 상대방이 '예, 아니오'로만 대답할 수 있도록 질문의 유형을 제한했지만, 집안에서 부모와 자녀 간의 대화를 그런 식으로 제한해서는 안 된다.

그럼에도 불구하고 부모들은 아이에게 질문을 할 때 아이가 긴 이야기를 못하도록 질문을 제한적으로 만들 때가 많다. 집에서든 학교에서든 부모와 선생님은 자기만 길게 이야기하려 하고 아이가 길게 이야기하는 것을 참고 기다리면서 들어주지를 못한다. 인내심은 사실 아이보다는 어른에게 더 필요하다. 그래서 엄마는 늘 양자택일형의 질문을 잘 던진다. 아이에게 자기가 제시하는 두 가지 중 하나만 고르도록 말이다. 네 가지도 아니다. 꼭 두 가지이다.

"민호야, 너 지금 밥 먹을래, 이따 먹을래?"

"지금 먹을래요."

"그럼 밥 줄까? 빵 줄까?"

"빵요."

"두 쪽 먹을래, 세 쪽 먹을래?"

"두 쪽요!"

"주스하고 먹을래, 물하고 먹을래?"

"주스요."

"오렌지주스? 포도주스?"

"오렌지주스요."

"식탁에서 먹을래, 네 방에서 먹을래?"

"내 방에서 먹을래."

수사관이 범죄 혐의자에게 달리 둘러대지 못하도록 빠른 속도로 질문을 던져 조사하듯이, 스타카토식으로 질문과 답을 주고받는다. 아이가 다른 생각을 할 수 있는 순간의 틈도 허용되지 않는다. 이런 식의 대화에서는 아무런 사고의 작용이 없다. 그냥 말초신경이 원하는 대로 대답을 한다. 그러면 엄마들은 왜 이런 식으로 질문을 할까? 왜 이런 식으로 아이를 몰아부쳐 선택을 강요할까? 물론 아이한테만 그러지는 않는다. 남편에게도 곧잘 그러는 아내들도 많다. 내가 생각하기에 이유는 한 가지이다. 자기 자신이 편해지려고 그러는 것이다. 그냥 "밥 언제 먹을래?"라고 물었다가 아이가 "지금은 싫고, 지금은 간식만 조금 먹고, 이따가 봐서 배고프면 9시고 10시고 그때 밥 먹을까봐"라고 대답하면 엄마는 귀찮아지는 것이다. 지금 먹겠다 하면 차려주고 설거지 모두 끝내버리면 되는데 그 계획이 흐트러지는 것이다.

그렇기 때문에 아이에게 한 가지만 선택하도록 묻는 것 아니겠는가? "무엇을 먹겠느냐"고 질문을 했다가 아이가 "엄마, 나 만두 먹고 싶어. 사오는 만두 말고 엄마가 만드는 만두 말이야" 했다가는 얼마나 귀찮고 신경질 나는 일인가! 그리고 한여름에 무슨 만두란 말인가! 잘못하다간 아이와 싸움만 벌어질 테니 "밥?

빵" 하고 자기가 줄 수 있는 것만 내놓고 선택하라는 것 아니겠는가.

그러나 엄마가 조금만 사려 깊다면 일상적인 사소한 대화에서도 아이에게 생각하는 습성을 키워줄 수 있다. 양자택일형 질문은 되도록 안하는 것이 좋다. 여러 개의 의문사들 중에서 아이에게 사고력을 키워주는 데 가장 좋은 의문사는 왜why와 어떻게how라는 두 가지이다. 모든 대화에서 그 두 개의 의문사를 되도록이면 많이 사용하는 것이 좋다. 이를테면, 아이에게 저녁식사를 차려줄 때 이렇게 물어보자.

"민호야! 너 밥 어떻게 줄까?"

그러면 질문하는 엄마보다는 아이가 어물댄다. 그것이 곧 생각의 시작이다.

"어떻게라니요! 뭐 먹겠느냐고요?"

"그래, 뭐를 먹을까도 그렇고, 또 언제 먹을 래고?"

"아무 거나 먹을래요. 아무 거나 주세요!"

"아무 거나라니! 너 먹고 싶은 게 있을 거 아냐."

"빵이나 먹을까?"

"빵을 어떻게 먹을래? 어떻게 해줄까?"

이런 식의 대화가 짧은 순간이지만 아이에게 생각하는 기회를 마련해준다. 특히 집안에서 아이가 공부를 하거나, 텔레비전을 보거나, 놀이를 할 때 부모는 양자택일형의 질문을 던진다. 그저 자신이 편해지려고 하는 입장에서만 무엇을 하라, 말라, 언제까지 해라, 말라 식으로 제한적 질문을 많이 한다.

"그것이 뭐야! 뭘 만든 거냐고? 동물이야, 자동차야?"

"숙제 다 했어?"

"국어부터 했어, 수학부터 했어?"

등등 단답형의 질문을 많이 한다. 이때 어른이 조금만 생각을 하면 질문을 왜, 어떻게라는 두 개의 의문사를 사용해서 만들어낼 수 있다. 아이가 그림을 그렸으면 이렇게 질문을 하는 것이다.

"와~ 잘 그렸다. 그런데 이것을 어떻게 그렸니?"

"그런데 여기에 이것을 이렇게 길게 빼놓은 것은 왜 그랬니?"

'어떻게'와 '왜'라는 질문은 아이에게 길게 말할 수 있는 기회를 준다. 말이란 것이 그렇다. 머릿속에서 사고 작용이 이루어지지 않으면 입 밖으로 나올 수 없다. 말이 도중에 끊어지고 멈추어지는 것은 곧 머릿속에서 사고가 멈추어버리기 때문이다. 우리가 글을 쓸 때도 그런 것을 느낀다. 글을 써내려가다가 뚝 끊어지는 경우, 그것은 머릿속에서 생각이 이어나가지를 않기 때문이다. 어른이든 아이든 길게 말한다는 것은 곧 그만큼 머릿속에서 사고의 작용이 길게 이루어지고 있음을 의미한다. 특히 관계적 사고, 즉 여러 가지 관련 요소들을 부분적으로 상호 관련짓거나 연계시키고자 할 때 긴 사고의 과정이 필요하고, 긴 설명이 필요하다. 길게 말할 수 있어야 한다. 그러기 위해서는 결코 아이의 입을 막는 식의 양자택일형 질문을 피하는 것이 바람직하다.

또한 우리는 왜와 어떻게라는 질문을, 어떤 것의 결과를 물어보기보다는 과정을 물어보는 데 사용할 수 있다. 원래가 사고력이란 결과에서 나타나는 것이 아니라 과정에서 나타나는 것이다.

아이가 레고를 조립해서 아주 희한하게 생긴 모양 하나를 만들어냈다. 개를 닮은 동물 같기도 하고, 자동차 같기도 하다. 그때 묻는다. "야! 이거 멋진데. 그런데, 이거 어떻게 만들었니?" 과정을 묻는 것이다. 그러면 아이는 신나게 그 과정을 설명한다. 심지어는 모두 분해한 뒤 만드는 과정을 다시금 시범 보인다. 그러면서 아이는 그 과정에서 이루어졌던 사고를 반복 연습하게 된다.

남자는 배,
여자는 항구

영국의 유명한 수상이었던 윈스턴 처칠 경이 의회에서 일장 연설을 하려고 나섰다. 그런데 바지 앞 지퍼가 열려 있는 줄 모르고 연설을 했다. 사람들이 그것을 보고 웃었지만 처칠은 그들이 왜 웃는지를 몰랐다. 그러자 맨 앞줄에 앉아 있던 어떤 의원이 처칠에게 앞문이 열려 있다고 일러주었다. 민망했던 처칠은 순간 이렇게 대답했다. "죽은 새는 새장 문이 열려도 밖으로 날아갈 수 없으니 염려마세요." 참으로 기가 막힌 순간의 위트고 비유였다. 그때까지 엄숙하기만 했던 장내는 한바탕 웃음으로 분위기가 반전되었다. 구전을 통해 전해오는 이야기이다. 이러한 유명인들의 멋진 조크는 동서고금을 통해 계속 회자된다.

사랑에 관해서도, 내가 그동안 들었던 유명인들이 남긴 멋진 비유는 참으로 많다. 누가 이야기했는지는 다 잊어 버렸지만 기억나는 대로 적어보면 이런 것들이 있다.

"평생 동안 한 여자(남자)만 사랑할 수 있다고 생각하는 것은 마치 초 한 자루가 평생 동안 탈 수 있다고 생각하는 것과 같다."

"여자의 사랑은 물 위에 쓴 편지이고, 여자의 신의는 모래 위에 나 있는 발자국이다."

"사랑은 여자에게는 일생의 역사가 되지만, 남자에게는 한 편의 일화가 된다."

"시간이 오래될수록 우정은 더욱 강화되지만 시간이 오래될수록 사랑은 더욱 약해진다."

심리학이나 교육학에서 창의력을 키우는 방법으로, 또는 사람들이 성찰의 과정을 성취하는 방법으로 비유법을 많이 활용한다. 나는 그런 비유가 곧 관계적 사고력을 개발하는 데 있어 매우 적절한 하나의 방법이라고 생각한다.

비유는 한마디로 사물, 현상, 사건 등의 유사, 비교 등의 관계지음을 나타내는 것이다. 비유를 통해서 사람들은 특정한 사물들 간의 개념적 거리conceptual distance를 느끼고 깨닫는다. 예컨대 우리가 '교과서'라고 하면 그것이 무엇인지를 모르는 사람은 아무도 없다. 그런데 교과서를 '헌 구두'에 비유했다고 하자. 즉 "교과서란 헌 구두와 같다" 한다면 사람들은 교과서를 왜 헌 구두에 비유했을까?를 생각한다. 여기서 두 가지 개념적 거리를 사람들은 생각한다. 하나는 교과서와 나 자신 간의 개념적 거리, 헌 구두와 나 자신 간의 개념적 거리이다. 나는 그동안 헌 구두도, 교과서도 잘 알고 있다고 생각했다. 즉, 교과서와 나, 헌 구두와 나 사이의 개념적 거리가 무척 가까웠다고 생각했다. 그러나 지금은 그것이 다소 생소해졌다. 또 다른 개념적 거리는 교과서와 헌 구두 간의 개념적 거리이다. 이 두 가지의 거리가 너무 멀게 느껴지는 것이다. 도대체 이 두 가지에 무슨 공통점이 있길래 교과서와 헌 구두를 같은 것이라고 비유했을까? 이러한 비유는 나와 교과서, 나와 헌 구두, 또 교과서와 헌 구두 간의 여러 가지 관계를 다시금 따져보게 만든다. 이것이 곧 비유가 관계적 사고력을 키우는 데 아주 적절하게 도움이 되는 까닭이다.

불경에도, 성경에도 석가나 예수가 제자들을 가르칠 때 비유 방법을 무척 많이 사용했음을 쉽게 발견할 수 있다. 제자가 스승에게 물으면 ―석가와 예수 모두― 그 답을 직접 이야기해주질 않았다. 예수는 "저 공중의 새를 보라. 심지도 않고 거두지도 않고 창고에 모아들이지도 아니하되, 너의 천부께서 기르시나니, 너희는 이것들보다 귀하지 아니하냐!"(마 6:26)라고 제자들에게 말씀하셨다. 예수는 "참으로 많은 비유로 여러 가지를 저희에게 말씀하셨다"(마 13:3). 그랬더니 제자들이 예수에게 다시 물었다. 왜 저희에게 비유로 말씀하시느냐고?(마 13:10). 그러자 예수는 다시금 비유로 답하지 않았던가? "저희가 보아도 보지 못하며 들어도 듣지 못하며 깨닫지 못함이니라."(마 13:13)

비유 또는 유추에는 세 가지 유형이 있다. 우선 가장 널리 손쉽게 하는 비유가 직접적 비유, 직접적 유추이다. 이는 두 가지 사물, 아이디어, 현상, 개념들 간의 단순 비교이다. 예컨대 다음과 같은 비유를 보자.

· 수학은 만원버스와 같다.
· 신문은 마치도 지하철과 같다.
· 남자는 배, 여자는 항구다.

이러한 직접적 유추를 가만히 살펴보면, 관계적 사고력이 조금 떨어지는 사람들은 유추를 할 때 가장 두드러지고 가장 뚜렷하게 드러난 성질을 내세워 비유한다. 예컨대, 태양을 커다란 불덩어리에 비유한다든지, 신혼의 재미를 달콤한 아이스크림에 비유하는 것이다. 그러나 관계적 사고력의 수준이 높아지면 태양을 온갖 것에 비유하게 된다. 용에, 마차에, 새에 비유한다. 아내를 바라보면서 남편이 아내를 태양이라고 비유하기도 한다.

사랑이 뭐냐? 눈물의 씨앗이다. 아냐, 사랑은 홍역과 같아, 사랑은 연기와 같아, 아니 사랑은 재채기와 같아. 이러한 비유는 결국 그만큼 두 가지 관계 또는 연계를 확장하는 것이다. 인습적으로 사람들이 생각해오던 것을 뛰어넘는 것이다. 그렇기에 인간 문명사에서 위대한 발견은 바로 그러한 깊이 있고 수준 높은 비유, 즉 관계적 사고에서 비롯된 것이 많다.

다음으로 대인유추, 대인비유라는 것이 있다. 이는 아이들로 하여금 어떤 물리적인 실체가 되도록 하여 그것과의 심리적인 감정이입을 경험하도록 하는 것이다. 여자아이들이 실제로 이런 대인비유, 대인유추를 놀이 속에서 많이 한다. "네가 나무라고 한다면, 지금 이 추운 날 밖에 홀로 서 있을 때 어떤 느낌이겠는가?" "네가 운동화라고 한다면, 주인이 발을 안 씻고 더러운 발을 그속에 집어넣으면 어떤 느낌인가?" 등등이 모두 대인비유다. 아이들이 소꿉놀이에서 엄마가 되고, 아기가 되는 것도 대상이 물리적인 실체는 아니지만 일종의 비유이다. 만약 네가 엄마가 된다면 엄마로서 너의 느낌은 어떻겠는가? 그래서 심리치료에서 그러한 역할놀이를 종종 활용한다. 역할놀이에서 그동안 막혀 있던 의식의 문이 열리고, 보이지 않던 것이 보이게 되고, 들리지 않던 것이 들리는 것이다.

끝으로 상징적 유추란 것이 있다. 혹자는 이것을 압축된 갈등이라고도 말한다. 이것은 어찌 보면 가장 수준 높은 관계적 사고의 단계라고 하겠다. 이는 두 개의 서로 모순되는 또는 반대되는 개념이나 현상을 연계시키는 것이다. 이제까지는 도저히 하나로 묶이고 섞일 수 없는 것을 묶어주고 이어주는 것이다. 우선 예를 들어보자.

- '혼자서 함께' 살아가는 부부가 있다.
- 당신은 내게 있어 '영원히 친숙한 낯선 사람'이다.
- 어쩌면 저에게 그토록 '잔인한 친절'을 베풀 수 있습니까?
- 방안에는 한동안 '천둥치는 침묵'이 흘렀다.
- 내게는 평생 '우정 어린 원수'가 두 명 있었다.

위의 예를 살펴보면, 모두 서로 반대되는 또는 배치되는 의미를 지닌 두 개의 단어가, 두 개의 개념이 모여서 새로운 하나의 의미를 만들어내고 있다. 이렇듯 인습을 깨는 새로운 결합은 우리에게 심리적 긴장을 불러일으키고 인지적 갈등을 불러일으킨다. '혼자서 함께' 살고 있다니, 그러면 한 지붕 밑에서 별거한다는 뜻인가? 몸은 섞어도 마음은 따로 산다는 이야긴가? 함께 살기는 하되, 서로 간섭하지 않고 각자 자기 삶을 산다는 말인가? 많은 생각을 하게 한다.

사실 부모가 아이에게 말할 때 그러한 여러 가지 형태와 수준의 비유를 많이 한다. 어른이 아이에게 어떤 현상을 설명할 때 비유적으로 말하면 아이는 그 의미를 파악하느라고 분주해진다. 즉, 머릿속에서 온갖 사고가 진행된다. 또 반대로 아이 역시 쉽게 "이것이 무엇과 같다"는 식의 비유를 곧잘 말한다. 아주 어린아이도 자기가 알고 있는 어떤 사물을 들어 비유하기 시작한다. 다섯 살짜리 아이가 플라스틱으로 된 영문 대문자를 갖고 놀다가 엄마에게 'L'자를 집어 보여주면서 이렇게 말한다.

"엄마! 이거, 꼭 망치 같다."

"왜 그게 망치 같아?"

"이것 봐. 여기 잡고 이렇게 두드리는 거잖아."

그랬을 때, 이 아이는 벌써 망치의 특성, 망치의 생김새를 이미 알고 있는 것이다. 이때 어른이 해주어야 할 일은 격려, 고무뿐이다. 칭찬해주고 놀라워 해주고, 또 다른 것을 물어주어야 한다. 그러면 아이는 더욱더 그러한 비유를 생각해낸다.

관계적 사고는 언제나 문제의 정답이 없을 때, 또는 여러 가지 가능한 상황에서 더욱 발전한다. 관계란 것은 무한하다. 앞에서 예로 들었듯이 태양은 불덩어리와 같다는 말이 결코 정답일 수는 없다. 얼마든지 다른 것을 정답으로 생각해낼 수 있다. 비유에는 끝도 한도 없다. 그러한 비유를 무한히 만들어낼 때 사고력도 무한히 발전하는 것이다.

우리가 관계나 대비에 관한 시험을 볼 때 그것은 대부분 정답이 하나로 정해져 있다. 예컨대, 다음과 같은 것들이 그렇다.

· 2 : 4 = 8 : ☐

· A : Z = 가 : ☐

· ☐ : 일본 = 서울 : 한국

· 미국 : 달러 = ☐ : 위안元

그러나 다음과 같은 경우를 보면 사뭇 다르다. 결코 어떤 정답이 있을 수 없다.

- 우정 : 이해 = 사랑 : ⬚
- 바위 : 고구마 = ⬚ : 바다
- 사랑 : 홍역 = 우정 : ⬚

식구들끼리(혹은 친구와 함께) 모여 앉아 이 문제를 풀면서, 왜 자기는 그렇게 답했는지를 서로 이야기해보라. 결코 누구의 것이 정답이라고 말하기 퍽 어려울 것이다. 그러나 그러한 탐색이 곧 관계적 사고력을 높이는 방법이다.

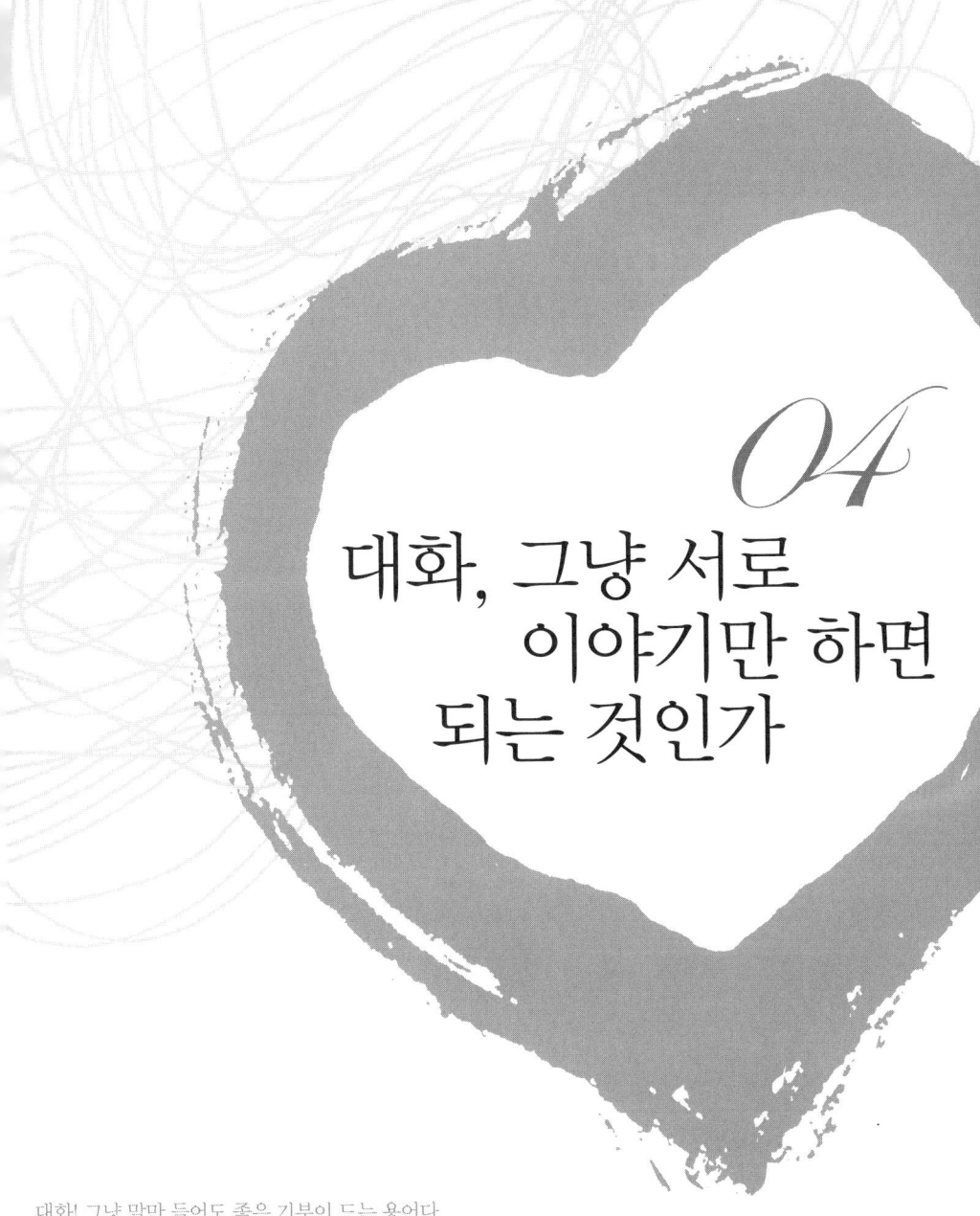

04
대화, 그냥 서로 이야기만 하면 되는 것인가

대화! 그냥 말만 들어도 좋은 기분이 드는 용어다.
따뜻한 느낌을 주는 용어다.
왠지 모든 것을 해결해줄 수 있을 것 같은 용어다.
맞다! 대화, 그것은 잘만 하면 모든 것을 해결해주는 길이 된다.
특히 사람과의 관계에서 대화는 모든 갈등을 풀어주는 열쇠다.
그러나 한편 대화를 잘못해서 망한 사람도 많다.
보약도 알고 잘 먹어야 건강에 도움이 된다.
대화는 아무렇게나 하는 것이 결코 아니다.

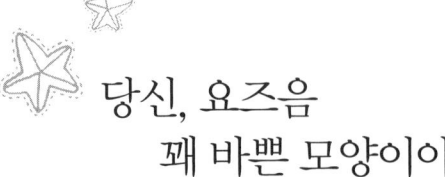

당신, 요즈음
꽤 바쁜 모양이야

한때 우리나라 어떤 대통령의 인사 방식에 대해 세간에서는 '코드인사'라고 이름을 붙여 매우 부정적인 시각으로 비판한 적이 있었다. 여기서 코드라 함은 어떤 정치적 신념이나 철학 또는 생각의 틀, 그에 따른 행동의 방식 등을 총체적으로 의미한다. 따라서 대통령의 정치적 신념이나 의지와 똑같은 또는 비슷한 부류의 정치적 신념을 가진 사람을 임명하는 것이 코드인사이다. 이렇듯 코드인사를 하는 까닭은, 서로 같은 철학, 같은 신념을 갖고 정치적 목표를 향해 같은 방식으로 행동한다면 훨씬 수월하고, 또 그만큼 효율적이라 생각하기 때문이다. 특히 동일한 코드를 갖고 있으면 그만큼 의사소통이 잘 되기 때문이다. 그럼에도 코드인사를 부정적으로 비판하는 것은 코드인사 방식 그 자체가 문제가 되는 것이 아니라 그들이 공유하고 있는 코드가 못마땅했기 때문이다.

서로 간에 대화를 잘해서 효율적인 공감대를 개발하려면 코드가 맞아야 한다. 즉, 서로간의 뜻 또는 의도가 맞아야 하는 것이다. 행동 방식도 서로 맞아야 하는 것이다. 비록 그 전에는 다른 의도를 갖고 있었다 해도 막상 대화에 임해 좀더 이해의 폭을 넓히고 깊게 하려면 어떤 의도를 갖고 있는가를 잘 파악해서 서로 맞추어나가는 일이 필요하다. 그런데 대화에서 사람들은 각자가 갖고 있는 의도를 그대로 상대에게 내보여주지 않을 때가 많다. 많은 사람들은 자신의 의도를 오히려 암호화encoding시켜 표현한다. 그리곤 또 상대방의 그런 암호화된 의도를 해석decoding하느라고 애쓴다. 그리고 보면 대화란 쌍방 간에 이루어지는 암호화와 해석의 과정인 셈이다.

이를테면, A와 B 두 사람이 만나 대화할 때, A는 자신의 신념, 의도, 생각 등을 머릿속에 품고, 그것을 B에게 언어와 문자, 그림 같은 상징으로, 때로는 행동으로 암호화시켜 표현한다. 그러면 B는 A의 말이나 행동, 표정 등을 해석하여 도대체 A의 의도가 무엇인지를 파악하고 또 그 파악된 결과에 자신의 반응을 암호화시켜 A에게 되돌려준다. 사실 대화의 묘미는 바로 그러한 암호화된 표현 해석의 과정에 있다. 그러므로 대화의 성패도 암호화와 해

석의 과정에 달려 있다. 다시 말해서 대화가 잘 되었다고 할 때
는, 결국 암호화된 의도와 해석된 의도가 합치될 때이다. 두 의도
가 합치되지 않는 경우 오해를 불러일으키게 마련이고, 오해는
감정의 벽을 쌓게 한다.

같은 직장에 근무하는 영업팀의 민수는 아래층 인사관리팀의
지연에게 남달리 관심이 많았다. 짝사랑에 가까운 열정을 품고
있는 것이다. 그런 민수가 퇴근 무렵 아래층에 잠깐 내려갔다가
엘리베이터 앞 복도에서 지나가는 지연에게 말을 건넸다.

"지연씨, 오늘 저녁 바쁘세요?"

"왜요?"

너무 단정적으로, 그것도 매우 차갑게 되돌아온 물음에 민수는
당황했다. 민수는 지연과 함께 저녁식사를 하고 차라도 마시면서
이야기를 나누고 싶었던 것이다. 이를테면 약식 데이트 신청인
셈이었다. 그러나 단호한 질문에 민수는 버벅거렸다.

"아니, 그 그냥요."

"그냥이라니요, 왜요? 남 바쁜가, 안 바쁜가를 왜 물어보세요?
무슨 일 있어요?"

"아니요, 없어요, 그냥 지연씨 시간 되면, 저녁이나 함께 먹으
면서 얘기 좀 할까 해서요."

"꼭 저녁을 먹으면서 해야 하는 이야기예요? 여기서 하면 안 돼
요?"

"여기서요?"

"그래요! 여기서요."

"아니에요. 됐어요! 어서 퇴근 준비하세요."

민수는 계단을 걸어 총총히 올라가 버렸다. 여기서 대화가 제대로 이루어지지 않은 것은 여러 가지 이유 때문이다. 우선 민수의 의도가 '저녁식사 함께하는 것'으로 암호화되었지만 지연의 해석은 민수의 의도와 합치되지 못했다. 즉, 민수와 지연이 각기 갖고 있는 의도의 암호화와 해석 방식이 합치되지 못했던 것이다.

게다가 대화를 하게 된 장소, 우연히 마주쳐서 하게 된 상황, 퇴근을 앞둔 시간 등 모든 것이 대화를 어렵게 만들었다. 또 이때 두 사람은 제각기 머릿속에 다른 욕구와 기분, 정서적 상태로 채워져 있었기 때문에 암호화와 해석이 차이가 생길 수밖에 없다.

사실 대화에서 서로 간에 오해가 생기고, 심하면 언쟁으로까지 번지는 것은 모두 이렇듯 암호화와 해석의 코드가 합치를 못 이루기 때문임을 우리는 일상생활에서 쉽게 경험한다. 부모 자식 간의 대화에서도 그렇고, 특히 부부간의 대화에서 "왜 말꼬리를 잡고 그래요?" 하는 식의 싸움의 발단은 바로 코드 불일치에서 비롯되는 것이다.

저녁 식탁에서 묵묵히 밥을 먹던 남편이 불쑥 아내에게 한마디 던진다.

"당신, 요즈음 꽤 바쁜 모양이야!"

비록 화가 난 음성은 아니었지만 그렇다고 사랑이 담긴 목소리
도 아니었다. 그저 담담하게 던진 남편의 이 한마디에 포함된 숨
은 의도는 이런 것이었다. '뭐 때문에 요새 그러고 맨날 밖으로
나돌아다니는가? 아이들도 제대로 챙겨주지 않고, 집은 매일 비
우고, 남편이 입고 나갈 와이셔츠 하나 제대로 다려 놓지않고.'
아내에 대해 쌓였던 불만을 함축시켜 던진 한마디였다. 남편의
그러한 숨겨진 의도를 해석하지 못한 아내는 답변한다. 다소 미
안해하면서, 이해를 구하는 듯 애교를 섞어서 답한다.

"응, 요즈음 좀 바빴어요. 동창모임도 두 개나 겹친데다가, 큰
아이, 왜 청담동 살 때 있잖우. 그때 모였던 엄마들 모임도 있었
고, 또 저번에 산 침대 시트 사이즈가 안 맞아 바꾸러 갔더니만,
새로 가져온 게, 글쎄 또 안 맞잖아. 그래서 세 번씩이나 이불 가
게에 왔다갔다하느라 좀 바빴지… 뭐 내가 괜스레 돌아다니는 줄
알아요. 그리고 뭐, 나라고 매일 집에만 있어야 돼요. 요즈음 여자
들 아침 10시면 집에 아무도 없어요. 그래도 나만큼이나 되니까
이만큼 집 지키고 있는 거지."

"그럼, 바쁘셔야지!"

"당신은 뭐 맨날 안 바빠요!! 하루라도 제대로 일찍 들어오는
날이 있수?"

"그래, 우리 모두 한번 바빠봅시다. 어떻게 되는가."

"뭐가 어떻게 되는데!"

그러고는 아내는 식탁에서 휑하니 일어섰다. 아내의 뒷모습을 응시하던 남편은 몹시 시끄러운 소리를 내면서 벌떡 일어나 베란다로 나가버렸다. 그날 이후로 한참 동안이나 부부간의 대화는 없었다. 하긴 그 부부는 너무도 바빠서 대화할 시간도 갖지 못했을 성싶다. 그렇다면 이 부부의 대화에서 무엇이 문제인가? 한마디로 암호화와 해석의 코드가 맞지 않은 것이다. 자기만의 방식대로 암호화를 계속했고 또 자기만의 방식대로 상대방의 코드를 해석한 것이다.

  사람들은 모두 저마다의 특유한 방식으로 암호화하고 저마다의 특유한 방식으로 해석을 한다. 즉 독특한 암호화와 해석 방식을 사용하고 있는 것이다. 물론 이러한 독특한 암호화와 해독 코드는 각 개인에게 항상 고정불변으로 항상성을 지니고 있는 것은 아니다. 때에 따라, 장소에 따라, 상황에 따라, 그야말로 '그때그때 달라요'의 특성을 지니고 있는 것이 사람들의 대화 방식이다. 그래서 더더욱 대화가 어려운 법이다. 그렇다고 해서 암호화와 해석의 방식을 획일적으로 공식화시켜 놓고 그것을 학습하여 항상 똑같은 방식으로 암호화시키고 해석한다면 그것처럼 재미없고 무미건조한 대화도 없다. 예컨대 남자가 여자를 좋아해서 그 좋아하는 감정을 표현할 때는 '저녁이나 함께 합시다'라고 암호화하여 표현하기로 모두가 약속을 하면 얼마나 재미없고 맛없는 대화가 되겠는가!

그렇다면 사람들은 도대체 어떤 경우에 어떻게 암호화시키고, 또 어떻게 그것을 해석하는 것일까? 거기엔 정말 아무런 법칙도, 원리도 없는 것인가? 물론 한 가지로 통일된 법칙은 있을 수 없다. 그러나 사람들의 대화를 찬찬히 살펴보면 암호화와 해석의 과정에 영향을 미치는 몇 가지 중요한 요인들이 있음을 쉽게 알수 있다. 부부 간에, 부모와 자녀 간에, 친구들 간에, 상사와 부하 간에, 이웃들 간에 또 낯선 사람들과의 대화에서 진정한 대화가 이루어지려면 우리는 무엇이 암호화와 해석의 과정에 영향을 미치는가를 이해할 필요가 있다.

몸이 아프니까
그렇게 말했겠지

사람의 건강 상태는 대화의 과정에서 암호화와 해석에 커다란 영향을 미친다. 몸이 몹시 아프거나 피곤하고 지쳐 있을 때 암호화와 해석은 지극히 부정적일 수 있다. 반대로 몸이 건강하고 활기가 넘쳐 있을 때의 암호화와 해석은 긍정적으로 이루어진다. 이를테면 똑같은 이야기도 듣는 사람의 건강 상태에 따라 전혀 다른 방향으로 해석될 수 있다. 또 똑같은 의도라 하더라도 말하는 사람의 건강 상태에 따라 전혀 다른 모습으로 암호화될 수 있는 것이다.

그렇지 않아도 늘 이곳저곳 몸이 아파 골골한데다, 지난번 건강검진에서 전립선 특이항원지수인 PSA 수치가 4.0을 조금 넘어서는 바람에 마음이 편치 않은 A가 자못 건강한 친구 B를 모처럼 만나 대화를 나누었다. 늘 활기가 넘치는 B가 먼저 말을 건넸다.

"야! 너, 민식이라고 알지? 왜 고3때 너와 한반이었던 친구, 안경 쓰고, 키 좀 작고 그랬잖아. 무슨 해운회사에 들어간 친구 말야."

"그래, 생각난다. 전민식… 근데, 왜?"

"글쎄, 아침에 아파트 뒷산에 산책 나갔다가 거기서 쓰러져서 그냥 죽었대!"

"왜 쓰러졌다는데?"

"몰라. 뭐, 혈압도 조금 높았었지만, 그 친구 전립선으로 고생했었잖아."

이 대화의 과정에서 A는 무엇을 어떻게 느꼈을까? 오랜만에 만난 친구 B는 달리 할 이야기도 마땅히 없었고, 또 A의 건강이 좋지 않다는 것을 모르던 터였기에 아무런 숨은 의도 없이 그냥 가볍게 얘기한 것이다. 즉 암호화된 것이 아무것도 없었다. 굳이 있다면 "우리 모두 건강을 유지하는 것이 최고다. 건강하게 살자"라는 메시지였다. 그러나 특히 전립선에 이상을 느껴온 A는 B의 말을 어떻게 해석했을까? 건강에 아무런 문제가 없었을 때와 똑같은 의미로 해석했을까?

부모가 자녀와의 대화에서 실패하는 많은 경우도 그렇다. 부모는 부모대로 자녀의 건강 상태를 살피지 못하였기에, 또 자녀는 자녀대로 부모의 건강 상태를 살피지 못하여서, 암호화를 예상 밖으로 하게 되고, 또 그것을 저마다 이상하게 해독하는 데서 대화의 실패를 초래하는 것이다.

건강 상태 못지않게 영향을 미치는 것은 각각의 신체적 특성이다. 사람들은 저마다 고유한 신체적 특성을 지니고 있다. 나이, 성별은 물론 키가 큰지, 작은지, 뚱뚱한지, 아주 말랐는지와 같은 신체적 특성을 저마다 지니고 있다. 신체적 특성은 키나 체중 외에도 여러 가지 면에서 사람을 구별 짓는다. 시력, 청력, 예쁘고 안예쁘고는 물론, 얼굴의 크기, 눈의 크기, 눈썹의 크기와 생김새, 점, 주근깨, 코의 높낮이와 콧구멍의 방향, 귀의 크기와 생김새, 치아의 모양, 팔 다리의 길이, 피부색, 몸에 털이 난 정도 등 수없이 다양하고 많은 면에서 사람들을 서로 구별 짓는다. 그리고 이러한 신체적 특징은 저마다 상황에 따라 자신의 의도를 상대방에게 암호화시키거나 상대방의 의도를 해석하는 데 있어 독특한 방식을 사용하도록 만든다.

아주 간단한 일례로, 유치원이나 초등학교 시절에 건너다니던 '큰' 개울이 훗날 어른이 되어서 가보면 아주 '작은' 도랑인 것을 확인하고는 실망하는 경우가 있다. 이처럼 신체적 특징은 사물에 대한 지각에서 엄청난 차이를 가져오게 마련이다. 그리고 신체적 특징에 따른 지각의 차이는 암호화와 해석의 과정에서도 그대로 나타나게 마련이다. 그렇기에 대화에 유능한 사람들은 상대방의 건강 상태나 여러 가지 신체적 특징을 고려해서 암호화도 하고 또 그것을 고려해서 해석하는 것이다. 이를테면 대화의 과정에서 상대방에 대한 배려를 하는 것이다.

"몸이 아프니까, 그렇게 말했겠지."

"키가 작다보니 그렇게 생각할 수밖에 없었겠지."

"연세가 드시면 노인들은 그런 조그만 일에도 다 섭섭히 느끼시게 마련이야!"

"나이가 어리긴 해도 저도 남자라고 그러겠지."

이런 식으로 상대방의 암호화를 이해하고 해석해주는 것들이 말하자면 대화의 과정에서 상대의 건강 상태나 신체적 특징을 배려하는 것이다.

의사소통이나 대화에서 사람들이 어떻게 암호화하고 해석하느냐에 영향을 미치는 또 다른 중요한 요인은 감정 상태와 정서적 특성이다. 쉽게 말해서, 어떤 느낌, 어떤 기분이나 감정 상태에 놓여 있느냐에 따라 대화의 코드 방식이 크게 달라지는 것이다. 뿐만 아니라 그 사람의 정서적인 특성들, 이를테면 성격적 특성이나 감성의 정도 같은 것들이 의사소통이나 대화에서 코드 사용에 크게 영향을 미친다.

예컨대, 우리 모두는 자신의 욕구에 기초하여 모든 것을 지각하는 습성이 있다. 어린 시절 시골에서 겪은 경험이지만, 모든 사람들이 배고팠던 시절이 있었다. 그때는 친구들이나 선생님의 별명을 지을 때도 먹는 것으로 지을 때가 많았다. 찐빵처럼 생겼다는 등, 군고구마, 호박엿이라든가 하는 별명들이 그렇다. 대화에서도 물리적 욕구, 신체적 본능적 욕구에 휩싸여 있는 사람은 자신도 모르게 자기 욕구에 기초하여 암호화하고 해석한다. 한창 배가 고파 밥줄 때만 기다리면서 텔레비전을 보고 있는 남편에게 아내가 "여보, 쓰레기 좀 버리고 오세요" 하면 남편은 "뭐? 시래깃국 끓였다고?"라고 반응한다. 남편이 쓰레기를 왜 시래깃국으로 들었는지는 설명하지 않아도 알 것이다.

정서적, 감성적 특성에서 특히 암호화와 해석에 영향을 미치는 대표적인 예는 과거의 경험에 대한 지각이다. 사람들은 과거 경험에 비추어 현재를 해석하고 미래를 예언할 때가 많다. 어떤 사람이 10° 되는 물에 손을 넣었다고 하자. 그리고 그 손을 꺼내 20° 되는 물에 넣으면 '무척 뜨겁다'는 반응을 보인다. 그러나 40° 되는 물에 손을 넣었다가 20° 되는 물에 넣으면 '아주 시원하다'라고 말한다. 똑같은 20°라고 해도 어떤 경험을 가졌느냐에 따라 그것은 차갑게도 또는 뜨겁게도 느껴지는 것이다. 자정이 넘어 밤늦게 들어온 동생에게 두 살 위인 언니가 묻는다.

"너, 또 늦었네. 그·남자랑 데이트하고 늦은 거니?"

"음."

"그런데 지금 새벽 1시가 되어 가는데 어디 있다가 오는 거야?"

"그냥 같이 있었어!"

"어디에서?"

"아~ 귀찮아! 피곤해. 나 잘래."

"너희들 오늘 뭔 일 있었지? 이젠 끝까지 갔구나!"

"언니! 제발 좀 그만해. 왜 자꾸 그래! 내가 언니처럼 그러는 줄 알아!"

언니는 작년에 아주 밤을 새다시피 새벽에 들어온 적이 있었다. 그때 언니는 '별일'이 있었던 것이다. 그런 경험이 있었기에 언니는 밤늦게 들어온 동생에게도 그런 별일이 있었을 것이라고 지레 짐작한 것이다.

특히, 이런 식의 대화에서 사람들은 상대에 대한 예언을 사전에 한다. 이를테면 생전 연락도 없다가 불쑥 찾아온 후배에게 선배는 벌써부터 선을 긋고 이야기를 듣는다. 왜냐하면 속으로 "이 친구, 무슨 부탁이 있어 왔겠지. 돈 빌려달라고 왔을 것 같아. 사업이 잘 안 된다고 하던데" 하고는 만나자마자 선을 긋는다. 찾아온 후배는 아무런 부탁도 하지 않았는데 먼저 나서서 "요즈음 하도 불경기라 모두들 돈 때문에 난리야. 나도 어디서 대출 받으려고 이곳저곳 알아보고 있는데" 라고 잘라버리는 것이다.

이런 예언은 언제나 누구에게서나 쉽게 나타난다. 상대방에 대해 평소 '밥맛없다'고 생각한 사람은, 만나서 대화할 때 밥맛없이 대꾸하고, 상대가 무슨 이야기를 하든 밥맛없는 내용으로 해석해버린다. 예언은 이처럼 긍정적이냐 부정적이냐에 따라 암호화와 해석에 다양한 방식으로 영향을 미친다. 따라서 대화를 통한 공감대를 형성하려면, 우선은 상대의 신체적 특성, 정서적 특성 등을 면밀히 살펴보면서 상대의 이야기를 해석하고, 또 오해가 안 생기도록 그에 맞추어 자신의 이야기를 암호화시켜야 한다.

아빠, 나 할말 없어!
지금 바쁘단 말야!

　어느 회사에서 신년을 맞이하여 모처럼 사장님과 현장 사원들 간의 대화시간을 마련하였다. 사장님은 맨 앞 단상에 탁자를 놓고 앉았다. 거기엔 꽃도 장식되어 있었고 생수 한 병도 놓여 있었으며 당연히 마이크도 있었다. 그리고 저 아래 밑으로는 현장 작업복을 입은 사원 60여 명이 철제 접의자에 줄맞추어 앉아 있었다. 사장이 입장하여 자리에 앉으면 이제 사회를 맡은 총무부장이 대화의 식순을 거행한다.

　"지금부터 동영세라믹주식회사 2009년도 사장님과 사원 간의 대화 시간을 갖도록 하겠습니다. 모두 자리에서 일어나 국기를 향해 서주십시오. 국기에 대한 경례! … 바로! 애국가 제창은 생략

하겠습니다. 모두 자리에 앉아주십시오."

"..."

"사원들과 대화를 하기 전에, 우선 사장님의 인사 말씀을 듣겠습니다. 사장님이 단상으로 나오실 때 새해 인사 겸 뜨거운 박수로 맞아주시기 바랍니다."

짝짝짝

사장님의 인사말이 5분간 이어졌다. 준비된 원고를 읽었기에 5분에 끝났지, 그렇지 않으면 인사만 20~30분은 걸렸을 것이다.

"이제, 그러면 사원 여러분과 대화를 갖도록 하겠는데, 우선 질문이 있는 분 계시면 손을 들어주십시오. 질문을 받아서 그것에 대한 답변 형식으로 사장님과 대화 시간을 갖도록 하겠습니다. 누구든 좋으니까 질문하시지요."

선뜻 손을 드는 사람이 없다. 속으로 모두들 그러고 있는 눈치다. "야! 빨리, 아무나 손들고 한마디해라. 다른 때는 어쩌구저쩌구 불만들이 많더구먼!" 그러면서도 아무도 손을 들지 않는다. 사회를 보던 총무부장이 다시 재촉을 하자 저쪽 뒤편 구석에 있던 한 사람이 손을 번쩍 들면서 말했다.

"제가 한 가지 질문을 드리겠습니다. 저는 생산1부 김진식이라고 합니다. 사장님, 우선 새해 인사드립니다. 새해 더욱 건강하시고, 지금 모두가 경제적으로 어려운 위기에 처해 있는데, 우리 회사에서는 그래도…"

그러면서 그는 질문도 아니고, 그렇다고 뭐 특별한 아이디어를 내는 것도 아닌 이야기를 중언부언했다. 그러자 여기저기서 수근대는 소리가 들렸다. "짜~아식, 저걸 질문이라고 하냐!" 질문이 끝나자 사장은 그 질문에 대한 답변으로 20분이나 이야기했다. 60명이 넘는 사람들이 모여 1시간 반 가량 진행된 대화에서 말을 한 사람은 사회를 본 총무부장과 사장을 포함해서 모두 5명이었다. 이러한 대화를 그 회사에서는 분기별로 해왔다.

그러면 그들은 대화를 잘한 것일까? 한마디로 그들이 한 것은 대화가 아니었다. 그것은 회의였다. 아니 회의라고 보기도 어렵다. 회의에는 그래도 주제라도 있지 않은가! 이것은 대화도, 조회도 아니고 정말 아무것도 아니다. 대화를 했다는 기록을 남기기 위한 것뿐이다.

대화란, 대체로 형식에 구애받지 않고 둘 이상의 사람이 만나 자연스럽게 이야기하는 것을 의미한다. 이를테면 가정에서 대화한다고 할 때, 그것은 식구들이 자연스럽게 모여 앉아 이야기함을 의미한다. 시간을 미리 정하거나, 주제를 미리 정해놓으면 그것은 회의에 가깝다. 어떤 아버지가 식구들에게 이따가 "우리 10시에 모여 대화를 좀 하자" 했다고 하자. 온 식구라 해봐야 엄마, 아버지, 대학 1학년에 다니는 딸, 고등학교 2학년 아들이 전부다. 집안에서는 아버지 말씀이 어떻든 법이니까 정각 10시에 네 명이 거실 소파에 나와 앉았다. 그러자 아버지가 말씀하신다.

"우리 서로들 바빠서 별로 대화를 못했는데, 오늘은 대화를 좀 할까 해서 모두 모이라고 했어. 너희들 할 얘기 많지! 당신도 그렇고, 어디, 누구부터 말할래? 소영이 너부터 말할래?"

"아빠, 나 할 말 없어. 지금 바쁘단 말야! 내일 학교 갈 준비해야 돼."

"바쁘긴 뭐가 바빠?"

"아! 당신은 바쁘다는 애에게 괜히 왜 소리를 질러요! 바쁘니까 바쁘다겠지. 당신이나 할 말 있으면 먼저 해봐요."

결국 식구들은 아버지의 긴 말씀만 듣고 모두 씁쓸한 기분으로 자기 방으로 들어갔다. 이들은 대화를 한 것이 아니다. 앞서의 회사나 이 집 — 국기에 대한 경례만 안 했지— 모두 똑같은 상황이다. 이들은 대화도, 회의도 아무것도 안했다.

대화란 시작부터 자연스럽게 이루어져야 한다. 특히 인간관계에서 진정한 공감대를 이루려면 더욱더 그렇다. 두 사람이 날짜를 정하고 시간을 정하고 장소를 정해서 만나면 두 사람의 대화는 자못 회의와 같은 성격을 띨 때가 많다. 무엇인가 합의를 보고, 결론을 내려고 한다. 그러나 가정에서의 대화는 반드시 그런 합의나 결론을 끌어내야 하는 것이 아니다. 그냥 자연스럽게 만나서 부담 없는 주제로 자연스럽게 진행되어야 한다.

모처럼 아빠와 엄마, 초등학교 5학년에 다니는 보라와 중학교 1학년 준서가 저녁 식탁에 앉았다. 엄마는 온 식구가 식탁에 둘러

앉은 모습을 바라보는 것만으로도 기분이 엄청 좋았다. 준서가 벌써 사춘기에 들어서서 엄마와 말을 잘 하지 않았는데 오늘은 아빠가 계셔서 그런지 먼저 말을 꺼낸다.

"아빠, 우리 학교에 오늘 교생 선생님 왔어!"

"그래?"

"근데, 전부 여자야."

"몇 명이 왔는데?"

"다섯 명. 그런데 애들 난리 났어."

"왜?"

"자꾸만 자기 반으로 오라구. 처음에 2교시 수업하는데, 애들이 창밖을 내다보더니, 와~ 하고 소리지르더라구… 교생 선생님들이 걸어오는 거였어! 모두 정말 이뻐."

여기서 엄마가 대화에 동참했다.

"조끄만 것들이 벌써 예쁜 여자 타령이나 하고! 하여튼 남자들은 애고 어른이고 다 똑같아. 그래 선생님이 오셨는데 예쁘고, 안 예쁘고 그딴 것만 눈에 들어오니?"

"엄마는~ 요즈음은 남자 선생님도 예뻐야 돼! 남자도 안 예쁘면, 애들이 싫어해."

대화는 이처럼 예상치도 않은, 또 뭐 그렇게 심각하게 중요하지도 않은 소재로 시작된다. 처음부터 무거운 주제를 아버지나 엄마가 작심하고 꺼내면 대화는 이루어지기 어렵다. 그러나 가벼운 대화를 시간 낭비라고 생각하는 부모들이 많다. 그런 부모는 이렇게 말하면서 대화를 끊어버린다.

"애! 시끄러. 별 시답지 않은 소리를 하고 있어!"

"그만 수다 떨고, 밥 다 먹었으면 일어나 각자 자기 방으로 들어가 공부나 해!"

이런 식으로 찬물을 끼얹으면 대화가 다시 이루어지기 어렵다. 특히 별 주제 없이 그냥 떠드는 대화를 시간 낭비라고 여기는 사람들은 부부간의 대화에서도 어려움을 많이 겪는다. 어려움이라기보다는 아예 대화가 없다. 그저 업무 처리하는 식의 대화, 그러니까 부부지간에 안하고 살 수는 없는 말만 하는 것이다.

"식사해요."

"몇 시에 들어와요? 저녁 먹고 와요?"

"와이셔츠, 엷은 회색 와이셔츠 있지? 그것 좀 줘요."

사실 이러한 식의 '가사업무용' 몇 마디를 주고받는 것을 대화라고 보기는 어렵다. 그래도 그나마라도 하고 있는 부부는 조금은 다행일지도 모른다. 아예 아주 말없이 사는 부부들도 많다. 식당에서 남녀가 말없이 밥만 먹으면 그것은 분명 부부이다. 차안에 탄 사람들도 마찬가지이다. 남자가 운전하고 있는데 그 옆에 여자가 타고 있다. 그런데 서로 아무 말 없이 다른 곳을 쳐다보면 두 사람은 분명 부부다.

한 가지 더 덧붙일 것은, 대화는 두 사람의 면대면face to face

대화만이 전부가 아니라는 점이다. 대화의 방식은 얼마든지 다양하다. 특히 요즈음처럼 정보통신 매체가 다양화되어 있을 때는 대화의 방법, 대화의 수단이 얼마든지 다를 수 있다. 이를테면, 문자 메시지를 통한 대화나 이메일을 통한 대화 같은 것은 이미 보편화되어 있다.

여하튼 대화는 꼭 얼굴을 마주 보면서 집안에서, 식탁에 둘러앉아, 소파에 둘러앉아 하는 것만으로 생각할 필요는 없다. 온 식구가 찜질방에 가서 또는 부자가 목욕탕에 가서, 뒷산에 산책을 나가서, 여행을 떠나며 차 안에서, 동네 맛집을 찾아 모처럼 주말 외식을 하면서 대화를 나누는 것이다. 대화는 때와 장소, 형태, 방법을 얼마든지 달리하여 이루어질 수 있다.

대화 가운데는 독백도 있다. 밤늦은 시간, 홀로 앉아 술 한 잔 마시면서 자기 혼자 이야기하는 사람이 있다. 자기가 자기에게 묻고, 자기를 야단치고 격려한다.

"야! 야! 인간 정영우, 정신 차려, 이 자식아!"

이렇게 자신에게 시비를 걸면서 시작하는 대화는 꼭 술을 먹어야만 하는 것은 아니다. 많은 경우에는 술 안 먹어도 혼자 '소리 내지 않고' 조용히 속으로 대화한다. 아이들은 그런 독백을 잘한다. 특히 혼자 노는 아이들이 곰인형을 갖고 혼자 떠든다. 어떤 때는 홀로 몇 사람 역을 다 한다. 이러한 대화는 창의적 사고력 개발에 매우 도움이 되는 방법이다. 그러므로 독백도 대화의 유형임을 알아야 한다. 독백을 통한 자아 반성, 독백을 통한 시뮬레이션 등은 사람들 간의 공감대 형성을 위한 진정한 대화의 전주곡일 때가 많다.

한번만 더 들으면
백 번 듣는 거야

　우리가 대화를 한다고 하면 보통 말하는 사람만의 입장을 생각할 때가 많다. 이를테면 말을 할 때는 이렇게 해야 한다, 저렇게 해야 한다 하면서, 주로 말하는 사람의 입장을 설명하고, 말하는 기술을 가르쳐주려고 한다. 그러나 대화를 하다보면 자기 이야기를 하는 것 이상으로 상대의 이야기를 열심히 들어주는 것이 중요하다는 것을 느낄 것이다. 토론에서도 결국 누가 승자가 되는가? 자기 말을 상대에게 설득력 있게 이야기하는 쪽이 처음엔 이기는 것처럼 보인다. 하지만 묵묵히 상대의 이야기를 열심히 경청한 사람이 승리를 챙기는 경우가 많다.

　일상에서 흔히 벌어지는 언쟁 ─ 부부 간의 언쟁이든, 친구 간의 언쟁이든— 에서 결국 누가 이기는가? 소리 지르며 윽박지르는 쪽, 일사천리로 퍼부어대는 사람이 이기던가? 가만히 살펴보면 상대가 다 떠들 때까지 아무 말도 않고 열심히 경청하다가 맨 나중에 "이제 다 얘기했어요? 내가 잠깐 얘기해도 될까요?" 하면서 지극히 나지막한 목소리로 몇 마디를 하는 사람이 이기게 된다.

상대의 이야기를 끝까지 열심히 경청한 경험이 당신에게는 얼마나 있는가? 누가 당신의 이야기를 끝까지 열심히 경청해주었는가? 나는 간혹 이런 생각을 한다. 하나님 말고 — 왜냐하면 하나님은 정말로 그 누구의 이야기든 때와 장소의 구별 없이 모든 사람의 이야기를 적극적으로 경청해 주시니까— 누가 이 땅에서 당신의 이야기를 경청해주고 있는가? 당신은 그런 사람을 몇 명이나 가졌는가? 단한 명만이라도, 그 무엇을 이야기하든 진정으로 당신의 이야기를 들어주는 사람이 있다면 분명 행복한 사람이다. 그가 남편이 되었건, 아내가 되었건, 자식, 친구, 애인, 목사, 승려, 선배, 후배, 선생님 그 누가 되었건 그런 사람이 한 명만 있어도 참으로 행복한 사람이다.

나는 그동안 30년 넘게 학교에서 학생들을 가르쳐왔다. 그러다보니 자연스럽게, 때로는 내가 스스로 원해서 그리고 많은 경우에는 학생들이 요구해서 상담을 해줄 때가 많다. 여기서 내가 몸으로 깨달은 것은 상담이라는 것은 우선 열심히 듣는 데서 출발해야만 한다는 믿음이다.

"그래, 그 동안 잘 지냈니?"

"네. 교수님도 그동안 평안하셨습니까? 근데 조금 야위신 것 같네요."

나의 지도로 석사과정을 졸업하고 어느 연구원에 다니는 여학생 제자가 느닷없이 연구실로 찾아왔다.

"너도 많이 달라 보인다. 헤어스타일이 바뀐 것 같은데."

"어떻게 금방 아셨어요? 저 보신 지 오래 되셨잖아요! 제가 자주 찾아뵈어야 하는데… 죄송해요."

제자는 분명 무슨 용건이 있어서 왔다. 그렇지 않고서는 연구원 일이 바쁠 터인데 주중에 올 리가 없다. 그러나 제자는 정말 죄송해서 그런지 불쑥 이야기를 못 꺼낸다. 한참 이런저런 얘기를 하다가 내가 따라준 커피 한 모금을 마시곤 결심한 듯 이야기를 시작한다.

"저, 선생님께서 추천해주시고, 애써주셔서 연구원에 들어갔잖아요… 그런데 벌써 2년이 지났어요."

제자는 담담하게 지난 2년 동안 그곳에서 무슨 일을 했는지를 이야기했다. 정말로 나는 열심히 그 제자 이야기를 들어주었다. 집에서 딸을 키워보지는 않았지만 학교에서 수많은 여학생들을 가르치다 보니, 이 나이쯤의 딸 같은 여자 제자들이 무슨 고민을 어떻게 하고, 또 내가 무엇을 해주어야 할지 대충 눈에 다 보인다. 여학생 제자는 자기가 겪은 심리적 갈등, 진로에 대한 갈등,

결혼 문제 등 많은 것을 이야기했다. 내가 열심히 듣고 있노라니 그는 갈등의 원인도 매우 분석적으로 자기 스스로 다 이야기했고 또 그것이 앞으로 어떻게 진전될 수도 있다는 미래 예측도 다 했고, 그래서 자기는 앞으로 어떻게 해나가야 할지를 자기 스스로 다 이야기했다.

어떤 이야기는 처음부터 그렇게 말할 생각이 없었는데 내게 이야기하다 보니 저절로 기가 막히게 좋은 생각이 난 듯싶었다. 그러니까, 스스로 문제를 다 해결한 것이다. 나는 그 제자에게 별 이야기를 한 것도 아닌데 제자는 연신 내게 감사를 표했다. 선생님께 말씀드리니까 속이 후련해졌고, 자신이 생겼다고 한다. 제자는 들어올 때보다 훨씬 밝은 모습으로, 다음에 선생님과 꼭 점심이든 저녁이든 하고 싶다고, 연락 다시 드리겠다며 연구실을 나갔다.

적극적인 경청은 두 사람 간의 공감대 형성에서, 특히 상대의 문제나 갈등을 해결하는 데 아주 좋은 방법이다. 그렇기에 나는 나이 먹은 자식이 늙은 부모님의 이야기를 열심히 들어주는 것이 효도의 한 가지 방법이라고 생각한다. 무료함이 오히려 스트레스가 되고, 나이 먹을수록 세상으로부터 왕따당하고 있다는 고독감에 젖어 있고, 또 얼마 남지 않은 앞날을 내다볼 때 우울함만이 깃들어 있는 노인에게 정작 필요한 것은 무엇일까? 그들의 이야기를 열심히 들어주는 상대가 필요한 것이다. 겪어본 사람은 금방 이해되겠지만 나이를 먹어갈수록 사람은 자신의 옛날이야기를 하고 싶어 한다. 그래서 어르신들의 이야기를 열심히 들어주다 보면 많은 경우에는 그 전에 이미 했던 이야기임을 알 수 있다. 그러나 처음 듣는 것처럼 재미있어 하며, 신기해 하며, 감동하며, 찬탄을 표하면서 열심히 들어주면 노인은 힘을 다시 얻게 되고, 쌓였던 스트레스를 풀게 되는 것이다.

이런 현상은 비단 부모와 자식 간의 대화에서만 그런 것은 아니다. 친구 간에도 선후배 간에도 얼마든지 있다. 나는 평생을 돌이켜보면, 대체로 나보다 나이를 훨씬 더 먹은 사람들과 늘 일을 함께 했고 또 가깝게 지내왔다. 지금도 나는 젊은이들보다는 나보다 훨씬 연세가 많은 70~80대 노인들과 만나는 경우가 많다. 그런데 그때 내가 확신하는 것은, 그들이 나를 좋아하는 이유는 내가 그들의 이야기를 정말로 열심히 들어주기 때문이다.

들어주는 대화에서 중요한 것은, 상대가 신이 나서 열심히 이야기하도록 이끌어주는 것이다. 이를테면, 그가 어떤 공직에 있다면 정책과 관련된 질문을 하면 신이 나서 이야기한다. 건축 전문가라면 건축에 대해 물으면 신이 나서 이야기한다. 그것은 그만큼 자기가 좋아하고, 관심 있고, 전문적인 식견과 경험을 갖춘 분야이기 때문이다. 공감대를 돈독하게 하고, 상호이해, 상호공존의 영역을 넓혀 나가기 위해서는 이렇듯 상대가 이야기하고 싶어 하는 것을 말할 기회를 만들어주어야 한다.

또 열심히 듣고자 마음을 먹었다면 옛날에 이미 들었던 이야기라 하더라도 처음 듣는 것처럼 해야 한다. "그 얘긴 저번에도 하셨잖아요!" "한번만 더 들으면 백 번 듣는 거야"라고 하면서 이야기를 끊어서는 절대로 안 된다. 정히 계속 듣기가 힘들면, 지혜롭게 대화의 주제를 다른 곳으로 돌려야 한다. 친구들 간에도 대화를 하다 보면 그런 일이 자주 있고 부부모임에서도 그런 일이 비일비재하다. 상대가 좌중을 재미있게 해주려고 조크나 일화를 꺼내면 첫 마디를 듣고는 초를 치는 사람이 있다.

"아! 그 얘기, 나도 알아."

"저번에 신문에 났던 얘기 아냐."

그러면 말하려는 사람은 금방 말도 막히지만 모든 생각이 멈추어버린다. 특히 부부모임에서 그런 얘기를 어떤 남편이 할 때 옆에 앉아 있던 부인이 금방 초를 친다.

"당신, 그 얘기하려고 그러지! 그 얘기는 처음에 그렇게 하면 안 돼. 이 얘기부터 해야 돼."

이처럼 지혜가 부족한 아내는 거의 없을 듯싶지만 의외로 그런 남편, 그런 아내가 꽤나 있다. 모두가 '듣는 훈련'이 안 된 사람들이다. 대화의 기본 예의를 모르는 사람들이다. 내가 이미 알고 있는 이야기라 해도 모르는 것처럼 상대의 이야기를 열심히 끝까지 들어주는 것이 대화의 예의다. 상대의 이야기를 열심히 들어주려면, 가끔씩 고개도 끄덕이고, 이야기 흐름을 요약도 하면서 다시금 확인도 하는 성의가 필요하다.

"그러니까, 그때 자네가 사표를 낼까 고민했었다는 얘기로군."

"아! 그래요, 그랬었구나! 속으로 얼마나 힘들었겠어."

적절한 순간에 적절한 감정이입empathy은 적극적인 경청에서 매우 중요한 행동요소가 된다. 끝으로 ―웃자고 하는 얘기지만― 대화에서 잘못 개입해 오히려 일을 그르치는 사례를 소개한다.

남편이 옆자리에 부인을 태우고 운전을 하다가 경찰의 제지를 받고 섰다. 창문을 열고 남편은 따졌다. "왜 잘 가는 사람을 쓸데없이 세우는 거요? 내가 뭘 위반했냐고?" 그러자 경찰은 "운전자께서는 지금 안전벨트를 착용하지 않으셨습니다"라고 위반 사실을 적시하자, 남편은 더 큰소리로 경찰을 야단친다. "겨우 그런 걸 갖고 그래? 민중의 지팡이면 지팡이답게, 강도나 잡으러 다녀야지, 여기 서서 겨우 안전벨트 안 맨 사람이나 잡고 그래." 기분이 언짢아진 경찰이 옆자리에 타고 있는 부인에게 "보아하니, 부인 같으신데, 이 분은 늘 경찰에게 반말로 소리를 지르세요?"라고 물었다. 그러자 부인이 말하기를 "아녜요, 이 양반은 평소에는 아주 점잖아요. 그런데 꼭 술만 먹으면 이래요!" 음주운전까지 걸려든 것이다. 묻는 말에만 대답했으면 좋았을 텐데 지나치게 끼어들어 문제를 더 심각하게 만들고 말았다.

여보, 식사하세요!
애들아 밥 먹어라

흔히 요리책에 보면 어떤 재료를 어떻게 손질해서, 어떻게 요리한 다음, 상에 낼 때는 어떻게 올려야 하는지에 대한 상세한 설명이 제시되어 있다. 그리고 그 옆에는 완성되었을 때의 음식 모습이 매우 먹음직스럽게 사진으로 실려 있다. 또 요리 과정에는 번호가 붙어 있어 그 순서대로 잘 따라할 것을 요구한다. 이를 테면 굴부추튀김을 만들려면, 다음과 같이 하라고 적혀 있다.

① 물에 소금을 조금 넣어 잘 저은 다음, 굴을 넣어 살살 흔들어 체로 건진다.
② 팔팔 끓는 물에 씻은 굴을 넣어 살짝 데친다. 굴이 물 위로

떠오르면 구멍 국자로 한꺼번에 건진다.

③ 달걀 흰자를 잘 풀어, 밀가루와 녹말가루를 반씩 섞는다.

…

⑧ 소스에 버무린 굴튀김 위에 볶은 부추를 얹어낸다.

이렇게 하면 사진처럼 맛있는 굴부추튀김이 만들어진다. 요리 재료도 비교적 간단하고 또 요리 절차도 그다지 복잡하지 않다. 엄마는 오늘 저녁에 이것을 만들어 식구들에게 내놓기로 했다. 요리책에 제시된 대로 재료를 잘 손질했고, 시키는 대로 ⑧번까지 끝냈다. 이제 드디어 음식이 완성된 것이다. 그런데 이게 웬일인가? 우선 모양새가 요리책에 나와 있는 것과 너무 다르다. 모양은 그렇다 쳐도 왜 맛은 또 이런가? 무엇 때문에 이렇게 된 것일까? 요리책이 잘못된 것은 결코 아니다. 근본적인 문제는 요리를 하는 과정에 만드는 사람의 마음이 실려 있지 않았던 것이다. 음식을 기술로만 만들려고 했던 것이다. 요리는 일종의 창작적 예술이다. 그리고 그 창작적 예술에는 반드시 사람의 혼이 실려야만 작품이 된다.

옛날 우리 어머니들은 요리책이 없었어도 맛있는 음식을 잘 만들어내셨다. 요즈음은 요리도 아주 과학적으로 되어 있어서 "소금은 물 100cc에, 1작은술" 하는 식으로 매우 정교하게 적혀 있지만 옛날엔 그렇지 않았다. 어머니들은 적당한 양의 물에 적당히 소금으로 간을 맞추었다. 그때 '적당한 양'은 어느 정도일까? 어머니들은 그저 눈대중으로 한 움큼 집어넣어도 훌륭한 음식을 만들었다. 물론 오랜 경험으로 그 양을 기가 막히게 잘 맞추기도 했지만 정말 어머니들은 사랑으로, 모든 정신과 마음을 음식에 담으셨던 것이다.

나는 사람의 대화도 그래야 한다고 믿는다. 말이란 것이 그냥 입으로 나온다고 해서 상대에게 들리는 것이 아니다. 그저 생각 없이 기능적으로 말을 하면 상대의 귀에 내 말이 기능적으로 전해지기야 하지만 그 사람의 가슴 속에 들어가 느껴지도록 하는 데는 부족하다. 즉, 말에 마음이 실리지 않으면 말은 힘을 잃게 된다. 그러나 말에 진심이 실리면 비록 자그마한 소리일지라도 사람의 가슴 속 깊이 들어가게 되는 것이다.

나는 교사가 학생을 가르칠 때에도 그러한 식으로, 즉 온몸 온 마음으로 학생들에게 말해야 함을 강조해왔다. 결코 학생을 입으로만 가르쳐서는 안 되는 것이다. 우리는 흔히 전인교육을 이야기한다. 전인이란 무엇인가? 지적으로, 정서적으로, 신체적으로, 사회적으로, 도덕적으로 등 그야말로 모든 것을 골고루 갖춘 사람을 만들려고 하는 것 아니겠는가! 그러기 위해서는 선생님이 먼저 전인이 되려고 노력해야 하며, 그보다 앞서 이루어져야 하는 것은 선생님이 전인적으로, 즉 지智·정正·의義가 용해된 온몸, 온마음으로 학생을 가르쳐야 된다.

나는 그래서 출석을 부를 때도 학생들의 이름을 그저 기계적으로 부르지 않는다. 이름을 부르면서 그 학생이 어디에 앉았는가를 꼭 확인한 다음 얼굴을 쳐다보고, 인사를 한마디 건넨다. 단 2~3초의 짧은 순간이지만 그 순간만큼은 내가 그 학생을 온몸, 온마음으로 부르며 다가가는 시간이다.

대화가 바로 그렇다. 부모가 자녀와 대화할 때도 그저 기능적으로 메시지를 전달한다는 목적만을 성취하기 위한 대화를 해서는 안 된다. 짧은 대화라 하더라도, 어떤 때는 단 한마디일지라도 부모의 마음을 실으면 아이의 반응은 크게 달라진다. 저녁 식탁을 준비해놓은 엄마가 거실에서 텔레비전으로 프로야구 시합을 보고 있는 남편과 아이들을 향해 식사하라고 소리친다.

"여보! 식사하세요! 애들아 밥 먹어."

텔레비전 소리가 너무 큰 바람에 부엌에서 외치는 소리가 이들에게 들릴 리 없었다. 그러자 엄마는 더 큰 목소리로 다시 한 번 소리친다.

"아이~ 참, 식사하시라니깐요. 너희들 밥 먹으란 소리 안 들려! 빨리 와 밥 먹어."

그러나 만루니까 타자가 안타 한 방만 쳐도 역전될 수 있는 흥미진진한 상황이다. 남편과 아이들은 엉거주춤 일어나긴 했지만 텔레비전 앞을 못 떠나고 있다. 그러자 이번에는 부엌에서 신경질적인 소리가 들려왔다.

"텔레비전을 없애든지 해야지… 밥 먹기 싫으면 관둬!"

물론 아빠와 아이들은 식탁으로 가 밥을 먹긴 했지만 엄마의 마음은 상에서 저만치 달아나버렸다. 그러나 이때 엄마가 한번쯤 이런 생각을 해봤으면 좋으리라. 즉, 그냥 밥 먹으라고 소리치는 것이 아니다. 업무 처리하듯이, 마지못해 하는 일상의 일이 아니라 사랑하는 식구들의 건강을 책임지는 사람으로서의 자세로 말을 하는 것이다. 그러면 밥 먹으라는 말투가 달라진다. 이를테면, 남편과 아이들에게 소리치기 이전에 마음을 모으는 것이다. "우리 남편이 이 밥을 맛있게 먹고 건강하기를 바라며, 아이들도 정말 건강하고 씩씩하게 커주기를 바랍니다"라는 소망을 가슴에 품고 마음을 다해 온몸으로 이야기한다.

"여보~! 식사하세요! 애들아 밥 먹어라."

그랬다면 남편도 아이들도 달리 행동했을 것이다.

요즈음 회사마다 모두 어렵다고 한다. 회사에 출근한 사장은 모든 사원들에게 자신 있는 모습을 보여야 한다. '어렵다', '힘들다', '걱정이다'와 같은 말보다는 "자! 이럴 때일수록 힘냅시다. 잘 될 거야" 하면서 씩씩하게 말을 건네면 그것을 바라보는 사원들의 표정은 한결 밝아진다. 만약 그렇지 않고 출근하자마자 신문을 집어 들어 이리저리 신경질적으로 뒤적이면서 "하여튼, 금년 상반기까지만 지켜보자. 그러다 정 안되면 모두 때려치든지!" 라고 말하면 어떻게 될까? 그런 사장의 모습을 옆에서 지켜보는 사원들은 어떻게 느낄까? "더욱더 열심히 일하자"고 다짐할까, 아니면 "회사 문 닫을지도 모르니 어서 빨리 다른 회사 알아봐야겠어"라고 생각할까?

어린아이들도 엄마의 표정만 보아도 엄마가 지금 화가 나 있는지 기분이 좋은지 대뜸 안다. 엄마의 눈빛만 보아도 아이는 엄마가 그것을 자기에게 허락하는 것인지, 금지하는 것인지를 이내 안다. 그래서 아이는 항상 엄마의 기분을 살핀다. 엄마가 힘이 있고 열정이 있으면 아이도 힘을 얻고 강한 의지를 자기 스스로 만들어낸다. 그렇기에 엄마가 온마음으로, 온몸으로 아이에게 이야기하면 아이는 그것이 진정한 사랑임을 깨닫는다. 그리고 몹시 즐거워한다. 이는 어른에게도 마찬가지다. 힘을 넣은 대화, 자신에 찬 대화, 열정이 차고 넘치는 대화, 그렇게 마음을 넣은 온몸으로의 대화가 정녕 공감대를 돈독하게 만드는 원동력이 된다.

그럼 굶기냐!

남편이 출장을 다녀왔다. 3박4일 동안 회사 연수원에서 직무연수가 있어 출장을 다녀온 것이다. 남편이 돌아온 날, 아내는 남편을 위해 정성을 들여 저녁 식탁을 준비했다. 그리곤 함께 식사하면서 3박4일 동안의 연수가 어땠는지 자못 궁금해하면서 남편에게 이것저것 묻는다.

"여보, 연수원 교육은 어땠어요?"

"뭘 어때? 그냥 그랬지."

"아니, 재미있었냐구?"

"…"

"지루했어? 그냥 3박4일 동안 내내 교육만 받았어?"

"…"

"잠자리는 편했수? 한 방에서 서너 명씩 잤어?"

"…"

"오고 갈 때, 버스 대절해서 타고 간 거야?"

"…"

남편은 계속되는 아내의 질문에 이렇다저렇다 아무런 응답이 없다. 그저 밥만 먹고 있다. 입맛이 없어서 그런지, 아니면 피곤해서 그런지 젓가락으로 이것저것 뒤적거리기만 할 뿐 묵묵부답이다. 그러자 아내는 다시금 말을 잇는다.

"아니! 왜 밥맛이 없어요? 그거, 쑥갓무침인데, 당신 그거 좋아하잖아. 내 딴엔 그래도 당신 좋아하는 것 만들었는데… 왜 맛이 없어요?"

"…"

"연수원에서는 식사가 어떠했수? 잘 나옵디까?"

"…"

"그래, 식사 세 끼 모두 잘 먹읍디까?"

그러자 이제는 더 이상 못 참겠다는 듯이 남편이 큰소리로 한마디한다.

"그럼 굶기냐!"

너무도 큰소리로 말하는 바람에 아내가 소스라쳐 놀랐다.

"아니, 근데 왜 소린 질러요? 말하기 싫으면 싫다고 하지! 그냥 궁금해서 물어본 것인데."

흔히들 이런 상황에서 오해하기를 우리 부부는 대화가 되질 않는다고 단정해버리는 것이다. 그리곤 두 사람은 더 이상 아무 말 없이 식탁에서 일어나 각기 제 갈 길로 가버린다. 남편은 소파에 앉아 텔레비전 리모컨을 들고는 채널을 이곳저곳으로 돌린다. 아내는 식탁을 치운다. 깨지지 않을 정도로 싱크대에 빈 그릇들을 던지면서 기분 언짢음을 나타낸다. 하지만 왕왕거리는 텔레비전 소리에 남편이 아내가 만들어내는 그릇 부딪는 소리를 들을 리 없다. 더욱이나 아내가 혼자서 중얼거리는 소리를 남편은 듣지 못한다.

"체~! 뭐 저만 피곤한가? 출장 갔다 왔으면 갔다 왔지! 뭐 그리 대단한 일을 하고 왔다고, 소리는 지르고 난리야! 내가 3박4일 동안 뭐하고, 어떻게 지냈는지, 애들은 어떠했는지 좀, 뭐 그런 거 내게 물어봐주고 그러면 안 되나! 하여튼 내가 말을 말아야지. 이제는 내가 뭘 다시 물어보면 박점숙이가 아니다."

그러면서 아내는 후다닥 설거지를 끝내고는 텔레비전을 보고 있는 남편 옆을 쓱 지나 방안으로 들어가 화장대 앞에 앉는다. 그리곤 클렌징크림을 꺼내 얼굴에 문지르기 시작하면서 거울 속의 자신을 들여다본다. 그러면서 결론을 내린다. "하여튼 우리 부부는 대화가 안 돼! 남들은 오순도순 얘기도 잘하고 산다는데."

그러면 이 부부는 정말 대화가 안 되는 것일까? 대화를 하다보면 대부분의 많은 남자들이 그렇듯이 말 한마디에 10가지, 100 가지 뜻을 담아 얘기하는 경우가 많다. 표현력이 부족해서 그런 경우도 있겠지만 성격적으로 곰살맞게 굴지 못하거나 자상하지 못해서 그런 사람도 많다. 앞서의 경우처럼 남편이 던진 두 마디의 말.

"그럼 굶기냐!"

"뭘 어때? 그냥 그랬지."

이 두 마디의 말 속에 남편은 여러 가지 생각, 느낌, 내용을 담은 것이다. 이를테면, 회사 교육이 늘 그렇듯이 지루하고 짜증났고, 매일 듣는 소리를 또 들어야 했다. "짜식들, 그런 것 의견이라고 내놓고 떠드는 꼬락서니란, 그 친구는 하여간 잘난 척을 꽤 하고 나대기는, 그 놈은 어찌나 코를 고는지, 그리고 술 먹었으면 그냥 자지, 왜 멀쩡한 사람 붙들고 시비를 거는지… 이왕 버스 대절하려면 좀 좋은 버스를 대절하지… 좁아터져서 옴짝달싹을 할 수 없게 만들고, 김 상무는 늦게 왔으면 대충 얘기하고 끝내지, 뭐 그렇게 밤늦게까지 알맹이도 없는 얘기를 갖고 떠드는지… 하여튼 연수원 교육 안갈 수 없어 다녀는 왔다만, 그래갖고는 도전의식은 커녕 좌절 느낌만 키운다" 등등 이런 모든 것을 그 두 마디 말 속에 포함시켜 토로한 것이다. 하지만 그런 함축된 뜻을 아내가 이해할 리가 없다.

이렇듯 대화에서 말 한마디에 여러 가지 뜻을 포함시키는 대화를 추상적 대화라고 하면, 그 반대의 대화도 있다. 즉, 한가지 뜻을 여러 마디로 표현하는 대화의 경우이다. 이를 추상적 대화와 대비시켜 구체적 대화라고 할 수 있다. 이를테면 다음과 같은 경우이다.

모처럼 여고 동창생들이 버스를 대절해서 내장산 단풍놀이를 다녀온 아내에게 저녁 식탁에서 남편이 물었다.

"그래! 단풍놀이 재미있었어?"

"음, 근데! 여보, 당신이 나 아침에 우리가 모여서 떠나기로 한 세종문화회관 앞에 데려다준 게 아침 일곱시였잖우! 당신이 나 내려준 다음에 보니까, 내가 2등으로 왔어! 나보다 한 여편네가 먼저 왔지. 딱 7시에 갔잖아. 일곱 시까지 모이기로 했으면 일곱시에 모두 와야지! 늦는다쳐도 일곱 시 십분까지는 와야 되는 거 아뉴? 모두 스물일곱 명이 가기로 되어 있었는데… 일곱 시 사십분이나 되어서, 그것도 겨우 스물한 명이 모였어. 나머지 여섯 명은 못 간대나, 그것도 못 가면 미리 연락이라도 해야지, 그냥 마냥 기다리게 해놓고, 그래서 총무가 핸드폰 쳤더니, 뭐 몸이 아프대나… 어떻대나. 하여튼 시간들 안 지키는 데는… 근데 참 여보, 왜 우리 친구 중에 남편이 삼성 부장으로 잘 나가는 미경이라고 있잖우?"

이때쯤 남편이 밥숟가락을 잠시 멈추고 아무 말 없이 아내를 한 번 쳐다본다. 너무 설명이 긴 것 아닌가 하는 뜻에서 쳐다보았지

만 아내는 자기 이야기에 남편이 재미있어 하는 것으로 착각하고
는 계속 말을 잇는다.

"근데, 그 집 딸 결혼한댑디다! 걔가 왜 엄청 똑똑해서 외무고
시 합격했잖수! 신랑은 무슨 대학이라더라? 하여튼 대학교수래!
뭐 벌써 교수겠어, 강사나 되겠지… 근데, 우리 정식이 결혼식 때
그 집에선 아무도 안 왔었지! 나중에 축의금이라고 우편으로 보
내와서 당신 기분 언짢아했잖아, 여보! 우리도 그냥 축의금만 보
낼까? … 그래도 그러면 안 되겠지… 그쪽에서 그랬다고 해서 나
도 그러면 안 되지."

단풍놀이가 재미있었느냐고 물었지만 단풍놀이가 어떠했는지
에 대해서는 아직도 대답이 없다. 지금의 이야기 진행 과정으로
보아서는 아마 한 시간쯤 기다려야 답이 나올 성싶다. 그러자 그
사이에 밥을 다 먹어버린 남편은 한마디 내뱉고는 식탁에서 일어
선다.

"알았어! 됐어. 그만 얘기해."

아직도 할 얘기가 많이 남아 있는 아내는 다소 무안해진 얼굴로
남편에게 묻는다.

"왜, 내 얘기가 재미없어? 좀 앉아서 들어주면 뭐 큰일 나나?"

"아! 됐다니깐."

남편은 일어서서 소파로 가버리고 버림받은(?) 아내는 잠시 식
탁에 멍하니 앉았다간 일어서서 그릇을 싱크대로 나르기 시작한

다. 혼자 중얼거리면서 그릇을 싱크대에 안 깨질 정도로 내동댕이치면서 불만을 토로한다. 그리곤 우리 부부는 대화가 안 된다고 결론을 내린다.

이 부부의 대화는 앞선 경우와 정반대의 상황이다. 앞에서 예시한 경우에는 남편이 너무 추상적 대화를 해서 문제였고, 뒤에서 예시한 경우에는 아내가 너무 구체적 대화를 해서 문제였다. 그러나 사실은 어느 한쪽이 그런 식으로 대화를 했다고 해서 문제가 되는 것은 아니다. 이런 대화에서 문제는 상대의 대화에 대응하는 자세가 부족하고, 대화의 방식을 이해하지 못한 데 문제가 있는 것이다. 획일적으로, 단정적으로 또는 반드시 모두가 그렇다고 말하기는 어렵지만, 대체로 보아서 남자들은 추상적 대화를 많이 하는 편이고, 여자는 구체적인 대화를 많이 한다.

오래간만에 남자 둘이 모처럼 만나면 대화는 자못 추상적이다.

"그래, 그동안 잘 지냈냐?"

"뭐, 그저 그렇지."

"어부인께서는 잘 계시고?"

"잘 지내지."

이런 몇 마디에 지난 세월의 삶을 모두 함축시켜 표현한다. 몇 마디에 불과하지만 친구는 그동안 어떻게 지냈는지 이해한다. 결국 두 남자의 대화는 짧게 끝나고 또 만남의 시간도 짧다. 그러나 여자 친구 둘이 만나면 그렇지 않다. 오랜만에 만났든 아니면 불과 이틀 전에 만났든 그녀들의 대화는 자못 구체적이다.

"어머! 너 민정이 아냐?"

"그래, 야, 너 경연이, 오랜만이구나!"

"호호, 근데 너 지금 어디 가는 거야?"

"우리 아이 학원 데려다주고 지금 수영장에 가는 길야."

"너 수영하는구나. 어디서 하는데?"

"저기 왜, 예술의 전당 맞은편에 스포츠센터 있잖아, 거기."

"거기 좋니?"

"음, 시설 괜찮아. 그리고 거기 가면 여러 가지 할 수 있고, 주차장도 괜찮고."

대화는 이런 식으로 시시콜콜 매우 구체적으로 진행된다. 길에서 이야기하다가 "우리, 이럴 게 아니라 어디 들어가서 차 한 잔 하면서 이야기하자" 하고는 들어가 앉아 한 시간이고 두 시간이고 이야기 보따리를 풀어놓는다. 물론 수영장 가는 것까지 잊어버리고 말이다.

이러한 추상적, 구체적 대화는 부모와 자녀의 대화에서도 여러 모양으로 나타난다. 우선 지위 개념으로 보아 윗사람으로서 부모가 자녀에게 이야기를 할 때는 추상적으로 말하고, 아랫사람인 자녀가 부모에게 이야기를 할 때는 구체적이다. 또한 지위개념이 아닌 그냥 부모로서 자녀와 대화할 때는 대체로 아버지는 자녀에게 추상적으로 이야기하고, 어머니는 구체적으로 이야기한다. 자녀가 부모에게 이야기를 할 때는 남자아이는 추상적으로 이야기하지만 여자아이는 비교적 구체적으로 이야기한다.

학교에서 늦은 시간까지 야간자율학습을 하고 학원까지 들려 매우 지친 모습으로 자정이 다 되어서야 돌아온 고등학교 2학년 딸아이에게 엄마가 말을 건넨다.

"저녁은 먹었어?"

"응."

"어디서 먹었어?"

"학교 앞에 식당에서."

"그럼 거기 분식점에서 또 라면 먹었니?"

"아, 응."

"그러면 배고프겠다. 엄마가 카레 해놨는데, 그것 좀 더 먹을래? 아주 맛있는데."

"아냐, 괜찮아."

"라면은 끓인 라면 먹었니? 컵라면 먹었니?"

"끓인 라면 먹었어."

"거기 코너에 있는 그 분식점에서 먹었니?"

"응."

"그래, 그 집이 좀 낫더라. 그쪽 있지 왜, 세탁소 옆에 있는 분식점, 그 집은 틀렸더라. 애들한테 서비스도 잘 안 해주고… 과일이라도 줄까?"

"아냐, 나 지금 아무것도 먹기 싫어."

"그래, 알았어. 그럼 우선 씻고, 더 공부하다가 자든지, 아니면 오늘은 너무 피곤하니까 그냥 일찍 자든지, 엄마가 과일 깎아서 비닐랩에 씌어 냉장고에 넣어 놓을께. 나중에 네가 먹고 싶을 때 꺼내 먹어… 참, 네 잠옷은 오늘 빨았는데, 좀 덜 말랐거든. 오늘 저녁은 그냥 아무 거나 입고 자렴. 그리고 잠 자려면 불 끄고 제대로 누워서 자. 책상에 엎드린 채 자지 말고."

엄마의 자상함은 한이 없다. 그러고 보니 엄마의 딸에 대한 대화는 그지없이 구체적이다. 그러한 구체적인 대화는 곧 딸아이에 대한 엄마의 사랑과 관심의 표현이기도 하다. 이때 밖에서 두런 두런 떠드는 소리에 아버지가 잠이 깨 밖으로 나왔다. 아버지는 모녀간에 무슨 얘기가 오고갔는지 모르지만 이렇게 추상적으로 한마디한다.

"미연이, 너 피곤하겠다. 다 젊은 날 그렇게 고생하는 거야! 일찍 자라."

이 한마디에 아버지의 딸에 대한 관심과 사랑이 모두 농축되어 들어가 있다. 딸아이도 그런 아버지의 마음을 충분히 이해한다. 이러한 경우 부모와 딸의 대화는 매우 환상적으로 이루어진 것이다. 왜냐하면 대화는 부모 두 사람 중 한쪽이 추상적이면, 다른 한쪽은 구체적이어야 한다. 부모 두 사람 모두 자녀에게 너무도 구체적이면 아이는 지친다. 부모의 이야기를 "잔소리가 많다"라고 생각하기 십상이다. 엄마가 이미 아이에게 저녁은 어디에서 무엇을 어떻게 먹었는지, 아주 구체적으로 묻고 듣고 하였는데 아버지마저 똑같은 내용을 반복해서 이야기하면 가뜩이나 피곤해 있는 아이는 신경질적인 반응을 보인다.

그러나 그토록 피곤해서 지친 아이에게 엄마도, 아버지도 모두 추상적으로 그저 한마디씩만 하면 아이는 오해하기 십상이다. "부모 모두 내게 관심이 없구나. 그저 마지못해 내게 한마디씩 하잖아. 나는 이 집에 주워온 자식이야" 하는 식으로 서럽고, 외롭다고 생각할 수도 있다.

추상적 대화와 구체적 대화의 균형 있는 조화는 부부간의 대화에서, 특히 부모와 자녀 간의 대화에서 잘 이루어져야 한다. 꼭 역할을 고정시킬 필요는 없다. 이를테면 아버지는 언제나 추상적으로, 또 어머니는 언제나 구체적으로 아이들과 대화를 해야만 되는 것은 아니다. 마찬가지로 남편은 꼭 추상적으로, 아내는 구체적으로 서로에게 이야기해야만 하는 것도 아니고, 또 남자는 어떻고, 여자는 어떻다는 식으로 인습적으로 타성화시키는 것도 바람직하지 못하다. 사람은 누구든지 양쪽 방식의 대화기술을 다 갖추는 것이 좋다. 왼손잡이나 오른손잡이보다는 양손잡이가 훨씬 좋은 것처럼 말이다.

여길 봐!
나를 주목하란 말이야!

　학교에서 수업을 할 때 선생님들이 제일 힘들어하는 것 중의 하나는 어떻게 하면 학생들의 주의를 집중시킬 수 있을까 하는 문제이다. 주의가 산만한 학생들도 많고, 게다가 선생님이 가르치는 내용이 재미없고, 또 그것을 지루하게 가르치다 보면 아이들은 한두 명씩 책상 위에 얼굴을 갖다 대고 잠에 빠진다.

　더욱이 사교육에 공교육이 밀리는 상황이다 보니, 학생들은 오히려 학원에서 공부할 요량으로 학교에 가서는 잠만 자는 일이 늘었다고 한다. 어떤 학교에서는 좌석 자율선택제를 실시했는데, 공부 잘하는 학생들이 앞에 앉을 줄 알았더니 그게 아니더라는 것이다. 공부 잘하는 학생들은 뒷자리를 선호한다는 것이다. 왜냐하면 앞에 앉으면 선생님 떠드는(?) 소리가 하도 귀찮아서 잠을 깨우고, 또는 학원 숙제를 해야만 하기 때문이라는 것이다. 참으로 기가 막힌 일이 아닐 수 없다. 어쩌다 이 지경에까지 이르게 되었는지 모르겠다.

이런 이유들이 아니더라도 보통의 학생들은 수업시간에 선생님께 주의 집중을 하지 않는 편이다. 그러면 선생님은 백묵으로 흑판을 딱딱 치면서 여길 보라고, 이쪽을, 나를 주목하라고 야단친다. 요즈음엔 백묵 대신 매직펜을 들고 흑판이 아니라 화이트보드를 두들기지만 어떻든 학생들에게 주의 집중을 호소하는 방식은 예나 지금이나 변함이 없다. 때로는 주의집중을 하지 않고 떠들거나 조는 학생을 향해 백묵을 던지기도 한다.

교회에서도 설교를 듣다보면 주의를 집중하지 못하는 성도들이 이따금 보인다. 졸음과 싸우느라 곤욕을 치르는 성도도 있다. 어떤 목사님은 야단을 치신다. 졸고 있으면 무슨 은혜가 되겠느냐고. 그렇지만 누가 그들을 졸게 만들었는가? 그것도 하나님의 뜻인가? 목사님들이 한번쯤 생각해보실 문제다.

그런데 여기 한 가지 재미난 사실이 있다. 수업의 과정에서 모든 학생들은 두 번은 꼭 주의집중을 한다. 예배드릴 때도 그러한 현상은 마찬가지이다. 즉, 처음에 ─ 그러니까 처음의 5분 정도─ 는 주의집중을 열심히 한다. 그러다가 학생들은 서서히 옆길로 빠진다. 아주 깊은 잠에 빠지는 학생도 있고, 얕은 잠에 빠졌다가 깨어났다가 또다시 고개를 떨어트리며 잠에 빠지는 학생도 있다. 교회에서도 설교가 시작된 5분 정도는 아주 경건한 자세로 목사님 말씀에, 곧 하나님 말씀에 귀를 기울인다. 그러다가 고개가 서서히 수그러들기 시작한다. 순간 고개가 앞으로 뚝 떨어지면, 다시금 곧추 세운다.

교회에서는 고개가 뚝 떨어졌다, 다시 일으켜 세우다 하지만 학교에서는 아예 버젓이 엎드려 자는 학생들도 많다. 그러나 모든 학생이나 성도들은 수업이 끝날 때가 되면, 또 목사님 말씀이 끝날 때가 되면 모두 깨어나 주의를 집중한다. 누가 깨우지 않아도 어쩌면 그렇게 끝날 시간이 다 되었음을 알았는지 정신을 차리고 선생님을, 목사님을 뚫어지게 쳐다본다. 한잠을 자고 나서 그런지 정신이 아주 말똥말똥하다.

즉, 일련의 수업 과정에서 학생들은 처음과 나중, 맨 앞과 맨 뒷부분에서 자연발생적으로 스스로 주의집중을 한다. 교회 예배시간의 목사님 설교에서도 이런 원리는 마찬가지이다. 그렇기에 수업에서 중요한 이야기를 할 때는, 즉 모든 학생들이 반드시 알아야 할 아주 중요한 내용을 말할 때에는 가급적이면 수업을 시작하자마자 아니면 수업을 끝내는 마지막에 말하는 것이 좋다. 이런 경우, 처음에 이야기하는 것은 최선最先의 원리라 하고, 나중에 하는 것을 최신最新의 원리라고 한다. 이러한 최선원리 및 최신원리는 대화 과정에도 그대로 적용할 수 있다. 즉 두 사람이 만나 긴 대화를 할 때, 중요한 이야기를 어느 시점에 할 것이냐? 그것은 두 번의 기회를 활용하는 것이 좋다. 즉, 대화의 처음 부분에서 또는 거의 마무리 단계, 즉 두 사람이 헤어질 때가 거의 다가왔을 때 하는 것이 좋다. 누구든 이 시간에는 스스로 주의를 집중하기 때문이다. 주의집중을 자기 스스로 하는 만큼 두뇌 속에 오래 기억되어 남는 것이다.

우리가 우리 자신의 기억의 보편적 성격을 살펴보면 최선원리와 최신원리가 왜 가능하고 중요한가를 쉽게 깨달을 수 있다. 어떤 일련의 이어진 현상을 놓고 볼 때, 우리는 그중에서 어느 부분을 제일 잘 기억할까? 처음, 중간, 나중, 어느 부분일까? 가만히 보면, 우리는 대체로 처음 부분과 끝 부분을 상대적으로 더 잘 기억한다.

이를테면, 평생 해온 사랑 가운데서도 첫사랑을 가장 잘 기억한다. 오랫동안 잊지 못해한다. 처음 맺은 사랑이라서 오래 기억하고 싶은 것은 아니다. 처음 가슴에 느껴본 남자라서, 처음 가슴에 품어본 여자라서 오래 기억하려고 하는 것은 아니다. 처음이었기에 저절로 오래 기억되고 있는 것이다. 그것이 어디 사랑뿐이던가? 어떤 영화를 보았을 때 첫 장면을 기억한다든지, 소설의 첫 문장을 우리는 잘 기억하고 있다. 그래서 우리는 항상 첫 만남에 신경을 쓴다. 상대에게 좋은 첫인상을 주기 위해, 그가 내 첫인상을 오래도록 좋게 기억하도록 하기 위해.

그리고 우리는 또한 '끝'을 오래 기억한다. 예컨대, 링컨 대통령의 게티즈버그 연설에서 마지막이 무엇이었는가? "국민의, 국민을 위한 그리고 국민에 의한 정부는 결코 멸망하지 않을 것입니다." 이 마지막 문장에서 '국민의, 국민을 위한, 국민에 의한' 정부는 훗날 민주주의의 최선의 원리로 회자된다. "여자가 한을 품으면 오뉴월에도 서리가 내린다"는 말이 있다. 조금 잘못된 관습적 인식에 기인해서 생긴 말이지만, 여자는 언제 한을 품고 언제 악담을 할까? 그리고 왜 한을 품고 악담을 할까?

아무에게나 아무 때나 그러지는 않는다. 어쩌면 여자의 헌신적 사랑을 헌신짝처럼 내팽개치고 도망친 야비한 남자에게 한을 품을지 모른다. 또 그 남자에게 그야말로 악담을 할지도 모른다. 다시 돌아오라고 애원하다가, 그래도 뿌리치고 떠나면 마지막 순간에 "두고 보자! 니가 내 눈에 이렇게 피눈물 나게 하고, 니 눈에는 피눈물 안 나나 두고 보자"라고 내뱉는다. 그때 그 마지막 한마디가 저 멀리 도망치는 남자의 귓전에 울리면 남자는 평생 그 말을 잊지 못한다. 그리고 살면서 어려운 일을 당할 때마다 그 여자의 마지막 말이 떠오른다. 그리고는 혼잣말로 "이게 다 그 여자가 한을 품어서 그런 거야"라고 통탄할지도 모른다.

그래서 우리는 항상 모든 일에서 처음과 마지막에 신경을 써야 한다. 또 신경을 써야 하는 만큼 어려운 것도 사실이다. 내게 있어서도 글을 쓸 때, 늘 어려운 것이 처음을 무엇으로 시작할까, 끝을 어떻게 맺을까이다. 그것은 말을 할 때도 마찬가지이다.

진정한 공감대를 형성하려면, 그리고 그것을 위한 진정한 대화를 하려면, 또 상대에게 나의 진정한 뜻을 전하여 오래 기억되게 하고 싶으면 언제 말하는 것이 좋을까? 이제 당신이 사랑을 고백하려고 한다. 프러포즈를 하고자 한다. 한참 밥을 먹으면서 이런저런 세상 이야기를 하다가 불쑥 말할 것인가? 그러면 그것은 그저 지나가는 말처럼 들리고 만다.

너희들 빨리 안들어가!
언제까지 TV 볼 거야!

　나는 아주 가까운 사람으로부터 몇 달 전에 좋은 충고를 하나 들었다. 실은 그 비슷한 이야기를 아내한테서도 이미 여러 차례 들었다.

　"교수님께 전화 드리기가 죄송해요. 전화 걸 때마다 항상 바쁘신 것 같아서, 그냥 빨리 끊고 싶어져요."

　그 말을 들은 후 나는 나의 전화 받는 습관을 되돌아보았다. 그 사람의 충고가 맞는다고 생각했고, 또 고치려고 계속 노력하고 있다. 하지만 하루아침에 딱 고쳐지는 것이 아닐 만큼 습성으로 굳어져 있다. 늘 너무도 바쁘게 지내다 보니 나도 모르게 그런 못된 버릇이 생겼는가 싶다. 이제부터는 상대에게 결코 부담을 주지 말고 좀더 여유 있는 모습을 보이자고 새해에도 또 다짐했다.

여유, 인내, 기다림, 느림, 천천히… 이런 단어들이 사람들에게 많이 선호되고 있다. 그것이 교육에서도, 대화에서도 똑같이 중요하고 받아들여야 할 태도인 것은 우리 모두 잘 알고 있다.

저녁을 먹은 후 모처럼 온 식구가 거실에 모였다. '가족오락관'인지 하는 텔레비전 오락 프로그램을 보면서 엄마, 아빠, 초등학교 6학년 형 그리고 초등학교 3학년 동생, 네 식구가 거실 소파에 앉아 있다. 수박을 먹으면서 한참 텔레비전을 보는데 아이들 느낌에 찬바람이 부는 것 같았다. 그러자 형은 속으로 생각했다.

"내가 이러고 계속 앉아 있다간 엄마한테 야단맞을 터인데. 그래도 저쪽 남자팀 하는 것만 보고 들어가자."

그런데 그때 동생도 똑같은 생각을 했다.

"나는 형이 일어나서 들어가면 그때 나도 내 방에 들어가야지."

그러니까 두 아이들은 그저 한 5분만 있으면 스스로 제 발로 일어나 방으로 들어갈 것이다. 들어가서 뭐할지는 모르겠지만 최소한 공부하러 들어가는 모습을 엄마 아빠에게 보여줄 것이다. 그러나 이게 웬일인가! 엄마가 그 5분을 못 기다린 것이다. 하긴 엄마는 아까부터 줄곧, 이제나저제나 아이들이 스스로 일어나 들어가길 바라고 있었던 것이다. 그런데 아이들이 계속 텔레비전을 보고 있으니 더 이상 참을 수 없었다.

"너희들 빨리 안 들어가! 언제까지 텔레비전 볼 거야, 저게 뭐가 재미있다구! 어서 들어가."

"여보! 애들이 저녁 먹고 좀 쉬기도 하는 거지. 뭐 얼마나 오래 됐다고 그렇게 소리 지르고 그래. 놔둬, 너무 들볶지 말고."

"그래. 엄마가 우릴 너무 들볶아."

"이것아! 너희들이 정말 들볶이는 게 어떤 건지나 아니? 정말 내가 한번 들볶는 것을 보여줄까! 그러니, 어서 들어가."

결국 아이들을 억지로 방으로 들여보낸 아버지와 엄마는 자기들끼리 텔레비전을 본다. 그러다가 중간에 설거지를 마저 해야겠다고 생각한 엄마는 부엌으로 갔다가 다시 돌아와 남편에게 이른다.

"여보, 쟤네들 방에 좀 가봐! 왜 저렇게 쥐 죽은 듯이 조용해. 이것들이 밥 잔뜩 먹고 졸고 있는 거 아냐?"

"그냥 좀 놔두랬잖아! 다 저희들이 알아서 한다구."

"아냐! 학원 숙제 많다고 했거든, 그거 오늘밤에 안하고 자면, 내일 더 힘들 텐데… 하여간 좀 가봐."

"아! 그냥 놔둬."

그러자 엄마는 자기가 갈 요량으로 손에 끼었던 고무장갑을 벗고는, 또 벗었던 양말을 신고는(왜냐하면 맨발로 걸으면 발걸음 소리가 나니까) 살금살금 아이들 방문 앞으로 갔다. 우선 큰 아이 방문을 조금 열고 들여다보았다. 아이는 무엇을 하고 있었을까? 볼펜 심지를 빼서는 그것을 형광등 불빛에 비추어 보고 있는 게 아닌가! 엄마는 문을 확 열어 제치면서 소리를 지른다.

"너, 지금 뭐하는 거야! 뭐하는 거냐고? 방에 들어간 지가 언제야! 언젠데, 아직도 그러고 앉아 있어! 하여간에 방에 들어가면 뭐하냐? 책상에 앉아 있으면 뭐하냐고! 집중을 해야지."

엄마의 '북한방송'이 다시 시작되었다. 엄마의 매번 반복되는 똑같은 톤의 잔소리가, 아이 방으로 쏟아져 들어간다.

여기서 엄마에게 묻고 싶다! "여보, 배고파! 빨리 가서 밥해"라고 남편이 말하면 아내들은 후다닥 일어나 부엌으로 달려가 밥을 했는가! 아니다. 마지못해 일어나서 부엌에 가면, 어떻게 했는가? 그냥 행주 같은 것으로 싱크대를 괜히 여기저기 훔치면서 중얼대지 않았나. "나는 그저 떡이나 한쪽 먹고 말았으면 딱 좋겠구먼… 모르겠다. 그래도 밥은 해야지! 하자, 밥 하자." 그리고는 한참만에야 빨간 바가지 들고 베란다로 쌀 담으러 나가지 않았던가! 이렇게 저렇게 머뭇대다가 밥을 하지 않았던가.

아이들도 똑같다. 아이들도 하기 싫은 공부이다. 방에 들어가자마자 공부 시작! 하는 아이들은 없다. 그냥 괜히 서랍도 열어보고, 코도 후벼보고 그러다가 우연히 학교에서 소풍 갔을 때 절 입구에서 사 온 볼펜이 눈에 띄는 것이다. 아직 쓸 수 있나 종이에 그어보았더니 나오다 안 나오다 하길래 심지를 빼서 불에 비추어 본 것인데, 바로 그때 엄마가 문을 확 열고 들어온 것이다!

그러니까 엄마가 5분만 기다려 주었더라면, 아니 30초만 기다려 주었더라도 아이들은 쫓겨 들어가지 않고 자기 발로 스스로 방으로 들어갔을 터이고, 또 30초만 기다려 주었더라면 책상에서 공부하는 모습을 보여주었을 것이다. 그래서 나는 전국의 모든 엄마들에게 "자녀에 대해서, 남편에 대해서 5분만 참고 기다립시다" 운동을 펴고 싶다. 그러면 아이들과 남편의 행동이 크게 달라질 것이고, 그러면 가정에 변화가 오고 또 그것이 모여 우리나라 전체에 큰 변화가 일 것이다.

수업을 할 때 선생님들은 학생들에게 질문을 던진다. 사실 질문을 잘 던지는 선생님이 잘 가르치시는 선생님이다. 여기서 문제는, 어떤 질문을 어떻게 언제 하느냐가 중요하다. 또 질문을 한 다음 학생의 응답이나 반응을 어떻게 받아주고, 어떻게 처리하느냐가 매우 중요하다. 이 중에서도 질문을 던진 후에 학생의 응답을 얼마 동안이나 기다려주느냐가 매우 중요하다. 우리나라 교실 수업에서는 그것이 5초를 못 넘긴다. 선생님이 학생의 응답을 5초 이상 기다리는 경우가 드물다. 5초는커녕 2초도 못 기다리는 선생님도 많다.

"임진왜란 언제 일어났어?"

똑딱, 똑딱, 이렇게 2초를 못 기다리고는 금방 다시 말한다.

"몰라? 너 정말 몰라! 그러면 그 뒤에 전호만! 너, 임진왜란 언제 일어났어? (똑딱) 야, 너도 모르냐."

그렇게 해서 질문은 그 줄을 타고 계속 뒤로 넘어간다. 그러자 줄 맨 뒤에 앉았던 조경호가 잽싸게 옆줄로 옮겨 앉는다. 선생님이 그것을 못 보았을 리가 없다. 질문은 줄을 바꿔 조경호가 앉은 쪽으로 계속 넘어간다. 대답을 못한 그 줄 아이들은 모두 운동장을 두 바퀴씩 돌았다. 운동장을 두 바퀴 돈 것이 중요한 게 아니다. 선생님이 불과 몇 초를 더 기다려주지 않았다는 점이다.

우리에게는 이런 경험이 많다. 누가 "어제 저녁에 뭐 먹었어?"라고 스치듯이 물으면 금방 생각이 나지 않는다. "어제 저녁? 가만히 있어봐라, 내가 어디서 먹었나? 아 맞아, 어젠 집에 일찍 들어가 먹었지. 근데 뭐 먹었더라." 이런 식으로 어젯밤 일을 생각하려고 해도 몇 초가 걸리는데, 하물며 수백 년 전에 일어난 일을 어떻게 그리 빨리 생각해낼 수 있겠는가? 중요한 것은 선생님이 그저 몇 초만 인내하며 기다려주면 학생들의 사고는 한층 좋아진다.

인내와 기다림, 여유 있는 자세와 행동은 대화에서도 매우 중요하다. 천천히 생각하면서, 여유 있게 말하는 습성은 대화에서 상대방에게 여유를 느끼게 해주고, 말의 묘미를 음미하게 해주고 그래서 더욱 대화하고 싶어지게 만든다. 그렇게 생각하고 있는 나 역시 사람을 만나면 그냥 바쁘게 이야기하게 되고, 또 누가 전화를 하면 바쁜 듯이 받아서 상대에게 괜스레 부담을 주는 실수를 자꾸 범하고 만다.

우리가 당신
빨래통이야?

E. Berne이라는 심리학자는 새로운 인간관계 이론을 만들어 사람들의 관계 개선과 대화능력 함양에 많은 도움을 주고 있다. 이름하여 '교류분석'이라 불리는 그의 인간관계 이론은 그동안 우리나라 기업체 연수원 같은 곳에서 아주 중요한 교과내용으로 다루어져 왔다. 그의 여러 가지 이론 가운데 핵심적인 이론인 교류분석은 우리의 일상 대화에서뿐만 아니라 특히 부모와 자녀 간의 대화에서 잘 활용하면 매우 좋다.

그의 주장에 따르면, 사람들은 누구나 세 가지 자아 상태 1)부모와 같은 마음, 2)어른(성인)과 같은 마음, 3)어린아이와 같은 마음을 갖고 있다. 그리고 사람들은 겉으로 말하고 행동할 때는 이 세 가지 자아 상태 중 어느 한 가지가 나타나서 그 사람의 모든 사고와 행동을 지배한다. 특히 대화에서 보면, 세 가지 자아상태 중 어느 것이 그 사람을 지금 지배하느냐에 따라 언어 행위의 행태가 크게 달라진다.

　어느 날 저녁, 남편이 퇴근해 돌아왔다. 남편도 온종일 힘들었겠지만 사실은 아내도 아내 나름대로 온종일 힘든 하루였다. 집에 들어오자마자 남편은 상의를 벗어 소파 한쪽에 내던지듯 내려놓으면서 털썩 주저앉는다. 결혼 초에는 남편이 퇴근해 들어오면 아내가 냉큼 옷을 받아 걸어주었는데 아내도 이제는 그런 것이 다 귀찮아졌다. 이에 좀 시큰둥해진 남편은 이제는 양말을 벗기 시작한다. 저쪽에서 바라보는 아내에게 다소 장난기도 솟았고, 또 상의를 받아주지 않은 것이 좀 섭섭하기도 했고, 그래서 남편은 양말 한 짝을 벗어 고린내나 맡으라고 아내의 얼굴을 향해 양말을 던졌다.

　그러자 아내가 "지금 뭐하는 짓이냐!"라는 눈빛으로 남편을 쳐다보았다. 그러나 개의치 않고 남편은 다시 나머지 한 짝을 벗어 이번에는 초등학교에 다니는 딸아이에게 던진다. 딸아이가 그것을 막으려고 팔을 가로저었는데, 그 바람에 하필이면 식탁 위로 떨어지고 말았다. 그때까지 남편이 하는 행동을 못마땅하게 지켜보던 아내가 이내 소리치면서 남편을 야단치기 시작한다.

　"당신, 지금 뭐하는 거야? 어따가 던져? 응? 거기가 빨래통이야? 아니, 우리가 당신 빨래통이냐구?"

이때 아내는 부모와 같은 자아상태에서, 남편을 어린아이의 자아상태로 보고 말한 것이다. 그러니까 부모가 아이한테 말하듯이 남편에게 소리를 지른 것이다. 그러나 그런 식의 취급을 받은 남편 역시 기분이 좋지 않으므로 자신을 부모의 자아상태로 갖다 놓고, 상대적으로 아내를 어린아이의 자아상태로 내려놓고는 아내의 빗발친 야단에 응수하기 시작한다.

"지금 당신 뭐라고 했어?"

"우리가 빨래통이냐구 했다, 왜! 뭐가 잘못됐어? 잘못됐냐구?"

"어디, 다시 한번 말해 봐."

"다시 한번 하라면 누가 뭐 겁나서 못할 줄 알아."

"근데, 이 사람이 이젠 막 반말이야! 애도 있는 데서."

"그럼, 반말 안 하게 됐냐, 지금!"

"어쭈, 막 나오는데."

"누가 먼저 막 나왔는데."

이렇게 두 사람은 각기 자신의 마음상태를 부모 마음에 놓고 상대를 어린아이 마음에 놓고 대화를 했다. 결국 대화는 심한 언쟁으로 발전하고 남편은 밥도 못얻어 먹는다. 이 대화에서 무엇이 잘못 되었을까? 각자가 자신을 동일한 마음상태에 놓았기 때문이다. 한쪽이 부모 상태에 있으면 그것을 알아챈 다른 쪽은 자신을 어린아이 마음상태에 갖다 놓아야 대화가 부드러워지고 갈등이 적어진다. 던지면 받는 사람이 있어야 하는 법이다. 서로 던지기만 하면 어떻게 되겠는가? 그러므로 상보적이어야 한다. 한쪽이 가져가겠다고 하면 다른 한쪽은 주어야만 일이 된다. 그것이 교류交流이다. 상보적 교류의 대화가 되려면 남편과 아내는 다음과 같이 자아상태의 보합을 이루었어야 한다.

"당신, 지금 뭐하는 거야! 아니, 지금 어따 던지고 그러는 거냐고? 거기가 빨래통이야! 아니면 우리가 빨래통이냐구?"

지금 아내의 말투가 부모의 마음상태로 갔음을 알아챈 남편은 자신의 마음상태를 어린아이 상태로 가져가서 이렇게 응수한다.

"거기 빨래통 아닌데요."

"근데 왜 그리로 던져! 빨리 주워서 빨래통에 갖다 넣어."

"알았어요! 지금 주우려고 가잖아요."

"앞으로 또 그런 식으로 아무 데나 던질 거야?"

"아녜요. 안 그럴게요."

이런 식으로 대화가 이루어지면, 즉, 부모→어린아이, 어린아이→부모 식으로 상보적으로 교류가 이루어졌다면 결코 언쟁을 벌이지 않았을 것이다. 아내는 남편에게 한바탕 웃고 남편을 용서하고 밥도 잘 먹인 다음 데리고(?) 잤을 것이다.

이러한 자아상태 간의 교류는 친구들 간의 대화에서도 많이 나타난다. 친구 사이인데도 한 친구가 다른 친구에게 부모처럼 그리고 상대를 어린아이처럼 생각하고 대화할 때가 있다.

"애! 넌 머리가 그게 뭐니? 내가 몇 번이나 얘기해야 되니! 미장원 가서 좀 짜르고, 퍼머 좀 해! 그까짓 것 돈이 몇 푼 든다고 그래? 내가 돈 줄까? 제발 치장 좀 해라! 왜 그러고 사니."

자못 딸에게 하듯이 말한다. 그러자 친구는 엄마한테 말하듯이 답한다.

"알았어! 그렇지 않아도 내일 미장원에 가려고 했어."

이러한 심리적 자아상태에 따른 대화를 우리는 모든 인간관계에서 할 수 있어야 한다.

남편이 출장을 갔다. 하룻밤 자고 온다고 했다. 저녁을 먹고 밤 9시쯤 되었다. 겨우 초등학교 2학년짜리 아들 녀석이 안방으로 와서 텔레비전을 보고 있는 엄마에게 한마디 한다.

"엄마, 문 잠갔어?"

"잠겼겠지."

"잠겼겠지가 뭐야! 잠갔으면 잠근 거고, 안 잠갔으면 안 잠근 거지."

"몰라, 잠겼는지, 니가 가 봐."

"알았어, 내가 볼게. 그리고 엄마 잘 때 불 끄고 자. 알았지?"

가만히 듣자하니, 뭐가 없으니까 이젠 뭐가 행세를 하는가 싶게 느껴진다. 조그만 녀석이 지도 남자 코빼기라고 아빠 대신 집안 단속을 하려고 나서는 것이다. 그래도 신통하기만 하다. 그러면서도 한편으로는 이젠 저것까지 나를 시집살이시키려고 그러는가 싶기도 하다.

하지만 이때 분명한 것은 초등학교 2학년밖에 안 된 어린아이도 때로는 자기의 마음상태를 부모의 마음상태에 갖다놓고, 그리고 엄마를 어린아이 상태에 두고 말을 한다는 사실이다. 그것이 결코 나쁠 리 없다. 다만 자녀들과 대화를 잘하려면 부모가 그것을 알아채고, 거기에 잘 맞추어서 자신을 어린이의 마음상태로 가져가야 한다는 점을 강조하고 싶다.

"네트워킹 시대의 성공적인 삶, 관계적 사고 능력 개발에 달려 있다."

사람들은 누구든 자신의 삶에서 저마다 소중히 여기는 가치를 갖고 있다. 많이 배웠건, 못 배웠건, 부자든 가난하든, 지위가 높든 낮든, 또 어린아이건 어른이건 간에, 누구든 저마다 소중히 여기는 가치를 갖고 삶을 살아간다. 사람들은 자신만의 그러한 가치를 삶의 철학으로, 생활신조로, 좌우명으로, 슬로건으로 내세우면서 살아간다.

사람들이 소중히 여기는 가치는 꼭 한 가지일 수만은 없다. 여러 개의 가치를 함께 소유할 때도 많다. 그럴 경우, 그 가운데서도 더 소중히 여기고, 더 강하게 집착하는 가치를 그렇지 않은 가치와 구별하여 서열화시키기도 한다. 또한 사람들은 어떤 가치를 평생 계속해서 소유하는 것은 아니다. 물론 평생 동안 계속 소유할 때도 있지만 처한 상황에 따라, 또는 성숙해가면서 다른 것으로 바꾸기도 하고, 수정하기도 하고, 보다 세련된 가치로 다듬어 나가기도 한다.

정확히 기억은 나지 않지만, 시골에서 초중고등학교를 다닐 때, 나는 근면과 같은 가치를 매우 소중히 여기며 살았다. 확실한 것은 어린 마음에 "하여튼 열심히만 하면 뭐가 되도 되겠지. 열 번 찍어 안 넘어가는 나무가 있다더냐?"하는 신념을 갖고 있었으니까 말이다.

지금도 물론 나는 '노력하면 성공한다', '씨 뿌린 대로 거둔다', '웃으며 살자'와 같은 가치를 소중하게 생각한다. 집에서고 학교에서고 나는 아이들에게, 학생들에게 그런 가치를 늘상 권유하고, 또 내가 시범을 보임으로써 은연 중 주입시키려고 하였음을 부정하지 않는다.

하지만 지금 이 시점에 나는 보다 더 소중히 여기는 하나의 가치를 갖고 있다. 그것은 이제까지 60년 넘게 살아오면서 나의 삶의 과정에서 응집되어 앙금으로 가슴속에 가라앉은 것이다. 그래서 지금은 그것이 삶의 철학이 되고, 원칙이 되고 있는 것이다. 그것은 곧 한마디로 '관계'라고 하는 가치이다.

삶은 누구에게나 관계로 점철된다. 죽음은 이 땅에서의 그러한 관계에 종지부를 찍고 저 세상에서의 새로운 관계를 시작하는 것이다. 인생을 성공적으로 살았다고 한다면, 그는 사람들과의 모든 관계에서, 이 세상의 많은 일들과의 관계에서, 이렇게 저렇게 부딪친 숱한 현상과 사건, 또 조직이나 기관들과의 관계에서 성공을 거둔 것이다. 반대로 인생에서 실패했다 함은 그러한 관계지음에서 실패했음을 의미한다. 가정이 행복하다 함은 부부관계, 부모-자식관계, 형제관계, 친인척관계 등에서 원만하고 성공적이었음을 의미하는 것이다. 직장 생활도 그렇다. 어떤 직장이 정말 좋은 직장인가? 어떤 사람이 직장생활에 성공하고 있는가? 월급만 많이 주면 좋은 직장인가? 월급이야 많이 주면 줄수록 좋겠지만, 그보다 더 중요한 가치는 직장에서 어떤 일, 어떤 사람과 관계를 맺고 있으며 얼마만큼 좋은 관계를 가졌느냐이다.

삶은 곧 관계라고 할 때, 우리는 관계를 어떻게 맺고 유지하느냐, 발전시키느냐의 관점에서만 관계의 중요성을 이야기 할 때가 많다. 그러나 관계를 어떻게 맺느냐 이상으로 중요한 것은 관계를 어떻게 끊고 정리하느냐의 문제이다. 만남은 언제나 헤어짐을 전제로 한다. 이 세상에서의 모든 만남은 결코 영원히 지속될 수가 없다. 사람과의 만남이든, 어떤 사물이나 기관 또는 일과의 만남이든 반드시 그것과의 관계를 끊어야 할 때가 온다.

그런데 우리 모두가 경험해서 익히 알지만, 만남보다는 헤어짐이 훨씬 어렵지 않던가? 물론 어떤 순간의 분노로 인하여, 아주 일순간에 오랫동안의 만남을 칼로 무 자르듯 단번에 끊어버리는 경우도 있지만, 사실 그것은 제대로 끊은 것이 아니다. 왜냐하면 너무도 오랜 세월 고통이나 아픔을 겪어야 하기 때문이다. 그런 고통 없이, 미련 없이, 정말로 아름답게 관계의 종지부를 찍기 위해서는 관계 맺는 일 이상의 노력을 기울여야 한다. 그렇기에 관계를 맺는 일이나 그것을 유지하고 발전시키고, 또 정리하고 끊는 삶의 모든 과정에서 필연코 우리는 관계적으로 생각하는 능력과 습성을 키워야 한다.

특히 지금 우리는 지금 컴퓨터와 통신체계를 주축으로 끝없이 계속되는 정보혁명의 시대에 살고 있다. 앞으로 과학기술이 어느 수준까지 발전할지는 예측하기 어렵다. 과학기술의 변화와 발전은 말로 표현하기 어려울 만큼 빠르고, 다양하고, 고도화되어 가고 있다. 휴대폰을 보면 쉽게 안다. 우리네 같은 아날로그 시대 사람들은 따라잡기 어려울 정도로 빠르게 변화하고 있다. 이제는 변화의 속도 그 자체가 빠르게 변화하고 있다. 이러한 변화들은 기존의 인습적 패러다임의 총체적 붕괴를 초래하였다. 이를테면, 우리는 다음과 같은 일곱 가지의 패러다임 변화를 읽을 수 있으며, 이러한 변화가 우리에게 얼마나 더 관계적 사고 능력을 요구한 것인가를 생각해볼 필요가 있다.

첫째는 탈대량화 현상이다. 기존의 대량생산 체제가 바뀌고 있다. 옛날에는 소품종 대량생산 체제였으나 이제는 다품종 소량생산 체제로 바뀌고 있다. 둘째는 탈규격화, 탈표준화 현상이다. 이는 탈대량화 현상과 연계되는 것이다. 과거에는 모든 것이 규격화되어 있었다. 작업공정도, 임금체계도, 작업시간도, 부품도 모두 규격화되어 있었다. 대량생산을 위해서였다. 그러나 이제는 그렇지 않다. 규격화, 표준화가 철폐되고 있다. 그때그때 개별적 특성화가 강조된다.

셋째는 탈전문화이다. 산업사회에서는 분업과 전문화가 미덕으로 여겨지고 존중되어 왔다. 다른 일에는 젬병이어도 그저 한 가지 분야에서만 대성하면 되었다. 한 가지만 잘하면 되었던 것이다. 그러나 지금의 변화하는 정보화시대에서는 전문화만으로는 생존하기 어렵다. 누구든 전문 분야에 보태어 다른 분야에 대해서도 어느 정도의 실력을 갖추어야 한다. 그래야 의사소통이 가능하고 상호관계가 가능해진다. 지금은 바야흐로 그물망시대 아닌가, 인터넷이나 웹이라고 할 때, 넷net과 웹web 모두 그물망을 의미한다. 상호연계인 것이다. 그것은 우리 모두 관계적으로 생각할 줄 알아야 함을 전제하는 것이다.

넷째로 탈동시화가 확산되고 있다. 21세기 정보화 사회는 시간의 개념에 일대 변혁을 가져왔다. 모든 사람이 똑같은 시간에 어떤 일을 행하던 인습이 무너졌다. 다섯째, 탈집중화 현상이 확대되고 있다. 우리는 그동안 집중화 시대에 살아왔다. 인구의 도시 집중도 그렇거니와 모든 산업과 교통이 한 곳으로 집중되는 삶을 살아왔다. 그러나 정보화시대는 힘의 분산을 가져왔다. 특히 정보와 지식소유권이 여러 사람들에게 분산됨으로써 많은 것들이 여러 사람, 여러 지역, 여러 기관으로 분산되었다. 이제는 우리가 어느 지역에 사느냐 따위가 그렇게 문제되지 않는다.

여섯째, 탈극대화 현상이 나타나고 있다. 옛날에 우리는 그저 큰 것이 제일인 줄 알았다. 큰 것이 무조건 좋았고 커야만 힘이 있다고 믿었다. 그래서 우리는 양적 규모를 늘리고 극대화하는 데 힘을 쏟았었다. 그러나 이제 크기는 중요한 문제가 아니다. 질적인 내용 또는 개별적 특성이 더 중요시되는 사회가 되었다. 끝으로 일곱째로는 탈국지화 현상을 들 수 있다. 정보화 사회의 가장 큰 두드러진 소산은 지역적 제한을 붕괴시키고 바야흐로 지구촌시대를 열었다는 점이다. 한마디로 공간의 한계가 없어진 셈이다.

이러한 지구촌화는 새로운 연합을 불러일으키기도 한다. 이를테면, 여러 국가들이 이런저런 이데올로기로 뭉쳐 하나의 거대국가mega-state를 형성한다. 즉 새로운 연계, 새로운 관계를 통한 새로운 통합이 정보화 사회에서 순환적으로 일어나고 있는 것이다. 특히 이 시대는 네트워크 기반사회net-work based society로 불릴 만큼 새로운 다양한 그물망으로 연계되어 국지화의 인습을 붕괴시키고 있다.

이상에서처럼 현대 정보화 사회의 여러 가지 패러다임의 변화는 이 시대를 살아가는 우리들에게 그에 맞는 탈바꿈을 요구하고 있다. 우리는 평생 학습자가 되지 않으면 이 시대에서 어쩔 수 없이 교육적으로 폐멸될 수밖에 없다. 또한 디지털 인간 —달리 표현하면 새로운 교양인— 으로 변화하지 않으면 인간적으로 삶의 의미를 상실하고 폐멸될 수밖에 없는 어려움 속에 있다. 즉, 디지털 방식으로 읽고, 쓰고, 생각하고, 행동하는 신교양인으로 우리 자신을 변화시켜야만 하는 것이다. 풍부한 상상력, 창의력에 바탕을 두고, 집단적 획일성에 순응하기보다는 도전과 개척정신으로 개별적 독특성을 추구하는 기질이 디지털 인간의 핵심 특성이다. 예전에 교양인이라고 하면, 그저 많은 분야에 걸쳐 폭넓은 지식을 두루 갖춘 사람, 다양한 지식을 머릿속에 넣어놓고, 또 그것에 따라 행동하는 사람을 지칭했다. 그러나 정보화시대의 신교양인은 지식을 그저 머릿속에 넣어두지 않더라고 컴퓨터만 켜면 얼마든지 지식을 자유자재로 꺼내 쓸 수 있다. 오히려 신교양인은 일과 삶을 위하여 지식을 잘 찾아내고, 잘 조직하고, 잘 연계시키고, 잘 활용하는 사람이다. 거기에 바로 신교양인으로서 관계적 사고 능력을 필연코 갖추어야 하는 필요성이 있는 것이다.

우리는 살아가면서 수없이 많은 조직의 구성원이 될 수밖에 없다. 그것은 가정, 직장은 물론 모임, 단체 모두를 망라한다. 원하지 않아도 법에 의해(예컨대, 군대), 또는 경제적 생존을 위해 조직의 구성원이 될 수밖에 없다. 여기서 중요한 것은 내가 어떻게 그 조직에 가입하게 되었느냐가 아니다. 조직의 구성원이 된 이후 어떻게 참여하느냐 하는 것이다. 다른 사람들로부터 왕따 당하지 않음은 물론 스스로를 왕따 시키고 고립되지 않기 위해 어떻게 사고하고 행동하면서 구성원으로 존재할 수 있는가 하는 것이다.

한마디로, 정보화시대의 급증하는 이기적 파쇄현상 속에서 어떻게 하면 직장에서, 가정에서, 조직에서 완전한 심리적 구성원, 효율적인 구성원이 될 수 있느냐 하는 것이다. 이를 위해 무엇보다도 커뮤니케이션 기능, 인간관계 기능을 필수적으로 갖추어야 한다. 그것이 정보화시대의 패러다임 변화에 적응하는 최선의 길이다. 그리고 그런 기능은 모두가 관계적 사고 능력을 바탕으로 이루어진다는 것을 기억해야 한다.

어쩌다 우리 사이가 이렇게 됐지

1쇄 발행 2009년 3월 10일
3쇄 발행 2009년 4월 6일

지은이 이성호
펴낸곳 도서출판 **말글빛냄** · **인쇄** 삼화인쇄(주)
펴낸이 박승규 · **마케팅** 최윤석 · **디자인** 진미나
주소 서울시 마포구 서교동 463-3 성화빌딩 5층
전화 325-5051 · **팩스** 325-5771 · **홈페이지** www.wordsbook.co.kr
등록 2004년 3월 12일 제313-2004-000062호
ISBN 978-89-92114-40-0 03800
가격 12,000원

ⓒ 이성호, 2009